법정
잠언집
365

법정 잠언집 365

초판 1쇄 발행 2022년 1월 17일
초판 2쇄 발행 2022년 3월 17일

지은이 | 김옥림
펴낸이 | 임종관
펴낸곳 | 미래북
편 집 | 정광희
본문 디자인 | 디자인 [연:우]
등록 | 제 302-2003-000026호
본사 | 서울특별시 용산구 효창원로 64길 43-6 (효창동 4층)
영업부 | 경기도 고양시 덕양구 삼원로73 고양원흥 한일 윈스타 1405호
전화 031)964-1227(대) | 팩스 031)964-1228
이메일 miraebook@hotmail.com

ISBN 979-11-92073-02-6 (03800)

법정 잠언집 365

너는 꽃이 되어라

김옥림 지음

맑고 향기롭게 피어 있는 꽃의 아름다움을 즐길 뿐 아니라,
자신의 삶에도 이런 맑음과 향기와 운치가 있는지
되돌아볼 수 있어야 한다.

법정

| 프롤로그 |

가치 있는 삶은 스스로를 빛이 되게 한다

복福은 맑고 검소한 곳에서 생기고,
덕德은 낮고 겸손히 물러서는 곳에서 생기고,
도道는 편안하고 고요한 곳에서 생긴다.

이는《명심보감》에 나오는 말로 한마디로 함축해서 말한다면 '인간답고 가치 있는 삶을 사는 자세'라고 할 수 있다. 이를 좀 더 구체적인 관점에서 살펴본다면 다음과 같다 하겠다.

첫째, 복은 내가 원한다고 해서 오는 것이 아니라 복을 받을 만한 삶을 살아야 한다. 그러기 위해서는 맑은 정신으로 바르고 검소하게 살아야 한다. 그래야 복은 미소를 지으며 찾아온다. 여기서 복은 우리가 흔히 말하는 세속적인 물질에 국한한 것이 아니라 물질일 수도 있고, 건강일 수도 있고, 자신이 원하는 삶을 사는 것일 수도 있다. 특히 자신이 원하는 삶을 사는 것이야말로 축복된 삶이라고 할 수 있다.

둘째, 덕은 인간이 반드시 갖춰야 할 품성이다. 덕이 있는 사람은 온유하고 어디를 가든 사람들로부터 환영을 받는다. 덕불고 필유인德不孤 必有隣이라 했다. 이는《논어》〈이인里仁〉편에 나오는 말로 '덕이 있는 사람은 외롭지 않고 반드시 이웃이 있다'는 뜻이다. 이렇듯 덕이 있는 사람은 누구에게나 사랑을 받는다. 그 이유는 겸손한 마음으로 덕을 베풂으로써 자신의 사랑을 남에게 주는 까닭이다. 또한 인자무적仁者無敵이라고 했다. 어진 사람에게는 적이 없다는 말이다. 덕을 갖춘다는 것은 최고의 품성을 지니는 것과 같다.

셋째, 도는 사람으로서 마땅히 지켜야 할 도리를 말한다. 이에 대해 증자曾子는 공자의 도를 실천하고 전한 것으로 유명하다. 증자는 "진실하고 성실한 마음으로 이루지 못할 것이 없다."고 말했다. 증자의 말에서 보듯 사람답게 살기 위해서는 진실하고 성실해야 한다는 것을 알 수 있다.

공자의 제자는 삼천 명이 넘고 그중 널리 알려진 뛰어난 제자는 칠십 명인데 공자의 도통계보를 보면 공자에서 증자, 증자에서 자사, 자사에서 맹자로 볼 때 증자야말로 적통이라고 할 수 있다. 그런 그가 공자의 도를 행함은 마땅한 일이 아닐 수 없다. 그랬기에 증자는 공자의 어록을 모아《논어》,《대학》,《효경》등을 자신과 제자들이 함께하여 남겼으며 자신이 집필하기도 했다. 증자는 인간의 도를 잘 보여준 선현이라고 할 수 있다.

이처럼 '복'과 '덕'과 '도'는 그냥 얻어지는 것이 아니라 바르고 검소하게, 겸손한 마음으로 덕을 베풀고, 진실하고 성실하게 꾸준한 노력과 정진을 통해서만 얻어지는 인간답고 가치 있는 삶을 사는 기본적 삶의 원칙이라고 할 수 있다.

나는 여기에 '소욕지족' 즉 욕심이 적은 사람은 바라는 것이 적어 작은 것에도 만족할 줄 아는, 이른바 법정 스님의 '무소유'

의 삶을 사는 것을 더하고 싶다. 무소유의 삶을 살 수 있다면 그것처럼 의연하고 높고 우뚝하고 여유롭고 행복한 삶은 어디에도 없을 것이기 때문이다. 그렇다. 무소유의 삶을 살기 위해서는 스스로를 바르게 하고 한 치의 흐트러짐이 없이 자신을 절제할 수 있어야 한다. 그런 까닭에 무소유의 삶을 사는 것이야말로 진정, 가치 있는 삶을 사는 '최선의 도道'라고 할 수 있다.

사람에 따라 가치 있는 삶은 여러 형태로 분류할 수 있다. 봉사활동을 즐겨하는 사람, 후원을 즐거움으로 삼는 사람, 배움에 힘써 가르침에 열정을 쏟는 사람, 한 가지 일에 평생을 바쳐 연구하는 사람, 사람들에게 즐거움을 주기 위해 무대에서 최선을 다하는 사람 등 사람에 따라 가치 있는 삶 또한 다양하다. 다만 한 가지 분명한 것은 자기만을 위한 삶이 아니라 자신과 타인, 사회를 위한 보탬이 되는 삶이어야 한다는 것이다. 그랬을 때만이 공감을 얻게 되고 생산적이고 가치 있는 삶으로 거듭나기 때문이다.

나는 40년 가까이 글을 쓰면서 한 번도 세수를 안 하고 헝클어진 머리로 글을 쓴 적이 없다. 있는 그대로 어디든 외출을 할 수 있을 만큼 말끔하게 세수를 하고 정갈하게 머리를 손질하고 단정하게 옷을 입고 누가 보든 안 보든 항상 반듯한 자세로 앉아 글을 썼다. 그로 인해 허리와 목에 통증이 이는 고통을 갖게 되었지만 그런 자세를 고수한 것을 후회하지 않는다. 그리고 하루에 8시간을 의무적으로 글을 쓴다.

내가 이처럼 엄격하게 글쓰기 자세를 취한 것은 스스로에게 엄정하고 흐트러지는 것을 용납하지 않는 성격 때문이기도 하다. 눈에 보이지는 않지만 어디선가 내가 쓴 책을 읽어줄 독자들에 대한 작가로서의 도리이자 예의라고 생각하기 때문이다. 이런 글쓰기 자세가 몸이 피로하거나 간혹 아플 땐 때때로 나를 힘들게 하지만, 나는 언제나 나의 글쓰기 자세를 고수한다. 그렇게 해서 한 권의 책이 생명을 얻고 독자들에게 읽혀질 땐 참 감사하고 행복하다. 이는 작가로서 내가 추구하는 가치 있는 삶의 방식인 것이다.

법정 스님은 수행자로서 흐트러짐이 없고, 무소유의 삶을 실천함으로써 우리 사회와 많은 사람들에게 가르침을 준 것은 스님의 가치 있는 삶이라고 할 수 있다. 그런 까닭에 스님이 떠난 지 십 년이 지난 지금도 스님은 사람들의 가슴속에 그리움으로 남아 깊은 울림을 주고 있다. 이처럼 가치 있는 삶은 스스로를 빛이 되게 한다.

그렇다. 우리는 한 번뿐인 삶을 부여받은 유한한 인간이다. 이 소중한 삶을 아무렇게나 산다거나 함부로 여긴다는 것은 스스로에 대한 배반이자 모독이 아닐 수 없다.

법정 잠언집《너는 꽃이 되어라》는 가치 있는 삶을 살고자 하는 이들에게 빛과 소금이 되었으면 좋겠다. 그래서 자신의 삶에 만족하며 행복한 삶을 살아가는 데 사회와 이웃과 함께한다면 그보다 더한 즐거움이 어디 있을까. 이 책을 대하는 모든 이들에게 축복과 행복이 함께하길 기원한다.

김옥림

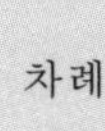

차례

대 하지 마라 201 밝고 긍정적이며 낙관적으로 살아라 202 문명은 직선이고 자연은 곡선이다 203 모든 것은 다 한때다 204 거룩한 침묵沈默 205 산은 예술의 세계이며 종교의 도장道場이다 206 근원적인 마음이란 207 스스로 파놓은 함정에 빠지지 마라 208 행복과 자유에 이르는 지름길 209 열심히 일하되 그 일을 통해 자유롭게 하라 210 우리는 사랑하기 위해 만났다 211 나누는 일은 미루지 마라 212 울림이 있는 너로 살아라 213 한쪽만 보고 성급하게 판단하지 마라 214 과정을 중요시하는 삶의 기술 215 고통을 이겨내는 의지적인 노력을 길러라 216 나답게 살고 있는지를 순간순간 점검하라 217 행복과 절제의 뿌리 218 말은 생각을 담는 그릇이다 219 자신이 치러야 할 몫만큼 삶은 주어진다 220 채우지만 말고, 미련 없이 놓아버려라 221 최선의 삶 222 자신의 삶에 즐거움이 따르게 하라 223 자신이 하는 대로 받는다 224 자신의 철학과 사상을 가져라 225 내 안에서 사랑의 능력이 자라는 법 226 전력을 다해 살되 떠날 땐 미련 없이 떠나라 227 세상과 조화를 이루며 살기 228 자신의 지식과 인격에 맞는 사람이 돼라 229 실패와 좌절은 새로운 도약의 디딤돌이다 230 밝은 것을 보는 지혜 231 미래를 두려워하지 않기 232 스스로를 살펴 그대만의 길을 가라 233 오늘, 살아 있음을 감사하라 234 가치 있는 삶을 결정하는 것의 기준 235 억지로 꾸미려고 하지 마라 236 사는 동안 그림자처럼 따르는 부수적인 것들 237 귀 기울여 들을 줄 아는 사람 238 남을 함부로 판단하거나 심판하지 마라 239 상대를 바르게 이해하는 법 240 소유로부터 자유로운 사람이 돼라 241 최선을 다하되 결과에 집착하지 마라 242 자신을 만드는 것들 243 장엄한 생명의 역동성 244 좋은 시절 부지런히 배우고 탐구하라 245 자신의 그릇만큼만 채워라 246 맑은 가난을 살아라 247 믿음은 가슴에서 온다 248 누구에게나 고민은 있다 249 개체를 넘어서 전체를 생각하는 마음 250 유심히 보라 251 삶은 부피보다 질이다 252 하루 한 가지 착한 일을 듣거나 행하라 253 비본질적인 것, 불필요한 것은 다 버려라 254 필요에 따라 살되 욕망에 따라 살지 않기 255 가끔은 외로움을 느껴보라 256 마음이 황폐해지지 않게 하라 257 묵은 데 갇히지 않기 258 마음의 메아

것을 363 생명의 씨앗을 꽃피게 하라 364 흙
은 모성母性이다 365 속이 꽉 찬 사람

{ 너는 꽃이 되어라 }

달콤한 꿀을 품고 있는 꽃은 그 자리에 가만히 있어도
천지사방에서 쉼 없이 벌들이 찾아온다
덕德은 인화人花의 근본, 품격이 있는 사람 또한 이와 같나니
오, 아름다운 목숨이여, 너는 넘실넘실 향긋한 꽃이 되어라

김옥림

001

옛것과 낡은 것은 아름답다

옛것과 낡은 것은 아름답다.
거기 세월의 향기가
배어 있기 때문이다.

법정

<하늘과 바람과 달을>

앤티크antique라는 말은 '과거의, 전통적인, 고물, 고전미술' 등의 다양한 뜻을 가진 낱말이다. 또한 빈티지vintage라는 말은 '낡고 오래된 것'을 뜻한다.

요즘 앤티크가구를 선호하고 빈티지 스타일의 옷을 즐겨 입는 사람들이 있다. 낡은 것의 멋스러움을 잘 아는 까닭이다.

고문진보古文眞寶라는 말이 있는데, 이는 '오래된 옛글은 보물과 같다'는 뜻으로, 즉 '오래된 책'을 일러 말한다. 이 한자숙어를 새롭게 적용한다면 고물진보古物眞寶라고 할 수 있는데 '오래된 물건은 보물이다'라고 할 수 있다.

그렇다. 오래된 것은 구식이라는 이미지 때문에 낡고 고루하다는 느낌을 주지만, 옛사람들의 손때와 숨결이 밴 낡은 것(책이나 물건 등)이야말로 아름다운 고전미를 지닌 진보인 것이다. 세월의 향기가 배어있는 낡고 오래된 것을 소중히 하라.

오래되고 낡은 것엔 세월의 흔적이 고스란히 배어있다. 그것은 세월의 숨결이며 역사다. 그래서 오래된 것은 그것만으로도 충분히 가치가 있다.

002

선과 악은 인연에 따라 온다

> 선과 악은 인연에 따라 일어날 뿐
> 선한 인연을 만나면 마음이 선해지고,
> 나쁜 인연을 만나면 마음이 악해진다.
>
> 법정
>
> 〈마음의 바탕〉

근묵자흑近墨者黑, 근주자적近朱者赤이라는 말이 있다. 이는 검은 것을 가까이하게 되면 검게 되고, 붉은 것을 가까이하면 붉게 된다는 말이다. 즉, 가까이하는 것에 따라 영향을 받는다는 것을 의미하는 말로 사람 또한 자신이 가까이하는 사람을 닮게 된다. 이는 사람을 사귐에 있어 신중해야 함을 이르는 말이다.

《탈무드》에는 "향수가게에 들어가 아무런 향수를 사지 않더라도 가게를 나왔을 때는 냄새가 난다."는 말이 있다. 좀 더 구체적으로 말하면 향수의 종류에 따라 냄새 또한 그대로 배게 된다. 이 말 또한 환경의 중요성에 대해 잘 알게 한다.

'선'과 '악' 또한 마찬가지다. 선한 사람을 가까이하면 선하게 되고, 악한 사람을 가까이하면 악을 행하게 된다. 인연이란 역시 그런 것이다. 소중한 인연을 만나고, 당신 또한 누군가에 소중한 인연이 되어라.

사람은 누구와 어울리는가에 따라 큰 영향을 받는다. 그런 까닭에 사람을 소중히 하되 자신과 뜻이 잘 맞고, 서로의 삶에 힘이 되는 사람과 함께 하라.

003

오늘을 제대로 살아야 하는 이유

> 내일을 걱정하고 불안해하는 것은 이미 오늘을
> 제대로 살고 있지 않다는 증거이다.
> 오늘을 마음껏 살고 있다면 내일의 걱정 근심을
> 가불해 쓸 이유가 어디 있는가.
>
> 법정
>
> 〈존재 지향적인 삶〉

고대 인도의 시인이자 희곡작가인 칼리다사는 '오늘'에 대해 이르길 "알차게 보낸 오늘은 어제를 행복한 꿈으로 만들고 내일을 희망에 찬 환상으로 만든다. 그러므로 오늘을 잘 보내야 한다."고 했다.

영국의 사상가 토머스 칼라일은 〈오늘〉이란 시에서 '우리가 살고 있는 날은 바로 오늘 / 우리가 사용할 수 있는 날은 오늘 / 우리가 소유할 수 있는 날은 오늘뿐 // 오늘을 사랑하라 / 오늘에 정성을 쏟아라 / 오늘 만나는 사람을 따뜻하게 대하라 // 오늘을 사랑하라 / 어제의 미련을 버려라 / 오지도 않는 내일을 걱정하지 마라 / 우리의 삶은 오늘의 연속이다'라고 했다. 오늘은 지나가면 이미 과거가 되고 만다. 그러니 어찌 오늘이 소중하지 않겠는가.

기억하라. 그리고 실행하라.

보석 같은 오늘을 아낌없이 사랑하고 후회 없이 보내야 한다는 것을. 그것이 바로 오늘과 자신의 인생에 대한 예의이다.

오늘을 충실히 보내면 내일을 걱정할 필요가 없다. 그러나 오늘을 허투루 보내면 내일은 걱정이란 짐승의 사슬에 매일 수도 있다. 그렇다. 오늘을 충실히 하라.

004

용서는 가장 큰 수행이다

> 용서는 가장 큰 수행이다. 남을 용서함으로써
> 나 자신이 용서 받는다. 날마다 새로운 날이다.
> 묵은 수렁에 갇혀 새날을 등지면 안 된다.
> 맺힌 것을 풀고 자유로워지면 세상 문도 활짝 열린다.
>
> 법정
>
> 〈용서〉

영국의 신학자이자 설교가인 토머스 퓰러가 이르길 "타인을 용서하지 않는 자는 자기가 건너갈 다리를 부수는 것과 같다. 왜냐하면 우리 각자는 용서 받아야 할 필요가 있기 때문이다."라고 했다.

참으로 옳은 말이다. 사람은 누구나 잘못을 한다. 인간이란 한치 앞도 보지 못하는 존재이기 때문이다. 이는 인간이 지닌 속성이자 인간으로서의 한계이다. 그러니 잘못을 한 누군가가 진실로 용서를 구하면 기꺼이 용서해야 한다. 당신 또한 누군가에게 용서를 구하게 될 일이 있을 것이다. 왜일까. 당신 역시 미약한 존재이기 때문이다.

그렇다. 용서는 인간이 인간으로서 행할 수 있는 가장 아름답고 의연한 행위이다. 우리는 저마다 용서하는 일에 인색하지 말아야 한다.

사람은 본의 아니게 누구나 실수와 잘못을 범할 수 있다. 누군가가 자신에게 잘못을 범했을 때 그것이 의도적이거나 계획적인 것이 아니라면 너그럽게 용서하라. 용서함으로써 덕을 쌓게 될 것이다.

005

생명을 존중하는 마음

> 생명을 존중하는 마음은 하나의 느낌이나
> 자세가 아니다. 그것은 온전한 삶의 방식이고,
> 우리 자신과 우리 둘레의 수많은 생명체들에 대한
> 인간의 신성한 의무이다.
>
> 법정
>
> **〈개체와 전체〉**

우리는 저마다 창조주로부터 선택 받아 태어난 존재이다. 그러니 어찌 한 생명 한 생명이 귀하지 않으랴. 하지만 우리 사회 곳곳에서는 생명을 경시하는 이들로 인한 사건이 끊이질 않는다. 또한 지구촌 곳곳에선 전쟁으로 인해 수많은 아까운 생명들이 하루아침에 목숨을 잃는다. 그 어느 누구도 남의 생명을 함부로 여길 수 없다. 그처럼 귀한 생명체인 사람들을 함부로 여겨 행한다는 것은 창조주에 대한 모독이며 불충이 아닐 수 없다.

어느 생명이든 생명은 그 자체만으로도 이미 값진 존재이다. 우리는 이 사실을 망각해서는 안 된다.

그렇다. 우리는 저마다 서로를 존중해야 한다. 그것은 우리가 마땅히 해야 할 '의무'이자 '도덕적 가치'임을 잊지 마라.

꽃 한 송이, 풀 한 포기, 개미 한 마리도 함부로 해서는 안 된다. 사람은 더더욱 함부로 해서는 안 된다. 생명을 가진 것은 그것이 무엇이든 다 존재 가치가 있기 때문이다.

006

우리가 사람일 수 있는 것은

> 우리가 같은 생물이면서도 사람일 수 있는 것은
> 자신의 삶을 스스로 되돌아보면서 반성할 수 있는
> 그런 기능을 지니고 있기 때문이다.
>
> 법정
>
> 〈너는 네 세상 어디에 있는가〉

사람이 다른 동물과 다른 것이 있다면 크게 두 가지로 볼 수 있다. 첫째는 사람은 창의성을 품고 있어 언어와 문명을 발전시키는 능력이고, 둘째는 자신의 잘못을 반성할 줄 아는 데 있다. 이 둘은 사람만이 할 수 있는 일이다. 그런데 사람들 중엔 잘못을 범하고도 반성을 모르는 사람들이 있다. 그들은 온갖 말을 내세워 자신의 잘못에 대한 정당성을 주장한다. 참으로 부끄럽고 뻔뻔스런 일이 아닐 수 없다.

자신의 잘못에 대해 반성하지 않는다면 그것은 인간의 기본적 도리를 저버리는 패악한 일이다.

잘못한 일이 있다면 잘못을 반성하고 용서를 구해야 한다. 잘못을 반성한다면 그것은 인간으로서의 마땅한 도리이기에 스스로에게도 다른 사람들에게도 기본적 도리를 다하는 일임을 명심해야 할 것이다.

사람은 이성理性을 가진 동물이다. 그래서 자신이 잘못했을 땐 자신을 반성함으로써 몸과 마음을 바르게 해야 한다. 그것이 스스로에 대한 도리인 것이다.

007

진실한 믿음으로 삶을 신뢰하라

진실한 믿음을 갖고 삶을 신뢰하는 사람은 어떤 상황을
만나더라도 흔들림이 없다. 그는 자신의 눈으로
확인하지 않고는 근거 없이 떠도는 말에 좌우됨이 없다.
가짜에 속지 않을뿐더러 진짜를 만나더라도
저기에 얽매이거나 현혹되지 않는다.

법정

〈자신의 눈을 가진 사람〉

신부족언 유불신언信不足焉 有不信焉이라 했다. 이는 '믿음이 부족하면 불신이 생긴다.'라는 뜻으로 '믿음이 가지 않으면 믿고 따르지 못한다.'라는 말이다.

옳은 말이다. 신뢰가 가지 않는데 어떻게 믿고 따를 수 있겠는가. 남에게도 스스로에게도 믿음을 주는 것은 매우 중요하다. 그것은 자신을 신뢰하게 하는 일이며, 사람됨의 근본을 실천하는 일이기 때문이다. 그런 까닭에 이런 사람은 그 어떤 삶에도 경거망동하지 않으며, 부화뇌동하지 않는다.

믿음과 신뢰를 주기 위해서는 자신이 한 말에 대해 그리고 행동에 대해 책임을 져야 한다. 말은 중천금과 같아야 한다. 그래야 사람들로부터 신뢰를 쌓게 되고 믿음을 줄 수 있다.

진실한 믿음으로 삶을 신뢰하는 자가 돼라. 그러면 사람들도 당신을 믿고 신뢰하게 될 것이다.

진실한 믿음을 지니면 그 어떤 거짓이나 미혹에도 넘어가지 않는다. 삶에 대한 진실한 믿음은 견고한 뿌리를 지닌 나무와 같기 때문이다.

008

자기를 지킨다는 것의 의미

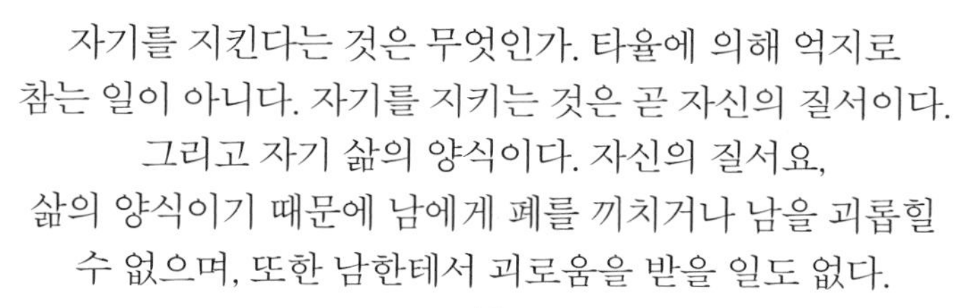

자기를 지킨다는 것은 무엇인가. 타율에 의해 억지로
참는 일이 아니다. 자기를 지키는 것은 곧 자신의 질서이다.
그리고 자기 삶의 양식이다. 자신의 질서요,
삶의 양식이기 때문에 남에게 폐를 끼치거나 남을 괴롭힐
수 없으며, 또한 남한테서 괴로움을 받을 일도 없다.

법정

〈자신의 눈을 가진 사람〉

사람은 자기만의 원칙과 질서가 있어야 한다. 원칙은 자신이 살아가는 데 있어 스스로에게 '삶의 이정표'가 되어주고, 질서는 스스로를 흐트러지지 않게 함으로써 '정도'를 걷게 한다. 즉, 질서란 자신을 지키기 위한 '인생의 규율'인 것이다.

그런데 사람들 중엔 자신이 세운 원칙도 지키지 않는 이들이 있다. 그들은 필요에 따라 이랬다 저랬다 자신의 입맛에 따라 행동한다. 이는 스스로 세운 원칙을 무너뜨림으로써 자신의 사람됨을 천길만길 아래로 떨어트리는 어리석음과 같다. 또한 질서를 망각해 스스로 흐트러지게 함으로써 사람들로부터 원성을 사게 한다.

원칙과 질서, 이 두 가지가 잘 실행될 때 스스로를 지킴으로써 인생의 귀감이 되게 하는 것이다. 그렇다. 원칙과 질서를 잘 지켜 행하는 당신이 돼라.

자기를 지키기 위해서는 스스로에 대한 삶의 양식과 질서가 있어야 한다. 그래야만 남에게 폐를 끼치지 않고 괴롭힘을 주지 않음으로써 타인으로부터 괴롭힘을 당하지 않게 된다.

009

뒷모습이 아름다운 사람

늘 가까이 있어도 눈 속의 눈으로 보이는, 눈을 감을수록
더욱 뚜렷이 나타나는 모습이 뒷모습이다.
이 모습이 아름다워야 한다. 앞모습은 허상이고
뒷모습이야말로실상이기 때문이다.

법정

〈뒷모습〉

사람들 중에는 남들이 보는 데서는 품격 있게 행하되, 안 보는 데서는 함부로 행하는 이들이 있다. 그러고도 그것이 잘못된 일이라는 걸 모른다. 이런 사람들은 대표적인 이중인격자라 할 만하다. 그래서 이런 사람들의 뒷모습은 향기 없는 시든 꽃과 같이 우중충하다.

그런데 앞에서나 뒤에서나 한결 같은 사람이 있다. 이런 사람의 뒷모습은 향기 가득한 활짝 핀 꽃처럼 참 보기가 좋다. 그런 까닭에 뒷모습이 아름다운 사람은 누구에게나 존경받고 삶의 향기를 남기는 것이다.

당신은 어떤 사람인지를 한번 살펴보라. 앞에서만 잘하는지, 뒤에서도 잘하는지를. 그렇다. 누군가에 보이기 위한 앞모습보다는 뒷모습이 아름다운 사람이 되어야 한다. 그것이야말로 진정한 인품을 갖춘 사람이기 때문이다.

뒷모습이 아름다운 사람은 자신의 삶을 잘 살고 있다는 방증이다. 그런 까닭에 뒷모습이 아름다운 사람은 누구에게나 귀감이 된다. 뒷모습이 아름다운 사람이 돼라.

010

인생의 길은 곡선이다

사람의 손으로 빚어낸 문명은 직선이다.
그러나 본래 자연은 곡선이다. 인생의 길도 곡선이다.
끝이 빤히 내다보인다면 무슨 살맛이 나겠는가.
모르기 때문에 살맛이 나는 것이다.
이것이 바로 곡선의 묘미이다.

법정

〈직선과 곡선〉

서양화는 면面을 중시하지만 동양화는 선線을 중요시한다. 선도 직선보다는 곡선을 더 중요시한다. 그 이유는 곡선은 부드럽고 유유하지만 직선은 반듯하나 날카로운 이미지를 주기 때문이다.

한마디로 서양화는 동적動的이고 입체적이라고 한다면, 동양화는 정적靜的이고 평면적이라고 할 수 있다.

우리의 삶 또한 이와 같다. 문명은 사람 손을 타 직선처럼 예리하고 날카롭고 빈틈이나 여지가 없지만, 자연은 본래 무위無爲이기에 곡선처럼 부드럽고 여백과 여지가 있는 것이다.

너무 눈에 띄고 드러내는 삶을 살기 위해 애쓰지 마라. 그로 인해 자칫 스스로를 무너지게 할 수도 있음이다. 정도正道를 지키며 살되 여유롭고 묘미 있는 삶을 살아야 한다.

둥글둥글하게 살아야 한다는 말이 있다. 이는 모난 사람이 되지 말라는 말이다. 둥글다는 것은 곧 곡선을 의미한다. 그렇다. 곡선처럼 유연하게 살 때 삶의 묘미는 한층 더하게 된다.

011

맑음과 향기와 운치 있는 삶을 살아라

맑고 향기롭게 피어 있는
꽃의 아름다움을 즐길 뿐 아니라,
자신의 삶에도 이런 맑음과 향기와 운치가
있는지 되돌아볼 수 있어야 한다.

법정

〈눈 속에 꽃을 찾아가는 사람〉

꽃이 사람들로부터 사랑받는 것은 맑고 고운 향기를 전해주고 예쁘게 활짝 웃어주기 때문이다. 그런 까닭에 갖가지 꽃들로 피어 있는 꽃밭은 그 운치를 더한다.

오래전 용인 에버랜드 꽃 축제에 갔을 때 일이다. 드넓게 조성된 꽃밭에는 우리나라 꽃을 비롯해 세계의 갖가지 꽃들이 만발했다. 그리고 갖가지 꽃들이 내뿜는 향기는 그 얼마나 향기롭던지 마치 향기로 샤워를 한듯 상쾌했다. 그 황홀함을 지금도 또렷이 기억한다.

우리 또한 삶의 맑고 고운 향기를 지닐 수 있어야 한다. 그래야 자신에게도 주변 사람들에게도 의미 있는 인생으로 살아갈 수 있다.

그렇다. 맑고 향기롭고 운치 있는 삶을 사는 당신이 돼라.

꽃은 저마다의 향기를 갖고 있다. 사람 또한 자신만의 향기를 가져야 한다. 그래서 자신의 향기를 사람들에게 전해주어야 한다. 그것이야말로 맑고 향기로운 삶을 사는 지혜이다.

012

불필요한 말은 삼가고 가급적 말을 적게 하라

인간과 인간의 만남에서 말은
그렇게 중요하지 않다.
꼭 필요한 말만 할 수 있어야 한다.
안으로 말이 여물도록 인내하지 못하기 때문에
밖으로 쏟아내고 마는 것이다.

법정
〈말이 적은 사람〉

춘추전국시대의 학자이자 사상가인 묵자墨子는 "말이 많으면 쓸 말은 상대적으로 적은 법이다."라고 말한 것으로 유명하다. 이는 말의 낭비를 줄이고, 할 말만 하라는 것이다.

왜 그럴까? 말이 많으면 그만큼 쓸모없는 말도 많기 때문이다. 아주 적확한 지적이 아닐 수 없다.

구시화문口是禍門이라고 했다. 입은 재앙의 문이기 때문에 말을 많이 하면 그만큼 탈도 많은 법이다.

그렇다. 많은 사건 뒤에는 말이 화근이 된 경우가 많다. 될 수 있으면 할 말만 하고 말수를 줄여야 한다. 그래야 설화舌禍로부터 자유로울 수 있다.

말이 많으면 상대적으로 쓸 말은 적은 법이다. 불필요한 말을 줄여야 한다. 그래야 실수를 줄임으로써 설화로부터 자신을 지킬 수 있다.

013

마음이 충만한 사람

마음이 충만한 사람은 행복하다. 하늘나라가
그들의 것이다. 남보다 적게 갖고 있으면서도
그 단순함 속에서 아무 부족함 없이 소박한 기쁨을
잃지 않는 사람이야말로 청빈의 화신이다.
또 진정으로 삶을 살 줄 아는 사람이다.

법정

〈안으로 충만해지는 일〉

"심령이 가난한 자는 복이 있나니 천국이 그들의 것임이요."

이는 신약성경 마태복음(5장 3절)에 나오는 말씀으로, 마음이 가난한 사람은 재물이나 권세나 명예나 자리의 욕심이 없어 그런 만큼 자족하는 삶을 살아간다. 욕심이 없다는 것은 곧 내면적으로나 외적인 삶에 있어 충만하다는 것을 뜻하기 때문이다.

그러나 마음이 가난하지 못하면 아무리 채우고 또 채워도 만족하지 못한다. 그러다 보니 욕심을 부리게 되고 그로 인해 스스로를 불행하게 만드는 것이다.

욕심을 멀리 하라. 이는 천리天理이므로 마음에 새겨 실천한다면 늘 충만한 마음으로 행복하게 살아가게 될 것이다.

충만한 마음은 마음이 가난할 때 느끼는 감정이다. 마음이 가난하면 탐욕으로부터 자유로울 수 있어 자족自足하게 된다. 그러나 아무리 물질이 많아도 마음이 가난하지 못하면 자족할 수 없다. 마음을 충만히 하라.

014

긴장하지 말고 즐거운 삶을 살아라

> 너무 긴장하지 마라.
> 너무 긴장하면 탄력을 잃게 되고
> 한결같이 꾸준히 나아가기도 어렵다.
> 사는 일이 즐거워야 한다.
>
> 법정
>
> 〈지금 이 순간〉

긴장하면 몸과 마음이 위축된다. 그것이 지속적으로 반복되면 스트레스로 이어지고, 정도定度를 넘으면 건강에 악영향을 끼치게 된다. 긴장한 사람의 얼굴은 붉은 빛이 감돌고 심장 박동수가 높아지는 것이 그 일례이다. 그래서 긴장하게 되면 마음의 여유를 잃게 되고, 삶의 탄력성을 떨어뜨리게 되는 것이다.

물론 살다 보면 뜻하지 않은 일로 긴장하게 되고, 하는 일이 잘 안 돼 상실감에 빠질 수 있다. 하지만 그 어떤 일에도 긴장감을 줄여야 한다.

긴장감을 줄이기 위해서는 긍정적으로 생각하고, 스스로 즐겁게 하는 일을 습관화해야 한다.

그렇다. 이것이야말로 최선의 긴장 완화법인 것이다.

긴장하게 되면 마음이 불안하게 되어 몸과 마음이 경직된다. 그래서 얼굴에는 생기가 없다. 하지만 스스로를 즐겁게 하면 여유롭고 활기차게 생활함으로써 탄력성 있는 삶을 살게 된다.

015

세상에 영원한 것은 없다

> 좋은 일도 늘 지속되지 않는다.
> 그러면 사람이 오만해진다.
> 어려운 때일수록 낙천적인 인생관을 가져야 한다.
> 덜 갖고도 더 많이 존재할 수 있어야 한다.
>
> 법정
>
> 〈영원한 것은 없다〉

진나라 진시황제는 늙지 않고 영원히 살고 싶어 불로초를 찾기 위해 혈안이 되었다. 그의 명을 받은 신하는 불로초를 구하기 위해 노심초사했다. 그러나 불로초는 그 어디에도 없었다. 결국 진시황제는 인간의 한계를 극복하지 못한 채 죽고 말았다. 생명의 영원성을 위해 혈안이 되었던 진시황제의 작태는 무지몽매함의 극치가 아닐 수 없다.

이 세상에 그 어떤 것도 영원한 것은 없다. 모든 것은 다 끝이 있는 법이고, 지속되지 않는다. 그렇다면 문제는 간단하다. 자신이 사는 동안 최선을 다해 살아야 한다. 그것이야말로 스스로에게 존재감을 심어주고 스스로를 축복되게 하는 일인 것이다.

그렇다. 사는 동안 행복하게 사는 것, 그것이야말로 축복의 불로초이다.

항상 좋은 일만 있을 수는 없다. 그러면 삶의 감사함을 잊게 된다. 어려운 일도 겪어봐야 하고, 그것을 통해 삶의 감사함을 느낄 때 스스로를 행복하게 한다.

016

꽃에게 배워야 할 것들

> 풀과 나무들은 있는 그대로
> 그 모습을 드러내면서
> 생명의 신비를 꽃피운다.
> 자기 자신의 생각과 감정을
> 자신들의 분수에 맞도록 열어 보인다.
>
> 법정
>
> 〈꽃에게 배워라〉

'꽃은 우는 적이 없다 // 비가 오나 / 거센 바람이 휘몰아치거나 / 뜨거운 태양 아래서도 웃음을 잃지 않는다 // 울면 꽃이 아니다 // 언제나 웃어야 꽃이다'

이는 나의 〈언제나 꽃은〉이란 시이다. 이 시에서 보듯 꽃은 있는 그대로 자신의 본분을 다함으로써 사람들에게 즐거움을 주고 행복하게 한다. 억지로 꾸미거나 요란을 떨지 않는다. 이것이 꽃이 사람들로부터 사랑받는 이유다.

우리 또한 꽃처럼 있는 그대로를 드러내며 살아야 한다. 그것이 자신의 분수를 지키며 사는 지혜로운 삶의 방법인 것이다.

그렇다. 꽃의 지혜를 배워라. 그것이 자신을 행복으로 이끄는 지혜임을 잊지 마라.

꽃은 날씨를 탓하지 않고, 자신을 과시하지도 않는다. 그 어떤 꽃이든 제가 가진 향기와 빛깔로 사람들을 즐겁게 한다. 그렇다. 꽃처럼 자신의 본분에 맞게 살 때 그만큼 행복은 커지는 것이다.

017

삶이 녹슬지 않게 하라

> 우리 모두는 늙는다. 그리고 언젠가
> 자기 차례가 오면 죽는다. 그렇지만
> 우리가 두려워할 것은 늙음이나 죽음이 아니다.
> 녹슨 삶을 두려워해야 한다.
> 삶이 녹슬면 모든 것이 허물어진다.
>
> 법정
>
> 〈녹슨 삶을 두려워하라〉

녹이 슨 대문을 본 적이 있다. 녹으로 인해 철문이 발갛게 삭아내린 모습은 흉측함 그 자체였다. 그 단단한 쇠를 쓸모없는 쇳가루로 만들어버리는 녹은 쇠에게는 천형의 바이러스와 같은 존재다.

녹은 철을 갉아먹는다. 참으로 무섭고 끔찍한 일이 아닐 수 없다.

사람 또한 삶이 녹슬지 않게 해야 한다. 삶이 녹슬면 꿈도 행복도 다 사라지고 만다. 삶이 녹슬지 않게 하기 위해서는 게으름, 무질서, 거짓말, 남을 비난하는 일, 부정적인 생각 등 '인생의 녹'이 끼지 않게 해야 한다. 인생에 녹이 슬면 그 삶은 죽은 삶이기 때문이다.

그렇다. 인생이 녹스는 것을 경계해야 한다. 늘 몸과 마음을 가다듬어 자신을 새롭게 하는 일에 힘쓰라.

삶을 녹슬게 한다는 것은 자신의 인생을 스스로 파괴하는 것과 같다. 게으름과 나태함, 부정적인 생각, 무질서에서 벗어나 자신의 삶이 녹슬지 않게 늘 부지런하고 성실하라.

018

내 것은 없다, 사는 동안만 내 것이다

> 진정으로 내 것이 있다면 내가 이곳을 떠난 뒤에도
> 전과 다름없이 이곳에 남아 있는 것들이어야 한다.
> 그러니 내가 지금 가지고 있는 것은
> 내 것이 아님을 알아야 한다.
>
> 법정
>
> **〈삶의 종점에서〉**

공수래공수거空手來空手去라는 말이 있다. 세상에 빈손으로 왔다 빈손으로 돌아간다는 뜻이다. 이는 그 어느 누구도 예외가 없는 삶의 법칙이다. 다만 세상에 살면서 저마다의 삶을 영위하는 것일 뿐이다.

그런데 어리석게도 죽을 때 갖고 갈 것처럼 탐욕을 부리고 유난을 떨고 악행을 일삼고 집착하는 사람들이 있다. 그런 사람들에겐 인간의 도道라든가, 예禮라든가 하는 것은 찾아볼 수 없다. 오직 취하고 채우는 일에만 급급하다. 이 얼마나 어리석고 무지한 일인가.

지금 자신에게 있는 것은 사는 동안만 허락된 것일 뿐 내 것이 아닌 것이다. 그러니 움켜쥐고 인색하게 굴지 말고 베풀고 나누어라. 그것은 곧 자신을 복되게 하는 일이며 삶의 흔적을 남기는 아름다운 일인 것이다.

지금 내가 가지고 있는 것은 죽을 때 가지고 갈 수 없다. 살아 있는 동안만 내 것인 것이다. 그런 까닭에 남에게 아픔을 주고 인색하게 굴지 마라. 그것은 자신의 삶을 헛되이 하는 것이다.

019

완전한 인간이란 말의 의미

어떤 결함도 없는
완전한 인간이란 완전이라고
하는 데에도 머물지 않는 사람이다.
완전이란 이미 이루어진 상태가 아니라
시시각각 새로운 창조이기 때문이다.

법정

〈알몸이 돼라〉

완전完全이라는 말은 '모자람이나 흠이 없음'을 뜻한다. 한 마디로 말해 완벽함 그 자체인 것이다.

그런데 법정 스님은 '완전한 인간이란 완전이라고 하는 데에도 머물지 않는 사람이다.'라고 말한다. 그 이유는 '완전'이란 이미 이루어진 상태가 아니라 시시각각 새로운 창조이기 때문이라고 말한다.

그렇다. 지금은 완전해도 시간이 지나면 그것은 낡고 허점을 드러내고 고루함이 될 수도 있다. 그러니까 완전함이란 고정적인 것이 아니라 새롭게 변화하는 창조적인 행위인 것이다.

하여, 완전함이라는 말에 미혹되지 말아야 한다. 늘 자신을 새롭게 하는 데 힘쓰는 당신이 돼라.

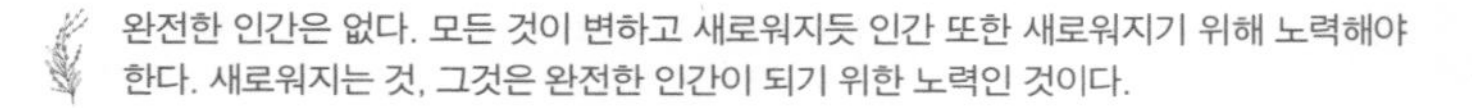

완전한 인간은 없다. 모든 것이 변하고 새로워지듯 인간 또한 새로워지기 위해 노력해야 한다. 새로워지는 것, 그것은 완전한 인간이 되기 위한 노력인 것이다.

020

산다는 것은 끊임없이 자신을 창조하는 일이다

산다는 것은
끊임없이 자기 자신을 창조하는 일,
그 누구도 아닌
자신이 자신을 만들어 간다.

법정

〈자신을 창조하는 일〉

지금껏 살아오면서 깨달은 것 중 하나는 산다는 것은 무언가를 끊임없이 창조하는 일이라는 것이다. 그런 까닭에 배우고 익히는 것은 그것이 무엇이든 자신이 새로운 것을 추구하는 데 있어 바탕이 된다.

왜 그럴까. 창조라는 것은 지금은 없지만 새롭게 만드는 것으로써 삶은 그러한 과정을 거치며 앞으로 나아가는 것이기 때문이며 그 에너지는 배우고 익히는 데서 온다. 그러니까 산다는 것은 그 자체가 창조적 행위이며 자신을 새롭게 변화시키는 과정인 것이다.

사람들은 누구나 이런 과정을 거치며 새롭게 거듭난다. 새롭게 자신을 거듭나게 하는 행위가 산다는 것의 의미인 것이다. 이를 마음에 새겨 실행한다면 보람되고 가치 있는 자신의 인생을 살게 될 것이다.

삶은 창조다. 오늘이 어제와 같다면 그것은 무의미한 삶이다. 산다는 것은 끊임없이 자신을 창조하는 것이다.

021

주의 깊게 생각하고 귀 기울여 들어라

말하기 전에 주의 깊게 생각하는 습관부터 길러야 한다.
말하는 것보다는 귀 기울여 듣는 데 익숙해야 한다.
말의 충동에 놀아나지 않고 안으로 돌이켜 생각하면,
그 안에 지혜와 평안이 있음을 그때마다 알아차릴 것이다.

법정

〈종교적인 삶〉

남의 말을 예의 있게 잘 듣는 것을 '경청傾聽'이라고 한다. 경청의 중요성에 대해 미국의 의학자이자 시인인 올리버 웬델 홈스Oliver Wendell Holmes는 "진심으로 공감하고 이해하는 태도로 상대의 말을 듣는 것이야말로 다른 사람들과 두루 사이좋게 지내고 평생 지속될 우정을 쌓아가는 데 가장 효과적인 방법이다. 요즘에는 이 기술을 연습하는 사람들이 점점 줄어드는 것 같다. 이 기술은 바로 '경청'하는 것이다."라고 말했다.

경청은 말을 잘하는 것보다 더 효과적인 대화법이다. 상대의 마음을 사로잡는 데 있어 매우 효과적이기 때문이다. 그래서 경청을 잘하는 사람 주변에는 좋은 사람들이 많다.

인간관계를 잘 맺고 싶다면 말하기보다 주의 깊게 생각하고 주의 깊게 잘 듣는 습관을 들여야 한다.

삼사일언三思一言이라는 말이 있다. 한 번 말할 때 세 번 생각해보고 하라는 말이다. 즉 말을 신중히 하라는 것이다. 또한 남의 말을 주의 깊게 들어야 한다. 그렇다. 잘 생각해서 말하고 경청하는 습관을 들여라.

022

생활의 여백, 삶의 여유를 지녀라

> 오늘 우리들은 어디서나 과밀 속에서
> 과식하고 있다. 생활의 여백이 없다.
> 실實로써 가득 채우려고만 하지,
> 허虛의 여유를 두려고 하지 않는다.
>
> 법정
>
> 〈허의 여유〉

한 마리 여우가 포도원의 탐스런 포도를 보고 포도원에 들어가려고 했다. 하지만 단단히 처진 울타리 때문에 사흘을 굶은 끝에 살을 빼고 들어가 실컷 먹고는 배가 불러 나오지 못해 또 사흘을 굶고 나서야 가까스로 포도원을 나올 수 있었다.

이 어리석은 여우 이야기는 《탈무드》에 나오는 이야기로 많은 생각을 하게 한다. 여우는 배를 채우려는 생각만 했지, 배를 채우고 나서 울타리 빠져나올 생각은 하지 못했다. 결국 여우는 채우려고 하다 잃음으로써 본래의 상태로 되돌아가고 말았다.

사람들 중에도 이 여우처럼 욕심에 갇혀 채우려고만 하다 결국 삶의 본질을 잃은 채 살다 뒤늦게 후회를 하곤 한다.

채우려고만 하지 마라. 그것은 얻는 것 같지만 생활의 여백과 삶의 여유와 본질을 잃게 하는 어리석은 행위임을 기억하라.

생활의 여백을 갖는다는 것은 삶의 여유를 지니는 것이다. 여유 있는 삶을 살기 위해서는 채우려고만 해서는 안 된다. 때론 내려놓을 수 있어야 한다. 그래야 마음의 평안을 얻음으로써 여유를 갖게 된다.

023

인생의 오르막길과 내리막길에 대한 생각 한 줄

> 오르막길은 어렵고 힘들지만 그 길은
> 인간의 길이고 꼭대기에 이르는 길이다.
> 내리막길은 쉽고 편리하지만 그 길은
> 짐승의 길이고 수렁으로 떨어지는 길이다.
>
> 법정
>
> 〈어느 길을 갈 것인가〉

미국 자연주의 시인 로버트 프로스트의 시 〈가지 않는 길〉에는 두 갈래 길이 나온다. 작중 화자는 어디로 갈까 망설이다 사람들의 발길이 뜸한 풀이 무성한 길을 선택해서 갔다. 그리고 먼 훗날 한숨 지며 말할 것이라고 말한다. 자신이 선택한 길이 자신의 모든 것을 바꾸어 놓았다고.

이 시에서 보듯 사람은 누구나 선택의 기로에 놓일 때가 있다. 그리고 선택에 대한 결과로 웃고 아쉬움에 젖곤 한다.

여기서 한 가지 분명한 것은 내리막길이나 평탄한 길은 좋을 것 같지만 자칫 잘못되게 할 수 있고, 오르막길은 힘들지만 좋은 결과를 낳는 인간의 길이라는 것이다.

그렇다. 선택은 어디까지나 자신의 몫이다. 하지만 지혜롭게 선택해야 한다. 그에 따라 삶의 결과는 달라지기 때문이다.

내리막길을 가기는 쉽지만 자칫 경거망동 할 수 있다. 오르막길은 가기는 힘들지만 오르고 났을 때 그만큼 기쁨은 크다. 그렇다. 오르막길을 만나면 피하지 말고 가라.

024

홀로 있다는 것은

> 홀로 있다는 것은
> 어디에도 물들지 않고 순진무구하며
> 자유롭고 홀가분하고 부분이 아니라
> 전체로서 당당하게 있음을 뜻한다.
>
> 법정
>
> 〈화전민의 오두막에서〉

사람은 누구나 본질적으로 혼자이다. 그 혼자가 모여 가족을 이루고, 사회를 이루고, 국가를 이루는 것이다.

그런데 혼자일 땐 대개 어디에도 물들지 않고 자유롭고 홀가분할 수 있지만, 전체가 있을 땐 전체의 분위기에 휩쓸리는 사람들이 있다. 그럼으로 인해 자신이 본질을 벗어나는 경우가 있다.

진정한 홀로 있음은 전체의 분위기에 휩쓸리지 않고 어디에도 물들지 않고 홀가분함을 넘어 당당할 수 있어야 한다. 그랬을 때 자기다움의 자리를 지켜나감으로써 만족할 수 있다.

그렇다. 당신은 어떠한지를 지금 한번 생각해보라. 어디에도 물들지 않고 자유롭고 홀가분함을 넘어 당당한지를. 홀로 있음으로 진정 자유롭고 전체로서 당당한 당신이 돼라.

홀로 있을 땐 어디에도 물들지 않고 자유롭고 홀가분함을 느낀다. 하지만 전체가 있을 땐 휩쓸리는 경우가 있다. 어디에도 물들지 않고 자유로움을 넘어 스스로 당당하라.

025

꽃을 가꾸는 것의 의미

우리가 뜰이나 화분에
꽃을 가꾸는 것은 단순히 그 꽃의
아름다움만을 즐기기 위해서가 아니다.
말없는 가운데 삶의 모습과 교훈을 보여주고 있는
그 뜻도 함께 받아들일 수 있어야 한다.

법정

〈개울가에서〉

산과 들, 뜰이나 화분에 피어 있는 갖가지 꽃들을 보고 있으면 그 향과 아름다움에 마음이 충만해져옴을 느끼곤 한다. 그래서 꽃을 보고 있으면 마음이 평안하고 순수해진다.

꽃은 동심을 갖게 하는 묘한 매력을 지닌 즐거움의 비타민이다. 아무리 감정에 무딘 사람이나 거친 성격을 지닌 사람도 꽃을 보면 그 순간만큼은 어린아이처럼 여린 감성을 지니게 된다.

그런데 그 꽃을 가만히 보고 있으면 절제미와 고고함을 품고 있음을 알게 된다. 무궁화는 무궁화대로, 목련은 목련대로 그 어떤 꽃도 꽃 나름의 품격이 있다. 이는 꽃의 또 다른 모습인 것이다. 이를 삶의 교훈으로 삼아 실행에 옮길 수 있다면 자신의 삶을 좀 더 가치 있게 살게 될 것이다.

꽃은 단지 향기와 아름다움만을 보여주지 않는다. 꽃은 비가 오나, 바람이 부나, 뜨거운 태양 아래서도 묵묵히 제자리를 지킨다. 그렇다. 꽃의 책임과 담담함을 배워야 한다.

026

인간이란 존재란 무엇인가

우리는 대지로부터 끊임없이 빼앗기만 하지 아무것도
되돌려주려고 하지 않는다. 이래서 대지는 서서히
불모의 땅이 되어가면서 죽어간다. 이 지구가
죽어가고 있다면 그 안에 있는 인간의 대지도 죽어간다.

법정

〈낙엽은 뿌리로 돌아간다〉

인간은 우주 만물의 으뜸이라고 말한다. 하지만 인간은 자연의 일부분일 뿐 그 이상도 그 이하도 아니다.

인간은 오만함과 탐욕을 가진 생각하는 동물로 자연을 훼손시킬 뿐만 아니라, 그러고도 반성을 모른다. 마치 자신들을 대지의 주인으로 여긴다. 이는 오만의 극치가 아닐 수 없다. 대지를 파헤치고 자연을 고통스럽게 함으로써 인간은 지금 그 대가를 혹독히 치르고 있다.

이제 우리는 달라져야 한다. 대지가 숨을 쉴 수 있도록 본래대로 복원시키고 그동안 우리가 받은 은혜를 갚아주어야 한다. 그래야 우리는 제대로 살아갈 수 있다. 그것이야말로 우리가 인간답게 사는 길임을 잊지 마라.

인간이란 존재는 우주의 먼지에 불과하며, 자연의 일부일 뿐이다. 그런데도 자연을 훼손하며 오만하게 군다. 머리 숙여 자연 앞에 겸손하라.

027

산다는 것의 의미

우리가 산다는 것은 이 우주가 벌이고 있는 생명의 잔치에
함께하는 일이다. 사람이 착하고 어진 마음을 쓰면
이 우주에 있는 착하고 어진 기운들이 밀려온다.
반대로 어둡거나 어리석은 생각을 지닐 때는,
이 우주 안에 있는 음울하고 파괴적인 독소들이 몰려온다.

법정

〈자연은 커다란 생명체다〉

산다는 것은, 살아간다는 것은 자신의 인생을 자신이 원하는 대로 개척하고 활짝 꽃피우는 일이다. 그런 까닭에 어떻게 사느냐는 매우 중요하다.

그런 까닭에 착한 마음으로 살면 착한 기운을 받아 착한 인생이 되고, 나쁘게 살면 어둡고 칙칙한 나쁜 기운을 받아 나쁜 인생이 된다.

또한 긍정적으로 살면 매사에 긍정적인 인생이 되고, 부정적으로 살면 매사에 부정적인 인생이 된다. 인생을 보람되고 행복하고 가치 있게 살고 싶다면 마음을 잘 써야 한다. 생각하는 대로 되는 게 그 사람의 인생이기 때문이다.

그렇다. 인생을 잘 살고 싶다면 우주에 있는 착하고 어진 기운을 많이 받을 수 있도록 노력하라.

우리가 산다는 것은 우주의 일원으로 생명의 잔치에 함께하는 일이다. 그런 까닭에 우주에 덕이 되도록 해야 한다. 그랬을 때 우주는 착하고 어진 기운을 선물한다. 그 기운이 자신을 은혜롭게 하는 것이다.

028

온전한 사람이 되는 법

온전한 사람이 되려면 무엇보다도 먼저
자기 자신을 알아야 한다. 자기 자신을 알고자 한다면
스스로를 면밀히 지켜보라. 자신의 생각과 말씨, 혹은
걸음걸이와 먹는 태도, 운전습관, 그리고 남을 미워하고
시기하는 그 마음을 자세히 살펴보라.

법정

〈여기 바로 이 자리〉

고대 그리스 철학자 소크라테스는 '너 자신을 알라'라는 말을 한 것으로 유명하다. 하지만 사람들은 대개 자신을 잘 알지 못한다. 사람은 누구나 자신에게 관대하기 때문에 자신에 대해 냉철하게 생각하는 마음이 부족하다.

자기 자신을 안다는 것은 매우 중요하다. 그것에 따라 자신의 삶을 자신의 의지대로 살아갈 수 있기 때문이다.

자기 자신을 잘 알기 위해서는 냉철하게 스스로를 평가함으로써 좋은 점은 더 좋게 이어나가고 나쁜 점은 좋게 개선시켜야 한다. 이런 과정을 통해 좀 더 온전한 사람으로 거듭나는 것이다. 자신을 안다는 것, 그리고 온전한 사람이 된다는 것은 자신의 삶에 대한 최고의 예의이다.

자신을 안다는 것은 자신을 좀 더 인간답게 사는 지혜를 갖추는 일이다. 그렇게 될 때 삶의 실수를 줄이게 됨으로써 삶을 잘 살아가게 된다.

029

여행은 삶의 탐구이다

여행은 삶의 탐구다.
일상의 굴레에서 훨훨 떨치고 벗어남으로써,
온갖 소유로부터 해방됨으로써
아무것도 걸치지 않은 자신의 참 모습 앞에
마주 서는 것이다.

법정

〈온화한 얼굴 상냥한 말씨〉

소설《잃어버린 시간을 찾아서》의 작가인 프랑스의 마르셀 푸르스트는 여행에 대해 "진정한 여행은 새로운 풍경을 찾는 것이 아니라 새로운 시각을 찾는 것이다."라고 말했다.

여기서 새로운 시각이란 '삶의 의미'의 발견을 말한다. 여행을 하다 보면 많은 것을 보고, 듣고, 느끼고, 경험하게 된다. 그러는 가운데 지금껏 몰랐던 새로운 생각을 발견하게 된다. 이것이 바로 여행의 묘미이자 진정한 의미인 것이다.

그렇다. 여행을 삶을 탐구하는 생산적인 기회로 삼아야 한다. 그러면 여행을 통해 자신을 보다 더 성숙한 삶의 주인으로 살게 하는 데 큰 도움이 되어 줄 것이다.

여행의 목적은 자신이 가고 싶은 곳을 가는 데도 있지만, 낯선 곳에서 자신과 마주하는 시간을 갖는 기회이기도 하다. 여행을 통해 자신을 탐구하는 시간을 가져라.

030

보상을 치르지 않고는 그 어떤 결과도 없다

세상에 거저 되는 일도 없지만,
공것 또한 절대로 없다.
그만한 보상을 치르지 않고는
그 어떤 결과도 가져올 수 없다.

법정

〈겨울 하늘 아래서〉

'인생은 한 방이다'라고 생각하는 사람들을 의외로 많이 보게 된다. 이런 부류의 사람들의 머릿속엔 어떻게 하면 손쉽게 자신이 원하는 것을 손에 쥘 수 있을까에 대한 생각으로 가득 차 있다. 그래서 로또 복권을 매주 구매하고, 카지노를 들락거리고, 도박 게임을 아무렇지도 않게 한다. 이는 자신의 재능이나 능력을 저하시킴은 물론 허황된 생각과 허영심에 빠지게 한다.

정당한 노력을 들여 얻는 보상이야말로 스스로를 떳떳하게 하고 행복하게 한다. 그리고 그러는 가운데 삶의 진리를 깨달음으로써 자신을 보다 원숙한 인생이 되게 하는 데 큰 도움이 된다.

그렇다. 보상을 치르고 자신의 원하는 것을 손에 쥐어라. 그것이 참 인생을 사는 가장 확실하고 명쾌한 방법인 것이다.

인생을 쉽고 약게 살려고 해서는 안 된다. 자신이 살고 싶은 대로 대가를 치러야 한다. 그 어떤 삶도 보상을 치르고 당당하게 사는 당신이 돼라.

031

사색思索, 삶의 위대한 예술

사색은 삶의 위대한 예술의 하나다.
사색은 누구한테서 배울 수 있는 것이 아니다.
입 다물고 근원과 본질에 귀 기울이면 된다.

법정

〈단순하고 간소한 삶〉

아프리카 성자로 칭송 받는 알버트 슈바이처는 "사색하는 것을 포기하는 것은 정신적 파산의 선고와 같은 것이다."라고 했으며, 미국의 시인이자 사상가인 랠프 왈도 에머슨은 "돈 많은 사람과 내면적 사색이 충실한 사람과 누가 더 행복할까. 사색하는 쪽이 훨씬 더 행복할 것이다."라고 말했다.

이를 보더라도 사색이 인간의 삶에 미치는 영향이 얼마나 중요한지를 잘 알게 한다. 사색을 통해 자신을 살피는 눈을 기르게 되고, 지혜를 얻는 데 큰 도움이 되기 때문이다.

사색은 정신적인 양식과 같다. 그래서 사색을 많이 하는 사람은 생각이 깊고 마음의 결이 곧다.

그렇다. 사색하라. 사색은 당신을 품격 있는 삶으로 이끌어 줄 것이다.

사색은 자신의 내면을 탄탄히 하는 일이다. 그런 까닭에 사색은 깊이 있는 삶을 살아가는 데 큰 도움이 된다. 늘 사색하는 시간을 가져라.

032

올바른 이해를 배우고 익히는 법

> 올바른 이해는 책이나 선생으로부터 얻어듣거나
> 배울 수 있는 것이 아니다.
> 그것은 모든 것을 사랑하고
> 존중하는 마음에서 움트는 것이다.
>
> 법정
>
> 〈인디언 '구르는 천둥'의 말〉

소설《좁은 문》의 작가 앙드레 지드는 사랑에 대해 말하기를 "사랑을 하는 자의 첫째 조건은 마음이 순결해야 한다. 상대방의 인격을 존중하지 않고는 진실한 사랑이라고 할 수 없다. 또한 그 마음과 뜻이 흔들림이 없어야 한다."라고 했다.

앙드레 지드의 말에서 보듯 사랑하는 마음을 갖게 되면 상대방을 존중하는 마음이 깊어져 이해심이 깊어지고, 배려하는 마음이 좋아진다. 그런 까닭에 사랑이 많은 사람은 누구에게도 이해심과 배려심이 좋다.

그렇다. 당신이 진정으로 이해심을 키우고 싶다면 올바른 이해를 배우고 익히되 그것을 사랑으로 실천하라.

이해는 상대방을 배려하고 존중하는 가운데 싹튼다. 이해심을 키우기 위해서는 배려하고 존중하는 마음을 길러야 한다.

033

차를 마시며 나누는 이야기 법도法道

> 차를 마시면서 나누는 이야기는
> 정치나 돈에 대한 것 말고 차에 어울리도록
> 맑고 향기로운 내용이어야 한다.
> 차를 마시면서 큰 소리로 세상일에 참견하거나
> 남의 흉을 보는 것은 차에 결례를 범하게 된다.
>
> 법정
>
> <가을에는 차 맛이 새롭다>

차를 마시며 남의 흉을 보거나 좋지 않은 이야기를 한다는 것은 차 맛을 음미하는 데 맞지 않다. 차를 마시는 것도 그에 대한 도道가 있기 때문이다. 다도茶道는 차를 마시는 사람들이 갖춰야 할 예의이다. 다도를 갖추고 차를 마시면 상대방을 품격 있게 대하게 된다. 그래서 옛사람들은 한 잔의 차를 마시는 데도 예의를 갖추고 허투루 하지 않았다.

차의 진정한 맛을 음미하고 격조 높은 시간을 갖기 바라는가. 그렇다면 차를 마시며 저속한 말을 하거나 도리에 어긋나는 말을 삼가야 한다.

그렇다. 차를 마시며 이야기 하는 법도를 배워라. 한 잔의 차도 품격을 지키며 마시면 그대로 정신적 자양분이 됨을 잊지 마라.

차를 마시는 데도 도道가 있다. 도를 지키며 마시되 좋지 않은 이야기는 삼가라. 그것은 차를 맛을 떨어뜨리는 행위이다. 한 잔의 차도 품격 있게 마셔야 한다.

034

스승을 모시는 예법

스승은
아무 때나 마주치는 것이 아니다.
진지하게 찾을 때 그를 만난다.
그리고 맞아들일 준비가 되어 있는
사람 앞에 스승은 나타난다.

법정

<거리에 스승들>

유비는 제갈량을 군사軍師로 맞아들이기 위해 초려에 있는 그를 세 번이나 찾아갔다. 이를 삼고초려三顧草廬라고 한다.

유비는 제갈량보다 무려 스무 살이나 위다. 그런 그가 자식 같은 제갈량을 세 번이나 찾은 것은 그의 높은 학식과 덕망을 높이 삼은 물론 능력이 워낙 출중했기 때문이다.

유비는 정성을 다함으로써 제갈량의 마음을 사게 됨으로써 자신의 계획대로 그를 군사로 삼고, 그의 뛰어난 지략으로 촉나라를 세우고 자신의 뜻을 이룰 수 있었다.

자신이 모시기를 바라는 스승이 있다면 그가 자신을 제자로 받아들이도록 예를 갖춰 최선을 다해야 한다. 그랬을 때 스승의 마음을 사게 되고 그의 부름을 받게 된다.

좋은 스승을 모시기 위해서는 좋은 제자가 되도록 자세를 갖춰야 한다. 그리고 예와 정성으로 받들어야 한다. 스승은 인생의 빛과 같은 사람이기 때문이다.

035

어려운 때일수록 서두르지 마라

물의 흐름이 때로는
급한 여울과 폭포도 이루지만,
그 종점인 바다에 이르기까지는
자연스런 흐름을 이룬다.
어려운 때일수록 급히 서둘지 말아야 한다.

법정

<그런 길은 없다>

사람들 중엔 무슨 일이든 급히 서두르는 사람이 있다. 하지만 급하게 서두른다고 해서 일이 잘 되는 경우는 많지 않다. 그래서 서두름은 언제나 위험성을 안고 있다. 이에 대해 다음과 같은 말이 있다.

"바쁠수록 돌아가라."라는 말이다. 이는 바쁘게 서두르다 보면 잘못을 범하게 될 수 있음을 일러 하는 말이다. 또한 '급히 먹는 밥에 체한다'라는 말이 있다. 급하게 먹다 보면 체하게 되고, 그것은 아니 먹은 만도 못하게 된다.

그렇다. 무슨 일을 함에 있어서나 어려운 때일수록 서두르지 말고, 순리를 따르되 어긋남이 없어야 한다. 그러면 그 어떤 잘못된 일도 막을 수 있을 뿐만 아니라 자신이 바라는 것을 기쁨으로 이루게 된다.

급할수록 돌아가라는 말이 있듯 어려울 때일수록 서두르지 말고 차분히 길을 모색해야 한다. 그러는 가운데 지혜를 구함으로써 어려움으로부터 벗어날 수 있다.

036

새날을 맞이하는 자세

어둠이 가시고 새날이 밝아오는 여명은 신비한 고요로
서서히 대지의 옷을 벗긴다. 이런 시각 대지의 나그네인
우리들 자신도 한 꺼풀씩 묵은 허물을 벗어야 한다.
그래서 새날을 맞이하기 위해 준비를 해야 한다.
우리는 즐거움이 됐건 괴로움이 됐건 겸허히 받아들여야 한다.

법정

〈풍요로운 아침〉

매사를 긍정적으로 사는 사람들에겐 매일매일이 새날이다. 긍정의 마음은 생산적이고 창의적인 마음이 때문이다. 하지만 부정적으로 사는 사람들에겐 어제나 오늘이나 내일이나 별반 차이가 없다. 부정의 마음은 비생산적이고 비창의적이기 때문이다.

누구에게나 같은 날이지만 어떤 마음으로 사느냐에 따라 새날이 될 수도 있고, 아무렇지도 않은 날이 될 수도 있다.

그렇다면 문제는 간단하다. 자신이 원하는 인생을 살고 싶다면, 날마다 몸과 마음을 단정히 하여 겸허한 마음으로 날을 맞으라. 그러면 신선한 에너지가 분출하여 새로운 마음으로 날마다의 새날을 맞게 될 것이다.

이른 아침 어둠이 가시고 밝은 태양이 떠오를 때 광경은 일품이다. 몸도 마음도 환해짐을 느낀다. 새아침을 맞듯 늘 몸과 마음을 정결히 하라.

037

보석 같은 책을 만나라

세상에 책은 돌 자갈처럼 흔하다.
그 돌 자갈 속에서 보석을 찾아야 한다.
그 보석을 만나야
자신을 보다 깊게 만들 수 있다.

법정

〈홀로 걸으라, 행복한 이여〉

독일의 사회학자 막스 베버는 "두 번 읽을 가치가 없는 책은 한 번 읽을 가치도 없다."라고 말했다. 이는 읽을 만한 가치가 없는 책은 읽지 말라는 말이다. 그것은 인생을 살아가는 데 하등에 도움이 되지 않기 때문이다.

가치가 없는 책은 활자 있는 종이 덩어리에 불과하다. 이런 책을 돈을 주고 사 읽는다는 것은 낭비이자 정신적 빈곤을 불러올 뿐이다.

그러나 읽을 만한 가치가 있는 책은 보석과도 같다. 이런 책이야말로 정신과 마음을 바로 세우게 하고, 사람답게 살아가게 하는 인생의 등불과도 같기 때문이다.

그렇다. 인생을 풍요롭게 하는 데 도움이 되는 책은 읽되, 그렇지 않은 책은 읽지 마라. 그것은 시간 낭비, 돈 낭비일 뿐이다.

자신의 삶에 도움이 되는 책, 자신의 몸과 마음을 맑게 하는 책, 삶의 길을 찾는 데 도움을 주는 등 삶에 빛이 되는 책은 인생의 보석이다.

038

덜 갖고도 만족할 줄 아는 삶

할 수 있으면 얻는 것보다 덜 써야 한다.
절약하지 않으면 가득 차 있어도 반드시 고갈되고,
절약하면 텅 비어 있어도 언젠가는 차게 된다.
덜 갖고도 우리는 얼마든지 행복하게 살 수 있다.
덜 갖고도 얼마든지 더 많이 존재할 수 있다.

법정

〈소욕지족〉

사람들 중에는 물질이 풍요로워야만 행복할 수 있다고 믿는 이들이 있다. 그러다 보니 금고에 돈을 쌓아두기 위해 수단과 방법을 가리지 않는다. 이런 사람들은 욕심의 지배를 받는다.

진정으로 행복하길 바란다면 '욕심'을 '절제'할 수 있어야 한다. 자신에게 필요한 만큼만으로도 자족할 수 있는 마음을 지닐 때 행복은 꽃처럼 피어나기 때문이다.

그런데 그렇지 않다면 욕심의 무게에 짓눌려 불행의 늪에서 헤어나지 못하게 된다. 덜 갖고도 만족할 수 있는 삶, 절약의 미덕을 실천하는 삶을 사는 것이 매우 중요하다.

그렇다. 욕심을 절제함으로써 덜 갖고도 만족할 줄 아는 지혜로운 당신이 돼라.

적게 갖고도 만족할 수 있다면 그것이야말로 참 행복에 이르는 길이다. 스스로를 만족하게 하라.

039

타인에 대해 참견하지 마라

> 말을 아끼려면 가능한 한
> 타인의 일에 참견하지 말아야 한다.
> 어떤 일을 두고 아무 생각 없이 무책임하게
> 타인에 대해서 험담을 늘어놓는 것은
> 나쁜 버릇이고 악덕이다.
>
> 법정
>
> 〈종교적인 삶〉

문명은 인간에게 편리성을 주고, 새로운 인식의 세계에 눈뜨게 했다. 이는 문명이 지닌 순기능이라고 할 수 있다. 그러나 동전의 양면처럼 모든 것은 상반된 이미지나 기능을 갖고 있다. 분명 문명은 인간에게 긍정적이다. 하지만 그 문명으로 인해 인류가 위기에 처하고 잘못된다면 이는 역기능이라고 할 수 있다. 지구상에는 많은 문명의 이기가 있다. 그중 스마트폰은 21세기 최첨단의 문명이라고 할 수 있다.

그런데 SNS의 발달은 순기능의 이점에도 불구하고 역기능으로 인해 많은 문제점을 낳고 있다. 일면식도 없는 사람을 무차별 댓글로 비난하고 입에 담지 못할 욕설을 하는 등 많은 문제를 야기시키고 있다. 남을 비난하는 것은 그 사람의 영혼을 상처 입히는 것과 같다. 이는 반드시 고쳐야 할 악덕임을 명심해야 할 것이다.

남이 하는 일에 대해 참견하지 마라. 비판이나 험담은 더더욱 금하라. 그것은 자신의 격을 떨어뜨리는 매우 못난 일이다.

040

질 때도 고운 꽃처럼 너를 살아라

피어 있는 것만이
꽃이 아니라 지는 것 또한 꽃이다.
그렇기 때문에 꽃은 필 때도
아름다워야 하지만 질 때도 고와야 한다.
지는 꽃도 꽃이기 때문이다.

법정

<크게 버려야 크게 얻는다>

꽃이 아름다운 것은 그 자태에도 있지만, 가슴을 깊이 파고들며 전율을 일게 하는 향기 때문이다. 꽃잎이 꽃의 '얼굴'이라면 향기는 꽃의 '영혼'과도 같다. 그래서 꽃은 어떤 꽃이든 사랑받는 것이다. 하지만 꽃이 질 땐 이별을 하는 연인의 모습처럼 쓸쓸하고 허전함을 느낀다. 진다는 것은 소멸을 뜻하기 때문이다.

사람 또한 마찬가지다. 살아가는 동안 사람답게 자기답게 잘 살아야 한다. 누군가에게 의미가 되고 사회에도 꼭 필요한 존재가 된다는 것은 꽃과 같이 향기를 품은 삶이다.

그런데 떠날 때 향기와 같은 삶에 오점을 남긴다면 그것처럼 비감한 일은 없다.

그렇다. 떠날 때도 아름다운 모습을 남기는 그대가 돼라.

사람은 늘 한결같은 사람이 좋다. 처음은 좋았는데 나중이 나쁘다면 그것은 비생산적인 삶이다. 처음이나 끝이 같도록 노력해야 한다.

041

무소유의 참의미

무소유란 아무것도
갖지 않는다는 것이 아니다.
궁색한 빈털터리가 되는 것이 아니다.
무소유란 아무것도 갖지 않는다는 것이 아니라
불필요한 것을 갖지 않는다는 뜻이다.

법정

<무소유>

인생을 살아가는 데 있어 마치 '삶의 지표指標'와도 같은 말 '무소유'는 그 어떤 말보다도 아름답고 영향력 있는 말이 되었다. 아무리 강조해도 부족함이 없는 말 무소유는, 아무것도 갖지 않는 것이 아니라 불필요한 것을 갖지 않는다는 말이다. 그런데도 사람들 중엔 넉넉히 있음에도 더 많이, 더 풍족하게, 더 충만하게 자신의 창고를 채우기에 급급한 이들이 있다.

무소유는 모든 것이 풍족한 시대에 사람들의 생각과 행동거지를 바로잡아 줄 지침과도 같은 말이 아닐 수 없다.

자신의 삶이 낭비적으로, 소모적으로 흐트러지려고 할 땐 무소유를 떠올려라. 그리고 이 말을 깊이 거울 삼으라. 그러면 흐트러지려는 마음을 바로 잡아 안전한 삶의 항해를 도와줄 것이다.

불필요한 것을 쌓아두거나, 필요치 않는 것을 구입하는 것은 낭비일 뿐이다. 꼭 필요한 것만 갖도록 하는 것, 이것이 무소유의 참의미이다.

042

희로애락의 감도가 저마다 다른 이유

똑같은 조건 아래에서도
희로애락의 감도가 저마다 다른 걸 보면,
우리들이 겪는 어떤 종류의 고와 낙은
객관적인 대상에 보다도
주관적인 인식여하에 달린 것 같다.

법정

〈너무 일찍 나왔군〉

같은 풍경을 보고도 어떤 사람은 "참 아름답구나. 이처럼 멋진 풍경을 본다는 것은 행운이야."라고 말하는가 하면, 또 다른 사람은 "소문보다는 별로네."라고 시큰둥하게 말한다.

또 같은 책을 읽어도 "너무 감동적이다."라고 말하는 사람이 있는가 하면 "재미가 별로다."라고 말하는 사람도 있다. 이는 사람마다 지니고 있은 감성수치가 다르고, 긍정적인 마인드를 지녔는지 부정적인 마인드를 지녔는지에 따라 나타나는 현상이다. 이런 마인드적인 요소가 주관적인 차이를 보이는 것이다.

그렇다. 그런 이유로 희로애락의 감도는 다를 수밖에 없다. 보다 낙관적으로 살길 바란다면 매사를 긍정적으로 생각하라. 그것이야말로 자신의 행복의 지수와 감정지수를 높이는 최선의 방법이기 때문이다.

같은 것을 보고 즐거워하는 사람이 있는가 하면 감흥이 없는 사람도 있다. 행복을 느끼는 감정 또한 마찬가지다. 이는 그 사람의 마음에 따른 문제다. 매사를 긍정적으로 바라보면 즐거움과 행복의 감도는 크게 좋아지게 된다.

043

부드러움의 진의眞意

바닷가의 조약돌을
그토록 둥글고 예쁘게 만든 것은
무쇠로 된 정이 아니라,
부드럽게 쓰다듬는 물결이다.

법정

<설해목>

중국 제자백가 가운데 하나인 도가의 창시자이자 학자인 노자老子가 이르길 "단단한 돌이나 쇠는 높은 데서 떨어지면 깨지기 쉽다. 그러나 물은 아무리 높은 곳에서 떨어져도 깨지는 법이 없다. 물은 모든 것에 대해서 부드럽고 연한 까닭이다. 저 골짜기에 흐르는 물을 보라. 그의 앞에 있는 모든 장애물을 만나면 스스로 굽히고 적응함으로써 줄기차게 흘러 바다에 이른다. 적응하는 힘이 자유로워야 사람도 그가 부딪친 운명에 굳센 것이다."라고 했다. 노자의 말에서 보듯 물은 아기 손바닥처럼 부드럽지만 모든 것을 단숨에 부수고 삼켜버릴 만큼 강하다. 장마 때를 보라. 물이 한 번 휩쓸고 지나가면 집이며 나무며 논이며 밭이며 그 어떤 것도 무력화가 되고 초토화가 되고 만다.

그렇다. 진정 부드러운 것이 강한 것이다. 모든 일에 있어 물과 같이 유유하고 필요한 존재가 되어라.

진정으로 강한 것은 무쇠나 강철이 아니다. 물이나 풀처럼 부드러운 것이다. 무쇠는 힘을 가하면 부러지나 물이나 풀은 부러지지 않는다. 물과 풀처럼 부드럽게 행동하라.

044

가을은 마음을 풍요롭게 한다

> 이 가을에 나는
> 모든 이웃들을 사랑해주고 싶다.
> 단 한 사람이라도
> 서운하게 해서는 안 될 것 같다.
>
> 법정
>
> 〈가을은〉

'바람이 좋다 // 하늘빛이 신다랭이 연못 물빛처럼 참 곱다 // 물결무늬의 층층한 구름이 / 고흐의 '별이 빛나는 밤에'를 생각나게 한다 // 이 좋은 가을날 눈빛 선한 이들과 / 분위기 좋은 카페서 밥을 먹고 차를 마신다 // 사람도 나무도 꽃도 풀도 / 눈에 보이는 모든 것이 가을빛에 흠뻑 잠겼다 // 가을은 가을이라서 좋고 / 좋은 사람들과 가을을 거닐어서 참 좋다'

이 시는 나의 〈가을이 좋다〉이다.

가을은 수확의 계절이라서일까, 사람들의 마음을 충만하게 한다. 그래서 가을이 되면 모든 것을 따뜻한 시선으로 바라보게 된다.

이 좋은 가을, 서로에게 힘을 주고 용기를 주고 따뜻한 목소리로 사랑한다고 말해주자. 그리고 당신이 있어 참 행복하다고 웃으며 손을 꼭 잡아주자. 그렇다. 가을은 가을이라서 참 좋다.

가을이 되면 몸과 마음이 넉넉해짐을 느낀다. 자연이 주는 아름다움과 결실의 계절에서 오는 풍요 때문이다. 가을엔 더더욱 서로에게 따뜻한 사랑이 되어라.

045

흙의 덕德을 배워라

흙을 가까이 하면
자연 흙의 덕을 배워 순박하고 겸허해지며,
믿고 기다릴 줄 안다.
흙에는 거짓이 없고, 무질서도 없다.

법정

<인형과 인간>

언젠가부터 흙냄새가 부쩍 좋아졌다. 특히, 비가 오고 난 뒤 산책을 하다 보면 풀빛 같은 흙냄새가 바람결을 따라 코끝을 스친다. 그러면 나는 크게 심호흡을 하며 흙의 향기를 흠뻑 들이킨다. 순간 머리가 맑아지면서 온몸이 환해지는 걸 느낀다. 그리고 몸에 푸른 힘이 솟구치는 걸 느낀다.

흙은 모든 씨앗을 받아들여 정성껏 키워 열매를 맺게 하고 지렁이, 개미, 땅강아지 같은 생명들을 고이고이 품어 준다. 생명을 품은 흙은 사람에게도 동식물에게도 없어서는 안 될 어머니와 같은 존재이다. 흙의 순리를 배우고, 흙의 넉넉한 사랑을 배우고, 흙을 오염시키지 말고 깨끗하게 잘 보존해야 한다. 그래서 후손들에게 맑고 깨끗하게 물려주어야 한다.

그렇다. 그것은 현재를 살고 있는 우리 모두의 의무이자 책임인 것이다.

흙은 모든 씨앗을 받아주고 품어주어 결실을 맺게 한다. 갖가지 나무와 꽃을 키우고 열매를 비롯해 먹을 것을 아낌없이 내어준다. 흙은 자연의 모성母性이다.

046

서로를 이해하기가 어려운 것은

> 이해란 정말 가능한 걸까. 사랑하는 사람들은 서로가
> 상대방을 이해하노라고 입술에 침을 바른다.
> 그리고 그러한 순간에서 영원을 살고 싶어 한다.
> 그러나 그 이해가 진실한 것이라면 항상
> 불변해야 할 텐데 번번이 오해의 구렁으로 떨어진다.
>
> 법정
>
> 〈오해〉

서로 친하게 지내는 사이에도 때때로 오해로 인해 갈등을 겪곤 한다. 오해가 생기는 것은 자신의 입장에서만 생각하기 때문이다. 또한 이야기가 와전되는 경우이다. 이야기를 하다 보면 자신의 생각을 상대방이 알아주기만을 기대한다. 그러는 과정에서 오해가 빚어진다. 그리고 그 이야기를 들은 사람이 잘못 이해해서 말함으로써 비롯된다. 그래서 말을 하거나 그 말을 전할 때에는 신중하게 처신해야 한다.

그렇다. 오해는 잘못 이해해서 빚어진다. 그로 인해 친밀했던 사이가 하루아침에 단절이 되기도 한다. 인간관계에 있어 이해는 서로를 친밀하게 이어주는 끈과 같지만 오해는 불청객과 같다.

서로를 이해하기가 어려운 것은 매사를 자신의 관점에서 생각하기 때문이다. 상대방의 입장에서 생각할 수 있다면 이해력을 높일 수 있어 좋은 관계를 맺게 된다.

047

깊어짐 없는 일상을 산다는 것은

바흐를 좋아하는 사람들은 그의 음악에서
장엄한 낙조 같은 걸 느끼게 될 것이다.
단조로운 듯한 반복 속에 깊어짐이 있기 때문이다.
우리들의 일상이 깊어짐 없는 범속한 되풀이만이라면
두 자리 반으로 족한 '듣기 좋은 노래'가 되고 말 것이다.

법정

〈종점에서 조명을〉

바로크시대의 대표적인 음악가인 요한 세바스찬 바흐의 '무반주 첼로 모음곡'은 그야말로 담백함의 극치다. 처음 이 음악을 들었을 땐 너무 단조로워 심심하다는 느낌을 받았다.

그런데 계속 듣다 보니 그 단순하고 담백함이 서서히 가슴에 스며드는 것을 느낄 수 있었다. 그리고 그 담백함은 깊이를 더해주었다. 그래서 무반주 첼로 곡을 듣고 나면 마음이 평안하고 머리가 맑아짐을 느낀다.

우리가 사는 것도 이와 같다. 바쁠수록 즉흥적인 것보다는 단조로운 것에 몰두할 필요가 있다. 그래야 일상의 분주함으로 쌓인 마음의 먼지를 털어냄으로써 마음 깊이 평안을 느끼게 된다.

삶이 깊어지면 만족한 삶을 사는 데 도움이 된다. 삶을 바라보는 눈이 깊어져 매사를 긍정적으로 바라보기 때문이다. 삶의 깊어지도록 기도하고 사색하라.

048

말이 많으면 쓸 말이 별로 없다

말이 많으면 쓸 말이
별로 없다는 것이 우리들의 경험이다.
하루하루 나 자신의 입에서
토해지는 말을 홀로 있는 시간에 달아보면
대부분 하잘것없는 소음이다.

법정

〈침묵의 의미〉

말은 자신의 생각을 상대방에게 전달하는 수단으로써 말을 어떻게 하느냐는 그 사람이 살아가는 데 매우 중요하다. 그런 만큼 인간관계에서 말의 역할은 매우 크다고 하겠다.

말이 많은 사람을 보면 무척이나 경망스러워 보인다. 사실 이런 사람은 인간관계에 있어 불신을 사는 경우가 많다. 말이 많다는 것은 입이 가볍고 행동거지가 가벼워 신뢰가 가지 않기 때문이다.

그러나 말수가 적은 사람은 좀 답답함 감은 있지만, 입이 무거워 실수를 하거나 함부로 말하지 않는다는 생각이 들어 믿음이 간다. 그런 까닭에 이처럼 말수가 적은 것이 인간관계를 잘 해나가는 데 있어 유리하다.

그렇다. 사람들에게 믿음을 얻고 신뢰 받기를 바란다면 말수를 줄여라. 그것이 인간관계의 있어 최선의 비법이라고 할 수 있다.

말이 많은 사람은 가벼워 보여 신뢰가 가지 않는다. 말을 신중히 가려 하면 상대에게 믿음과 신뢰를 줌으로써 인간관계에서 좋은 이미지를 심어주게 된다. 한 마디 말도 신중히 하라.

049

살아간다는 것의 감사함에 대하여

> "오늘도 우리들은 용하게 살아남았군요."
> 하고 인사를 나누고 싶다.
> 살아남은 자가 영하의 추위에도 죽지 않고
> 살아남은 화목에 거름을 묻어준다.
> 우리는 모두가 똑같이 살아남은 자들이다.
>
> 법정
>
> 〈살아남은 자〉

하루하루를 살아간다는 것은 당연한 것처럼 여겨지지만 가만히 생각해보면 참 감사한 일이 아닐 수 없다. 하루 사이에도 이 지구상에는 수많은 일들이 일어난다. 그로 인해 사람들이 죽거나 잘못되는 경우가 비일비재하다.

그런데 아무 일 없이 잘 살아간다는 것은 '기적'이라고 할 만큼 감사한 일이 아닐 수 없다. 우리는 하루를 사는 것이 아니라 기적을 살고, 살아가고 있는 것이다.

이처럼 하루하루는 누구에게나 인생의 보석과 같이 중요하다. 이 귀한 시간을 함부로 낭비하지 말고 소중히 여기고 살아야 한다. 그것이 자신의 미래와 자신이 사랑하는 사람들을 위한 예의이자 배려이며 자신의 삶에 대한 의무이기 때문이다.

그렇다. 하루하루를 감사하며 사는 당신이 돼라.

살아간다는 것은 감사한 일이다. 매일 사랑하는 가족과 푸른 하늘을 볼 수 있다는 것은 눈물겹도록 감사한 일이다. 하루하루 살아감을 감사하라.

050

인내는 미덕美德이다

오늘
나의 취미는 끝없는,
끝없는 인내다.

법정

〈나의 취미는〉

나폴레옹이 이르길 "최후의 승리는 인내하는 사람에게 돌아간다. 인내하는 데서 운명이 좌우되고 성공이 따르게 된다."고 했으며, 벤저민 프랭클린은 "인내하는 사람이 그가 원하는 것을 이룰 수 있다."고 말했다.

나폴레옹이 프랑스 황제로 카이사르, 알렉산더, 징기스칸과 더불어 세계 4대 영웅의 칭호를 들을 수 있었던 것은 자신의 말대로 인내를 통해 자신의 운명을 성공적으로 이끌었기 때문이다.

또한 벤저민 프랭클린이 미국 건국의 아버지 중 한 사람이 될 수 있었던 것은 가난과 배우지 못한 데서 오는 수많은 고난을 인내로 이겨냈기 때문이다.

인내는 가장 확실한 성공의 수단이다. 인내하라. 인내는 고통을 주지만 당신이 원하는 것을 손에 쥐여 줄 것이다.

공부든, 일이든, 사람관계든 인내심은 가장 근본이 되는 마인드이다. 인내심이 있어야 공부도 일도 사람관계도 잘 할 수 있기 때문이다. 인내하라. 인내는 미덕이다.

051

어떻게 사느냐가 중요하다

사람은
오래 사는 것이 문제가 아니라
어떻게
사느냐가 문제로 떠오른다.

법정

<잊을 수 없는 사람>

사람들의 희망 중엔 건강하게 오래 사는 것을 빼놓을 수 없다. 건강하게 오래 산다면 자신이 하고 싶은 일을 오래도록 할 수 있기에 이는 축복 중에 축복이라고 할 만하다.

그런데 오래 사는 사람들 중엔 건강한 사람보다는 아픈 사람들이 훨씬 더 많다. 아프면서 고통 받고 오래 사는 것은 자신은 물론 가족들에게도 썩 바람직하지 않다. 모두를 힘들게 하기 때문이다.

이처럼 오래 사는 것보다는 건강할 때 자신의 자아를 계발시킴으로써 타인과 사회에 비록 작은 일일지라도 의미 있는 삶을 사는 것이 더욱 중요하다. 이런 삶은 생산적이고 창의적인 삶이기 때문이다.

그렇다. 사람에게 있어 어떻게 사느냐는 매우 중요하다. 그것에 따라 인생을 잘 사느냐 못 사느냐가 결정되는 까닭이다. 건강할 때 좀 더 의미 있는 삶을 살도록 노력하라.

사람은 얼마를 사느냐는 것도 중요하지만, 어떻게 사느냐는 더욱 중요하다. 어떻게 사느냐에 따라 그 사람의 삶의 가치가 결정되기 때문이다.

052

독서는 계절이 따로 없다

독서의 계절이
따로 있어야 한다는 것부터 이상하다.
얼마나 책하고 인연이 멀면
강조주간 같은 것을 따로 설정해야 한단 말인가.

법정

〈비독서지절〉

후한 말의 학자이자 《노자와 춘추좌씨전春秋左氏傳》의 주석서로 잘 알려진 동우는 어느 날 제자로 삼아달라고 찾아온 젊은이에게 자신은 제자를 두지 않는다고 하며 스스로 책읽기에 힘쓰라고 말했다.

동우의 말에 젊은이는 책 읽을 시간이 없다고 했다. 그러자 동우는 비 오는 날, 밤, 농한기 때 읽으라고 말했다. 이를 일러 독서삼여讀書三餘라고 한다. 동우의 말에서 보듯 시간이 없어서 책을 읽지 못한다는 것은 게을러서이고 핑곗거리에 불과하다.

옳은 말이다. 독서는 시간이 남아돌아야 하는 것이 아니다. 바쁜 틈틈이 짬을 내 얼마든지 할 수 있다. 문제는 독서를 하고자 하는 자신의 의지에 달렸다.

그렇다. 독서 시간은 따로 없다. 그 누구라 할지라도 자신의 상황에 맞게 하면 되는 것이다.

독서는 시간이 날 때 하는 여흥거리가 아니다. 독서는 시간을 내서 해야 한다. 독서는 삶의 양식이기 때문이다. 독여취식讀如取食이라, 즉 독서를 밥 먹듯이 하라.

053

내 마음을 내가 쓸 줄 알아야 한다

> 우리가 온전한 사람이 되려면,
> 내 마음을 내가 쓸 줄 알아야 한다.
> 그것은 우연히 되는 것이 아니고
> 일상적인 대인 관계를 통해서만 가능하다.
>
> 법정
>
> 〈녹은 그 쇠를 먹는다〉

'모든 문제는 자신에게 있다'라는 말이 있다. 이는 무엇을 말하는가. 자기 자신만 잘 하면 문제될 게 없다는 것이다.

그런데 사람들 중엔 이 말에 대해 공감하지 않는 이들이 적지 않다. 이런 부류의 사람은 문제가 발생하면 타인에게 그 원인이 있다고 말한다.

인간관계에서 소통을 잘하는 사람들의 보편적인 특징은 마음을 잘 쓴다는 것이다. 상대방을 배려하거나 양보하거나 사람들이 환심을 가질 만큼 친절하다. 반면에 이기적이고 이해타산적인 사람은 사람들로부터 외면 받기 십상이다. 이런 사람을 좋아할 사람은 어디에도 없다.

사람들과의 관계에서 온전한 사람으로 평가받고 싶다면 마음을 잘 쓰는 온유하고 긍정적인 사람이 돼라.

모든 것은 자신에게 달려 있다. 자신이 어떻게 마음을 쓰느냐에 따라 삶은 가꾸어진다. 마음을 잘 써야 한다. 그것은 곧 자신을 위하는 것이기 때문이다.

054

체면과 전통의 굴레에 갇히지 않기

우리가 체면이나 인습,
혹은 전통의
굴레에 갇히게 되면
새로운 인간으로 거듭날 기약이 없다.

법정
〈그 일이 그 사람을 만든다〉

자신의 가장 강한 적은 자기 자신이다. 체면치레를 하고 전통과 관습에 빠져 융통성 없이 군다는 것은 스스로를 도태시키는 행위이다.

또한 고집이 세거나, 고정관념에 사로잡혔거나, 구태의연한 생각을 하면서도 그것이 잘못인 줄도 모르는 이런 사람은 스스로를 피곤하게 하고 주변 사람들로부터 가까이하면 안 되는 사람으로 낙인찍히기 쉽다.

하등에 도움이 되지 않는 체면과 전통의 굴레에 빠져있다면 하루 속히 벗어나야 한다. 그래야 새로운 삶을 추구함으로써 오늘과는 다른 새로운 나로 살아가게 되기 때문이다.

그렇다. 지금 자신을 한번 돌아보라. 나는 과연 어떤 사람인지를. 그래서 문제가 있다고 생각하면 고치도록 노력하라.

체면도 필요할 때가 있지만, 체면 때문에 할 일을 못한다면 그것은 어리석은 일일 뿐이다. 하고 싶은 것이 있다면 체면에 갇히지 말고 하라.

055

진정한 이해는 사랑에서 비롯된다

> 우리가 얼마만큼 서로 사랑하느냐에 의해서
> 이해의 농도는 달라질 것이다.
> 진정한 이해는 사랑에서 비롯된다.
>
> 법정
>
> 〈진리는 하나인데〉

사람들과의 관계에서 좋은 관계를 맺고 오래도록 그 관계를 이어가기 위해서는 상대방에 대한 이해력을 높여야 한다. 그러기 위해서는 사랑하는 마음의 자세가 필요하다.

사랑하는 마음을 갖게 되면 상대방의 그 어떤 말도 다 받아주고, 마음에 들지 않는 행동이나 설령 자신이 불만족스러워도 너그러움을 잃지 않는다.

왜 이처럼 관대해지는 걸까. 그에 대한 답은 간단하다. 진정으로 상대방을 이해하는 마음이 커지기 때문이다. 상대방을 이해하면 상대방에 대해 좀 더 깊은 관심을 갖게 된다. 그런 까닭에 사랑하는 마음을 갖는다는 것은 매우 중요하다.

그렇다. 당신이 사랑하는 사람들을 진정으로 이해하길 바란다면, 따뜻한 마음으로 품어주고 사랑하라.

사랑은 모든 것을 가능하게 한다. 진정한 이해 또한 사랑에서 온다. 진정한 이해를 바란다면 사랑함으로써 이해를 구하라.

056

사는 즐거움을 자기 스스로 만들어라

> 우리들의 일상이 따분할수록
> 사는 즐거움을 우리가 몸소 만들어야 한다.
> 즐거운 삶의 소재는 멀리 있지 않고
> 바로 우리 곁에 무수히 널려있다.
>
> 법정
>
> 〈뜰에 해바라기가 피었네〉

사람들은 즐겁고 행복하게 살기를 바란다. 그런데 문제는 즐거움과 행복을 사랑하는 사람이나 다른 사람이 주기를 바란다는 것이다. 그리고 그것이 얼마나 잘못된 생각인지를 잘 모른다.

누군가가 주는 즐거움과 행복은 한때지만 스스로 만드는 즐거움과 행복은 늘 지속될 수 있다. 스스로를 즐겁고 행복하게 하는 일 중 가장 현명한 방법은 바로 자신이 좋아하는 일을 하는 것이다. 이를 낙위지사樂爲之事라고 한다. 즉 '즐거워서 하는 일이나 즐거움으로 삼는 일'을 뜻한다.

그런 까닭에 자신이 즐거워서 하는 일은 힘들거나 어려워도 싫증나지 않는다. 그러니 힘들거나 어렵지 않다면 그 즐거움과 행복이 그만큼 더 크다는 것은 자명한 사실이다.

그렇다. 자신이 만드는 즐거움이야말로 즐거움의 화수분인 것이다.

사는 즐거움을 누리고 싶다면 스스로를 즐거이 하는 데 힘쓰라. 남이 주는 즐거움은 잠깐이지만, 자신이 만드는 즐거움은 오래간다.

057

진정한 스승은 내 안에 있다

자기 관리를 제대로 하려면
바깥 소리에 팔릴 게 아니라
자신의 소리에 귀를 기울여야 한다.
진정한 스승은 밖에 있지 않고 내 안에 깃들여 있다.

법정

〈자기관리〉

아무리 훌륭한 스승이 가르침을 준다고 해도 자신이 진정으로 받아들이지 않으면 그것은 허사가 되고 만다. 진정성 있는 자신이 되고자 한다면 마음자세를 바르게 해야 한다. 무엇을 배운다거나 무엇을 한다거나 새로운 것을 시도할 때 마음 자세를 확고히 하는 것만으로도 이미 반은 해내고 시작하는 것과 같다.

그렇다. 마음가짐은 매우 중요하다. 그런 의미에서 볼 때 진정한 스승은 자기 안에 있다. 자신이 잘하겠다는 굳건한 마음을 갖는 것, 그런 마음을 갖게 하는 것은 바로 자기 자신이기 때문이다.

자신이 무언가를 진정으로 잘하고자 한다면 자기 안에 있는 스승의 말에 귀 기울여라. 그리고 마음가짐이 바로 설 때 그때 하도록 하라.

마음을 잘 쓰면 그것은 곧 자신에게 스승과 같다. 마음을 잘 쓰기 위해서는 내면의 소리에 귀 기울여라. 자기 내면의 소리는 곧 자기 안에 스승인 것이다.

058

가슴이 식지 않게 하라

오늘의 문명은 머리만 믿고, 그 머리의 회전만을
과신한 나머지 가슴을 잃어가고 있다.
중심에서 벗어나 크게 흔들리고 있다.
가슴이 식어버린 문명은 그 자체가 병든 것이다.

법정

〈그 산중에 무엇이 있는가〉

문명은 인간을 편리하게 하고 모든 것을 바꾸어 놓았지만, 인간은 그로 인해 인간성을 잃어가고 있다. 머리 회전은 점점 더 빠르게 돌아가고 있지만, 그런 만큼 가슴은 메말라 가고 있는 것이다.

이는 무엇을 의미하는가. 편리함을 얻고 인간성을 잃는다면 그것은 모든 것을 잃는 것과 같다. 인간성을 잃은 사람은 사람이 아니라 살아있는 로봇과도 같기 때문이다.

지금이 가장 중요한 때이다. 더 이상 가슴이 식지 않게 해야 한다. 그러기 위해서는 마음을 맑고 평안히 하도록 독서를 하고, 사색을 하고, 마음을 나누는 일에 적극 참여하고, 자연을 가까이 함으로써 아날로그 감성을 갖도록 해야 한다.

그렇다. 그것이 내가 살고 네가 살고 우리 모두가 사는 길인 것이다.

인간이 인간다움을 잃으면 찬란한 문명도 의미가 없어지고 만다. 사랑을 잃은 가슴은 차디찬 캄차카 반도처럼 쓸쓸할 뿐이다. 뜨거운 가슴을 지니고 사는 것, 그것이 인간의 본질인 것이다.

059

행복이 오는 곳

행복이란,
가슴속에 사랑을 채움으로써 오는 것이고,
신뢰와 희망으로부터 오고,
따뜻한 마음을 나누는 데서 움이 튼다.

법정

<사람과 사람 사이>

"사랑에는 한 가지 법칙밖에 없다. 그것은 사랑하는 사람을 행복하게 해 주는 일이다."

이는《적과 흑》으로 유명한 프랑스 소설가 스탕달이 한 말로 사랑과 행복의 관계성에 대해 잘 알게 한다. 행복하기 위해서는 가슴속에 사랑을 꼭꼭 채워야 한다. 그리고 그 사랑을 나눌 수 있어야 한다.

이에 대해 프랑스 사상가인 아나톨 프랑스는 "이 세상의 참다운 행복은 남에게서 받는 것이 아니라 내가 남에게 주는 것이다. 그것이 물질적인 것이든 정신적인 것이든 인간에게 있어서 가장 아름다운 행동이기 때문이다."라고 말했다.

그렇다. 행복이란 사랑을 채우고 그 사랑을 나누는 데서 온다. 이런 행복이야말로 참 행복인 것이다.

행복은 저절로 오지 않는다. 행복은 사랑을 하고, 사랑을 베풀고, 서로를 믿고 신뢰하는 가운데 싹트는 것이다. 그런 까닭에 행복한 사람의 가슴엔 늘 사랑으로 가득 차 있다.

060

본질적인 삶의 의미

단순하게 살아야 한다.
복잡하거나 모순되게 살지 말고
안으로 자기 자신을
들여다보면서 단순하게 살아야 한다.
단순한 삶이 본질적인 삶이다.

법정

〈안으로 귀 기울이기〉

같은 문제를 놓고도 사람들은 크게 세 가지 현상을 보인다. 첫째는 단순하게 생각하는 것이고 둘째는 복잡하게 생각하는 것이고, 셋째는 되는 대로 생각한다. 여기서 중요한 것은 단순하게 생각하고 사는 것이다. 단순하게 살면 삶 또한 담백해지고 순수해진다. 단순하게 살면 복잡하게 생각하지 않고, 욕망으로부터 어느 정도 자유로워지기 때문이다. 단순한 사람이 그렇지 않는 사람보다 순수하고 인간적인 것은 바로 그런 점에 있다.

그러나 생각이 복잡한 사람은 산만하고 그런 만큼 삶 자체 또한 복잡하다. 그래서 안정감이 부족하고 이것저것에 대한 욕구가 강하다. 그러다 보니 스스로 만족하지 않으면 자신을 불행하다고 생각한다.

그렇다. 본질적인 삶의 의미는 단순함에 있기에, 자신의 삶에 보다 만족하기 위해서는 자신을 최대한 단순화시켜야 한다.

진정으로 행복한 사람은 단순하다. 그리고 소박하고 매사에 긍정적이다. 작은 것 하나에도 감사해한다. 이렇듯 진정으로 행복하고 싶다면 스스로를 행복하게 하라.

061

우리도 꽃이 될 수 있다

마음을 활짝 열어
무심히 꽃을 대하고 있으면
어느새
자기 자신도 꽃이 될 수 있다.

법정

<수선 다섯 뿌리>

꽃은 자신을 예뻐해 달라고 하지 않는다. 제 가슴에 향기로운 향기가 있다고도 하지 않는다. 있는 그대로를 솔직하게 보여준다. 그런데도 사람들은 꽃을 예뻐하고 향기를 무척이나 좋아한다.

이렇듯 꽃이 아름다운 것은 가만히 있는 그 자체만으로도 예쁘고 향기를 주기 때문이다.

사람도 꽃과 같이 무심하지만 솔직하고 따뜻한 인간미를 풍길 때 사람들에게 관심을 끌게 된다. 즉, 사람 꽃人花이 될 수 있다. 이 세상에 그 어떤 꽃도 아름다운 사람 꽃엔 비할 바가 못 된다.

생각해보라. 자신이 사람 꽃이라 할 만한가를.

그렇다. 자기 자신도 꽃이 될 수 있다는 법정 스님의 말은 그래서 더 의미 있게 다가오는 것이다.

꽃 중에 가장 아름다운 꽃은 '사람 꽃人花'이다. 사랑의 향기를 품고 사랑을 베푸는 사람이야말로 가장 아름다운 꽃이다.

062

절제된 아름다움

> 절제된
> 아름다움은
> 우리를 사람답게 만든다.
>
> 법정
>
> 〈어느 오두막에서〉

20세기 세계 최고의 화가로 평가 받는 파블로 루이즈 피카소. 그의 작품은 선이 단순하다. 이는 입체적인 그의 화풍을 보다 잘 시도하기 위한 것일 수도 있지만, 그것은 이미 하나의 트레이드마크처럼 정형화 되었다. 색채 또한 〈아비뇽의 처녀들〉에서 보듯 질감을 그대로 살리고, 강렬하지만 지극히 단순하다.

그러나 그 그림을 바라보고 있으면 입체적인 질감에서 오는 독특함의 매력을 느끼게 된다. 피카소 작품의 매력은 절제미가 뛰어나다는 데 있다. 절제미는 그를 최고의 화가가 되게 하였다.

사람 또한 절제미가 있어야 한다. 그래야 사람들에게 믿음과 신뢰를 줄 수 있다. 절제미가 있는 사람은 매사에 분명하고 흐트러짐이 없기 때문이다. 그런 까닭에 절제미 있는 사람은 더욱 사람답게 다가오는 것이다. 절제미는 인간관계를 돈독히 하는 데 있어 필수 조건임을 잊지 마라.

휘황찬란한 아름다움은 순간적으로는 황홀감에 빠져들게 하지만, 이내 싫증을 느끼게 된다. 그러나 소박한 아름다움은 황홀감을 주진 않지만 두고두고 아름다움을 느끼게 한다. 소박함은 '절제된 미'이기 때문이다.

063

좋은 세상이란

좋은 세상이란
사람과 사람 사이에 믿음과
사랑의 다리가
놓여진 세상이다.

법정

〈개울물에 벼루를 씻다〉

물질이 차고 넘치고 제 아무리 좋은 집에서 좋은 가구를 갖추고 있는 것 없는 것 다 갖추고 산다고 해도 사람들과의 사이에 믿음이 없고 사랑이 없다면 행복이 넘치는 좋은 세상이라고 할 수 없다.

믿음이 없고 사랑이 없으면 이기심으로 넘치는 세상이 될 수밖에 없기 때문이다.

좋은 세상이 되기 위해서는 사람들 사이에 믿음이 있어야 하고 사랑이 함께 해야 한다. 믿음은 서로를 신뢰하게 하고 사랑은 서로에게 부족한 것도 감싸주게 하고, 그 어떤 잘못도 용서하게 하고, 이해하고 배려해주기 때문이다.

그렇다. 서로가 좋은 세상을 만들기 위해 믿어주고 사랑함으로써 노력해야 한다. 좋은 세상이야말로 파라다이스인 것이다.

사람과 사람 사이에 믿음이 돈독한 사회처럼 아름다운 곳(좋은 세상)은 없다. 서로를 믿고 의지함으로써 가장 이상적인 사회를 이뤄 누구나 행복을 느낄 수 있기 때문이다.

064

인류가 지나온 자취의 힘

고통의 위기를 통해서 우리 내부에 잠재된 창의력과
의지력이 계발되어 개인이나 사회는
새롭게 성장하고 발전하게 된다.
이것이 우리 인류가 지나온 자취이다.

법정

〈비닐봉지 속의 꽃〉

인류는 고난과 시련을 이겨내고 오늘에 이르렀다. 그 어느 시대건 고난과 위기는 항상 존재했다. 지진과 해일, 태풍, 홍수와 화산 폭발, 전쟁 등의 고난과 위기 속에서 인류는 발전을 거듭했다. 인류의 역사는 고난과 시련의 역사라고 할 수 있다. 만일 인류가 시련과 위기를 극복하지 못했다면 애초에 멸망했을 것이다.

그런데 다행히도 인류는 지혜와 의지로 힘든 고난과 위기를 이겨냈다. 역설적이게도 고난과 시련은 인류에게 있어서는 축복으로 가는 과정이라고 할 수 있다.

지금 전 세계는 코로나 19로 인해 고난과 위기에 처해 있다. 하지만 이를 이겨내기 위해 백신을 만들고 치료제를 만드는 등 전 인류가 최선을 다하고 있다. 머잖아 우리는 고난과 위기를 이겨내고 다시 행복한 일상으로 돌아갈 것이다.

인류는 오랜 과거로부터 수많은 어려움을 겪으면서도 꿋꿋하게 이겨내며 오늘에 이르렀다. 그 힘의 원천은 창의력과 의지이다. 그렇다. 창의력과 의지력이 있는 한 우리는 그 어떤 어려움도 능히 이겨낼 수 있다.

065

묵은 생각과 낡은 틀에 갇히지 마라

살아서 움직이는 것은 늘 새롭다.
새로워지려면 묵은 생각이나 낡은 틀에
갇혀 있지 말아야 한다. 어디에건 편하게 안주하면
곰팡이가 슬고 녹이 슨다.

법정

〈겨울채비를 하며〉

동양 명언에 이런 말이 있다.

"매일 자신을 새롭게 하라. 몇 번이라도 새롭게 하라. 내 마음이 새롭지 않고서는 그 어떤 것도 기대할 수 없다."

이 말이 의미하는 것은 낡은 틀에 갇히지 말고 새롭게 거듭남을 뜻한다. 낡은 틀이나 묵은 생각은 새로움을 가로막는 방해꾼이다. 낡은 생각이나 묵은 틀에서 벗어나기 위해서는 첫째, 고정된 생각의 틀을 벗어버려야 한다. 둘째, 새로운 것을 위해 늘 배우고 익혀야 한다. 셋째, 안주함으로써 몸과 마음을 게으르게 하지 말아야 한다.

그렇다. 변화를 꿈꾼다면 그래서 변화를 이루고 원하는 것을 성취하고 싶다면, 늘 몸과 마음을 새롭게 하라. 그리고 악착같이 시도하라. 새로운 변화를 이룰 그날까지 최선을 다해야 한다.

지금과 다른 나로 살길 바란다면 묵은 생각과 낡은 틀을 싹 바꿔야 한다. 새로운 삶은 새로운 생각과 새로운 틀 속에서 싹트고 이뤄지는 것이다. 낡은 생각, 묵은 틀에 갇히지 않도록 노력하라.

066

첫 마음을 잃지 않기

첫 마음을 잃지 말아야 한다.
초지일관,
처음 세운 뜻을 굽히지 말고
끝까지 밀고 나가야 그 뜻을 이룰 수 있다.

법정

<모두 다 사라지는 것은 아닌 달에>

무슨 일이든지 처음 시작할 땐 눈이 반짝반짝 빛나고 매사에 의욕이 철철 넘친다. 목표에 대한 열망이 그만큼 크기 때문이다. 그래서일까, 자신이 하는 일에 매우 열정적이다. 그리고 꾸준히 시도함으로써 반드시 좋은 결과를 얻게 된다.

그런데 좋은 결과를 얻고 나면 첫 마음을 잃고 느슨해지는 사람들이 있다. 정신적으로 해이해진 까닭이다. 그러다 보니 더 발전할 수 있는 기회를 스스로 놓치고 만다. 이는 일에 있어서든, 사랑에 있어서든, 그 무엇에 있어서든 마찬가지다. 그래서 첫 마음을 잃지 않는 것이 매우 중요한 것이다.

그렇다. 첫 마음은 소중한 보석처럼 중요하다. 귀한 보석을 잘 간수하고 보존하듯 처음 세운 뜻을 항상 유지하는 마음을 잃지 말아야 한다. 그랬을 때 자신이 바라고 추구하는 것을 이룸으로써 만족함은 물론 충만한 행복을 느끼게 될 것이다.

자신이 바라는 것을 이루고 싶다면 첫 마음을 잃지 말아야 한다. 첫 마음을 잃게 되면 자신이 바라는 것을 이룰 수 없다. 그렇다. 첫 마음대로 실천할 때 바라는 것을 이룰 수 있다. 늘 초지일관初志一貫하라.

067

살아 있는 것들은 끼리끼리 어울린다

누구와 함께
자리를 같이 할 것인가.
유유상종, 살아 있는 것들은 끼리끼리 어울린다.
그러니 자리를 같이 하는 상대가
그의 분신임을 알아야 한다.

법정

<누구와 함께 자리를 같이 하라>

사람들은 자신과 잘 맞는 사람들과 어울리길 좋아한다. 성격이 잘 맞는다거나, 같은 취미를 갖고 있거나, 같은 종교 활동을 하는 등 자신과 잘 맞아야 가까이한다. 마음이 잘 맞기 때문이다. 친구지간에는 더욱 각별하다. 그래서 그 사람 친구를 보면 그 사람을 알 수 있다는 말도 있다. 어떻게 하면 자신과 잘 어울리는 사람을 곁에 둘 수 있을까.

가령, 좋은 사람과 어울리기 위해서는 자신이 먼저 좋은 사람이 되어야 하고, 의리 있는 사람과 어울리기 위해서는 자신이 먼저 의리를 지켜야 하고, 덕망이 있는 사람과 함께 하기 위해서는 자신이 먼저 덕망을 갖춰야 한다. 그렇게 될 때 자신이 바라는 대로 그 사람과 하나가 되어 어울리게 됨으로써 좋은 인생을 살아가게 되는 것이다.

자신과 잘 맞는 사람은 큰 힘이 된다. 함께 하는 것만으로도 마음이 든든하다. 좋은 사람과 함께 하길 바란다면 자신이 먼저 좋은 사람이 되어라.

068

행복은 작은 것과 적은 곳에 있다

> 우리가 누리는 행복은 크고 많은
> 것에서보다 작은 것과 적은 곳에 있다.
> 크고 많은 것만을 원하면 그 욕망을 채울 길이 없다.
> 작은 것과 적은 곳 속에 삶의 향기인 아름다움과
> 고마움이 스며있다.
>
> 법정
>
> 〈가난을 건너는 법〉

대개의 사람들은 행복지수와 물질의 관계는 반드시 정비례한다고 여기는 것 같다. 그러니까 물질이 행복지수의 절대적인 요건이라는 것이다. 그런데 이는 대단히 주관적이고 잘못된 생각이 아닐 수 없다.

왜 그럴까. 조사에 의하면 방글라데시, 네팔, 부탄 같은 가난한 나라 국민일수록 행복지수가 높다. 이들 국가 국민은 작고 적은 것 가운데서도 만족하기 때문이다.

그러나 미국이나 유럽 국가 등 잘 사는 나라일수록 행복지수가 낮다. 지금 자신이 가진 것에 만족하지 못하기 때문이다. 더 큰 것을 바라고, 그게 뜻대로 되지 않으니 불행하다고 생각한다. 자신이 진정 행복하고 싶다면 작고 적은 것에 만족할 줄 알아야 한다. 그래야 매사에 감사하고 만족함으로써 행복지수는 그만큼 더 커지는 것이다.

행복하길 바란다면 작고 적은 것을 소홀이 해서는 안 된다. 작고 적은 것에서 행복을 느낄수록 더 큰 행복을 느끼게 되기 때문이다.

069

안으로 살피는 일을 소홀히 하지 마라

> 안으로 살피는 일을 소홀하면,
> 기계적인 무표정한 인간으로 굳어지기 쉽고,
> 동물적인 속성만 덕지덕지 쌓여 가면서
> 삶의 전체적인 리듬을 잃게 된다.
>
> 법정
>
> 〈너는 네 세상 어디에 있는가〉

일일삼성日日三省이라는 말이 있다. 증자曾子는 남과 함께 할 때 참되지 않는 부분이 있었는지, 벗과 사귀면서 신의를 잃지 않았는지, 배운 것을 실천하지 않은 게 있는지를 살핀다고 하여 생긴 말이다. 즉, 하루 세 번 자신을 살핀다는 말이다.

자신을 살핀다는 것은 매우 중요하다. 그것을 통해 자신이 잘한 것이 무엇이며 잘못한 것이 무엇인지를 돌아봄으로써 마음가짐을 반듯하게 하는 데 도움이 되기 때문이다.

그렇다. 자신을 살펴 잘못되고 그릇된 것은 반성하여 다시는 같은 실수를 하지 않아야 한다. 이렇게 자신을 살피는 일을 하지 않으면 인간다움을 잃어 동물적 근성만 키우게 된다. 하여, 안으로 자신을 살피는 일을 게을리하지 말아야 한다.

사람이 사람인 것은 자신이 한 일에 대해 살펴서 옳고 그름을 가려 마음에 새기고 행하는 데 있다. 자신을 살피는 일에 게을리하지 마라.

070

한 자리에 자신을 고정시키지 마라

> 만약 변함이 없이 한 자리에
> 고정되어 있다면 그것은 곧 숨이 멎은 죽음이다.
> 살아 있는 것은 끝없이
> 변하면서 거듭거듭 형성되어 간다.
>
> 법정
>
> 〈새벽 달빛 아래에서〉

물이 고이면 썩는 법이다. 흐르지 않고 한 군데 머무름으로써 생명성을 잃었기 때문이다. 그런 까닭에 썩은 물은 마시지 못하고, 생명 있는 그 어느 것도 살지 못한다.

사람 또한 이와 같다. 현재에 안주하고 머무른다면 스스로 자신의 능력을 상실하고 만다. 그래서 무언가를 끊임없이 배우고 익히고 지금과는 새롭게 자신을 갈고닦아야 한다. 그래야 발전하게 되고 자신이 원하는 것을 이루게 된다.

그렇다. 아무것도 하지 않고 한 자리에 고정되어 있지 마라. 그것은 스스로를 도태시키는 비생산적인 일인 까닭에 마이너스 인생을 사는 것과 같다. 그래서 그것은 죽은 삶과 다름없다. 이를 마음에 새겨 늘 새로워지도록 힘써 노력하라.

세상은 시시각각 변한다. 한 자리에 머무른다는 것은 자신을 퇴보시키는 일이다. 날마다 자신을 거듭 새롭게 하라.

071

돈을 에너지의 흐름으로 보라

돈이란 우리들 마음이 평온하고 기쁨으로 차 있을 때,
자연스럽게 따라오는 에너지와 같은 것이다.
따라서 돈을 수량적인 단위로만 보지 말고 좋은 일과
좋은 생각에 따라다니는 우주의 흐름, 즉 에너지의
흐름으로 볼 수 있어야 한다.

법정

〈새벽 달빛 아래에서〉

같은 돈도 같은 돈이 아니다. 좋은 일에 쓰면 기쁨의 에너지와 즐거움의 에너지가 함께 하고, 옳지 않은 곳에 쓰면 그것은 돈이 아니라 간교한 요괴와 같다.

돈을 벌 때도 마찬가지다. 정당하게 번 돈도 역시 기쁨의 에너지와 즐거움의 에너지가 함께 한다. 하지만 좋지 않은 일을 통해 번 돈은 어둠과 같이 마음을 어둡게 한다. 그래서 돈을 좋은 일과 좋은 생각에 따라다니는 우주의 흐름 즉 에너지의 흐름으로 볼 수 있는 눈을 길러야 한다. 그래야 돈의 진정한 가치를 알 수 있다.

그렇다. 단지 돈을 수량으로 보지 마라. 좋은 일에 따라오는 에너지의 흐름으로 보라.

돈을 단지 돈으로 보면 그것은 돈일 뿐이다. 그러나 돈을 가치 있게 쓸 땐 우주의 에너지가 되어 사회와 사람들에게 행복의 에너지가 되어준다.

072

좋은 인간관계란

> 우리가 세상을 살아가면서
> 가장 기쁜 일이 있을 때, 혹은 가장 고통스러울 때,
> 그 기쁨과 고통을 함께 나눌 수 있는
> 그런 사이가 좋은 인간관계다.
>
> 법정
>
> 〈사람과 사람 사이〉

동고동락同苦同樂이라는 말이 있다. 어려움도 즐거움도 함께 한다는 말이다. 어려움과 즐거움을 함께 하는 사이란 참으로 아름답고 은혜로운 사람들이 아닐 수 없다.

그런 까닭에 부부 사이에도 친구 사이에도 어려움과 즐거움을 함께 할 때 더 행복한 부부로 살아가게 되고, 더 친밀한 친구로 지내게 된다. 이는 부부나 친구가 아닌 직장동료나 이웃 간에도 마찬가지다.

이렇듯 좋은 인간관계란 어려움도 즐거움도 함께 할 수 있어야 한다. 그래야 서로를 진정으로 이해하게 되고, 배려하게 되고, 양보하게 되고, 어려울 때 도와주게 되고, 사랑할 수 있게 된다.

왜 그럴까. 그것이야말로 가장 인간답고, 가장 순수하고, 가장 아름다운 인간관계이기 때문이다.

인생을 살아가면서 희로애락을 함께 할 수 있는 사람이 좋은 사람이며, 그런 관계가 서로에게 가장 좋은 인간관계이다.

073

시련과 고통에 절대 물러서지 마라

어떠한 시련과 고통일지라도 그것에
의미를 부여한다면, 그 시련과 고통을 능히
이겨낼 수 있는 지혜와 용기가 솟아난다.
그러나 그 시련과 고통 앞에
좌절하고 만다면 내일이 없다.

법정

〈비닐봉지 속의 꽃〉

고진감래苦盡甘來라는 말이 있다. 쓴 것이 다하면 단 것이 온다는 뜻으로, 고생 끝에 낙이 온다는 말이다.

고통과 시련을 이기기 위해서는 강한 의지와 신념으로 고통과 시련에 맞서야 한다. 그래서 이겨내면 즐거움과 행복이 따르지만, 이겨내지 못하면 고통과 시련의 늪에 갇혀 내일을 기약할 수 없다.

인생을 자신이 원하는 대로 살아가는 사람들은 고통과 시련을 이겨낸 끝에 마침내 자신이 원하는 것을 손에 쥘 수 있었다.

그런 까닭에 고통과 시련은 자신의 인생을 자신이 원하는 길로 가게 하는 시험으로 생각하라는 것이다. 그러면 고통과 시련을 충분히 감내할 수 있는 에너지를 얻게 될 것이다.

어떤 시련과 고통이 앞을 가로막아도 절대 물러서지 마라. 고통과 시련도 당당히 맞서는 사람에겐 두 손을 들고 만다. 고통과 시련 앞에 당당히 맞서라.

074

우리가 다시 태어나는 법

사랑이
우리 가슴속에 싹트는 순간
우리는 다시 태어난다.

법정

〈깨달음의 길〉

사랑을 하게 되면 몸과 마음이 새롭게 거듭나는 경험을 하게 된다. 사랑을 하게 되면 기쁨이 샘솟고, 열정의 에너지가 끓어 넘쳐 매사를 능동적으로 행하고 긍정적으로 생각하게 되기 때문이다.

또한 절망 중에 있던 사람도 사랑하는 사람이 사랑으로 품어주면 절망의 늪에서 빠져나와 희망을 향해 씩씩하게 발걸음을 옮겨 놓는다.

사랑은 사람을 새로운 사람으로 변화시키는 위대한 마력이 있다. 그래서 사랑을 하면 마치 다시 태어난 것 같은 기분이 들고, 지금보다 더 행복하게 잘 살아야겠다는 굳은 마음이 드는 것이다.

사랑은 생산적이고, 창의적이고, 창조적인 에너지의 근원이다.

사랑하라, 지금보다 더 당신이 사랑하는 사람을. 그러면 당신 또한 사랑하는 사람으로부터 더 값진 사랑을 받게 됨으로써 다시 태어나는 기쁨을 맛보게 될 것이다.

사랑을 잃고 방황하는 사람도 사랑을 다시 찾게 되면 새로운 사람으로 거듭난다. 이는 사랑 속엔 희망과 꿈, 미래와 용기라는 에너지가 들어 있기 때문이다.

075

사물을 보되 사물의 전체를 보라

우리들의 삶에는
이렇듯 허상과 실상이 겹쳐 있다.
사물을 보되 어느 한쪽이나 부분만이 아니라
전체를 볼 수 있어야 한다.

법정

〈섬진 윗마을의 매화〉

'나무를 보되 숲은 보지 못한다'는 말이 있다. 나무라는 하나의 객체는 뚜렷이 볼 수 있는데, 그 나무들이 모여 이룬 숲을 보지 못한다는 것은 시야가 좁은 까닭이다.

한 그루의 나무는 한 부분에 지나지 않지만, 숲은 전체를 뜻한다.

우리가 좀 더 삶을 잘 살아가기 위해서는 사물의 전체를 볼 수 있는 눈을 길러야 한다. 사물의 전체를 볼 수 있는 눈을 기르기 위해서는 입체적인 사고력을 길러야 한다. 그렇게 되면 사물을 다각적으로 바라보는 눈을 갖게 되기 때문이다.

그렇다. 사물을 깊이 보고, 다각적으로 바라보는 입체적인 사고력을 길러라. 그래야 일부분이 아닌 전체를 보게 됨으로써 지혜롭고 현명하게 삶을 크게 확장시켜 나갈 수 있게 될 것이다.

같은 대상도 현명한 사람은 전체를 꿰뚫어보지만, 범인凡人이나 미련한 사람은 부분적인 것만 본다. 일이관지一以貫之라 했다. 한 이치로 모든 것을 꿰뚫어 볼 수 있도록 혜안을 길러라.

076

서로 균형을 이루는 우주의 조화

> 누가 시키거나 참견하지 않아도
> 스스로 알아서 물러설 줄 아는 이 오묘한 질서,
> 이게 바로 어김없는 자연의 조화다.
> 대립하거나 어긋남이 없이
> 서로 균형을 잘 이루는 우주의 조화다.
>
> 법정
>
> 〈모두 다 사라진 것은 아닌 달에〉

순리順理라는 말이 있다. 사전적 의미는 '무리가 없는 순조로운 이치나 도리'이다. 즉 도리나 이치에 맞게 행함을 뜻한다.

그런데 여기에 인위人爲를 가하면 자칫 순리를 벗어나게 된다. 인위는 의도적으로 행하는 것으로써 순리와는 전혀 상반된 개념이다. 그래서 순리를 벗어나게 되면 균형이 깨지게 되고 질서가 무너지고 만다.

이는 자연이나 사람 사는 일이나 마찬가지다. 자연의 순리를 거스르면 자연이 파괴되고 그 영향이 사람에게 미친다. 사람도 정도에서 벗어나면 문제가 발생하게 되고, 그에 대한 대가를 치러야 한다.

온전한 삶을 살아가기 위해서는 서로 조화롭게 균형을 이뤄야 한다. 자연과 사람은 우주의 일부분이기에 우주의 조화를 따라야 하는 것이다.

삶을 조화롭게 살기 위해서는 나설 땐 나서고 물러날 땐 물러날 줄 알아야 한다. 또한 일을 함에 있어 상황의 흐름에 맡기고 그에 맞게 대처한다면 우주가 균형을 이루듯 삶의 균형을 이룰 수 있다.

077

차를 건성으로 마시지 말라

차를 건성으로 마시지 말라. 차밭에서 한 잎 한 잎 따서
정성을 다해 만든 그 공을 생각하며 마셔야 한다.
그래야 한 잔의 차를 통해
우리 산천이 지닌 그 맛과 향기와 빛깔도
함께 음미할 수 있을 것이다.

법정

〈화개동에서 햇차를 맛보다〉

산과 들에 아무렇게나 피어 있는 풀꽃도 다 그럴 만한 이유가 있고 주어진 제 몫을 다한다. 산과 들에 풀이나 풀꽃이 없다고 해보라. 산과 들은 발간 속살을 드러내어 그 얼마나 삭막하고 흉측하겠는가.

이름 없는 풀꽃도 이럴진대 사람의 정성이 담긴 차를 마시는데 어찌 건성으로 마실 것인가. 우리는 그 차에 담긴 정성스런 손길을 생각하며 마시고, 그 차를 키워낸 산천의 고마움에도 값해야 한다. 그리고 그 차의 맛과 향기에 감사해 해야 한다. 이것이 차를 키운 손길과 산천과 차에 대한 예의이기 때문이다.

그렇다. 이 세상 그 무엇도 그냥 되는 것은 없다. 그런 까닭에 도움을 주는 것들에 대해 감사해야 하는 것이다.

한 잔의 차 속엔 차를 키운 햇살도 들어있고, 맑은 공기와 우주의 기운과 차를 재배한 따뜻한 정성도 들어 있다. 그런 까닭에 한 잔의 차도 기도하며 감사히 마셔야 한다.

078

가을엔 편지를 써라

서걱이는 바람결은
편지를 쓰고 싶게 만든다.
전화의 목소리보다
편지에 스며 있는 음성이 훨씬 정답다.

법정

〈가을이 오는 소리〉

가을은 누구나 시인이 되게 한다. 가을이 오면 산과 들은 울긋불긋 단풍으로 곱게 물들고, 산들산들한 바람이 불며 마음을 간질인다. 가을은 사람들의 마음을 정서적으로 풍부하게 하는 서정의 계절이며 수확의 계절이다.

그래서일까, 산과 들은 풍성한 곡식과 탐스런 열매들로 가득하다. 그것을 가만히 보고 있노라면 몸과 마음은 한없이 넉넉하고 풍요로워진다. 그리고 잊고 지냈던 친지와 친구를 비롯한 그리운 사람들이 하나둘씩 떠오르기 시작하며 그들과 함께 했던 지난날을 회상하며 물빛 그리움에 흠뻑 젖어든다.

가을은 풍요와 그리움의 계절이다. 이 좋은 시절 문자나 메일 대신 짧게라도 따스한 온기가 담긴 손 편지를 써보라. 잊혔던 옛 서정이 다시 되살아나며 행복하고 풍요로운 가을을 보내게 될 것이다.

가을이 오면 마음이 포근해지며 서정에 흠뻑 물들게 된다. 그동안 잊고 지냈던 스승과 친구, 감사했던 이들에게 손 편지를 써보라. 그것만으로도 마음은 풍요로움을 느끼게 될 것이다.

079

스스로에 대해 묻고 또 물어보라

'나는 누구인가?'
하고 안으로 진지하게 묻고 또 물어야 한다.
해답은 그 물음 속에 있다.

법정

〈명상으로 삶을 다지라〉

세계 4대 성인 중의 하나인 고대 그리스 철학자 소크라테스는 '너 자신을 알라'며 일갈했다. 너 자신을 알라는 말은 네 존재의 의미에 대해 그리고 너의 가치에 대해 알라는 의미도 있지만 뒤집어 말하면 '나는 누구인가'라는 자아와 정체성에 대한 물음의 의미도 내포하고 있다.

과거에도 그러했지만 지금 사람들 역시 자신이 누구인지도 잘 모른 채 살아가고 있다. 그러면서 다른 사람들의 문제점을 파헤쳐 비난하고 비판하기를 멈추지 않는다. 이는 매우 잘못된 일이다. 남에 대해 말하기 전에 자신은 어떠한 사람인지를 깊이 살필 필요가 있다.

그렇다. 가끔씩 자신에 대해 살피는 시간이 필요하다. 그렇게 함으로써 자신의 존재에 대해 생각하게 되고 그럼으로써 자신을 좀 더 가치 있는 인생으로 살아가게 하는 데 큰 도움이 되기 때문이다.

예로부터 현자들은 나는 누구인가, 라는 물음에 대한 답을 찾기 위해 고행도 마다하지 않았다. 이 물음에 대해 한번 생각해보라. 자신에 대해 진지하게 생각하게 될 것이다.

080

삶에 저항하지 마라

삶에
저항하지 마라.

법정

<삶에 저항하지 마라>

삶은 불공평하다고 말하는 이들이 있다. 하지만 이는 매우 잘못된 생각이다. 삶은 누구에게나 공평하지만, 자신의 현실이 어렵거나 마땅치 않을 때 흔히 삶을 불공평하다고 불만을 나타내는 것이다.

삶을 불공평하다고 하기 전에 자신이 과연 스스로에게 최선을 다했는지 생각해보라. 스스로에 대한 결점은 환경이나 주변에 있지 않다. 그것은 오직 자신이 해결해야 할 문제이다. 그런데도 삶에 대해 불평하고 주변 사람들에 대해 부정적인 시각을 나타내는 것은 삶에 대한 저항일 뿐 그로 인해 해결되는 것은 아무것도 없다.

영국의 시인이자 비평가인 사무엘 존슨은 "짧은 인생은 시간의 낭비에 의해 더욱 짧아진다."고 했다. 시간을 낭비하는 것은 될 대로 되라는 식의 삶에 저항하는 것과 같다.

그렇다. 삶에 저항하지 마라. 삶을 뜨겁게 끌어안고 입 맞추라. 그 삶이 따뜻한 손길로 잡아줄 때까지 그렇게 하라.

삶에 저항하는 것처럼 어리석은 일은 없다. 자신에게 주어진 삶은 그 어떤 것일지라도 받아들여 살뜰히 가꾸라. 또한 그것은 곧 자신의 삶임을 명심하라.

081

사치는 악덕이고 검소함은 미덕이다

> 사치는 악덕이고
> 검소함은 미덕이다.
>
> 법정
>
> 〈비닐봉지 속의 꽃〉

사치하기를 좋아하는 사람은 아무리 많은 돈이 있어도 소용이 없다. 사치가 심하면 심할수록 절제력은 그만큼 약하기 때문이다. 그래서 사치심이 심한 사람은 절약을 할 수 없어 자신의 인생을 망가뜨리기 십상이다. 그런 까닭에 사치는 악덕惡德이라고 할 수 있다.

그러나 검소한 사람은 절제력이 강해 사치와는 거리가 멀다. 아무리 휘황찬란한 보석이 유혹을 해도, 아무리 예쁘고 멋진 옷이 손짓을 해도 절대 넘어가지 않는다. 이처럼 검소한 사람은 작은 돈도 허투루 쓰는 법이 없다. 그래서 검소는 미덕美德이라고 하는 것이다.

검소한 사람은 미덕을 실천하는 사람이다. 그런 이유로 모든 사람에게 모범이 되기에 조금도 부족함이 없다.

그렇다. 자신의 인생을 행복하게 하고 싶다면, 삶을 파괴시키는 사치를 멀리하고 검소함의 미덕을 실천하라.

사치에 빠지면 패가망신한다. 그러나 검소하면 스스로를 풍족하게 한다. 사치는 악덕이며 검소는 미덕인 까닭이다. 이를 명심 또 명심해야 한다.

082

세상에 공것은 어디에도 없다

세상에
공것은 어디에도 없다.
모두가
스스로 뿌려 스스로 거둘 뿐이다.

법정

〈눈 고장에서 또 한 번의 겨울을 나다〉

구약성경에 "눈물을 흘리며 씨를 뿌리는 자는 기쁨으로 단을 거두리로다. 울며 씨를 뿌리러 나가는 자는 반드시 기쁨으로 그 곡식 단을 가지고 돌아오리로다."(시편 126편 5절 6절) 라는 말씀이 있다. 참으로 멋진 말이 아닐 수 없다. 이는 진리 중에 진리라고 할 만하다.

눈물로 씨를 뿌린다는 것은 애쓰고 수고함의 노력을 의미한다. 이렇게 해서 수확한 곡식은 기쁨 그 자체다. 그리고 그 곡식으로 지은 밥을 먹는다는 것은 행복함과 즐거움 그 자체이다.

그런데 이런 수고도 없이 공것을 바란다면 어떻게 될까. 이에 대해 어떤 사람들은 그것을 운이 좋아서라고 말하고, 또 복이 많아서라고 말한다. 그러나 그것은 운도 아니고 복도 아니다. 그것은 스스로를 허물어뜨리는 '악'일 뿐이다. 공것을 바라지 마라. 공것을 바라는 시간에 땀을 흘려라. 그리고 맛있게 밥을 먹어라. 그것이 진정으로 행복한 삶이다.

공짜를 바라는 자는 공짜로서 망한다. 그러나 땀 흘려 수고하는 자는 번성한다. 그 어떤 일에 있어서도 공짜의 유혹에 빠지지 마라.

083

인간의 신성한 의무

생명을 존중하는 마음은
하나의 느낌이나 자세가 아니다.
그것은 온전한 삶의 방식이고,
우리 자신과 우리 둘레의 수많은 생명체들에 대한
인간의 신성한 의무이기도 하다.

법정

<인디언 '구르는 천둥'의 말>

남아프리카공화국에 가면 돈을 주고 살아 있는 동물을 사냥하는 사파리가 있다. 돈 많은 이들이 돈을 주고 평화롭게 노니는 사자와 누 같은 동물을 마구 사냥한다. 인간이 무슨 권리로 살아 있는 소중한 생명을 함부로 죽일 수 있단 말인가. 이는 생명을 함부로 여기는 비이상적인 심리상태에서 오는 심각한 병폐가 아닐 수 없다.

인간이 이처럼 잔인하고 극악무도하게 된 데에는 물질문명의 발달을 들 수 있다. 문명이 발달하고 삶이 편리해질수록 상대적으로 인간은 삶의 공허감을 느끼게 되고, 인간성을 상실하는 경향을 보이게 된다. 이 모든 것이 오직 물질과 문명을 추구한 데서 오는 이상심리에 의한 것이다.

지금 우리는 인간성을 회복할 필요가 있다. 그러지 않으면 건잡을 수 없는 파멸의 지경에 이르게 될 것임을 명심해야 한다.

생명을 소중히 하는 자는 영원한 생명을 얻고, 생명을 박해하는 자는 영원한 죽음을 면치 못한다. 생명은 하나님이 주신 고귀한 은총임을 잊지 마라.

084

우주 생명의 원리

> 흐름이 멈추어
> 한 곳에 고이게 되면 부패한다.
> 이것은 우주 생명의 원리다.
>
> 법정
>
> 〈새벽 달빛 아래에서〉

캄캄한 밤하늘을 보면 수많은 별들이 깜빡이며 빛을 발하는 것을 볼 수 있다. 밝은 빛을 내는 별들은 우주의 질서에 의해 공존한다. 지구는 태양을 향해 쉬지 않고 돈다. 멈추는 순간 지구의 운명은 끝난다. 그것은 멸망을 뜻하기 때문이다.

이 세상에 존재하는 것은 사람이든 자연이든 간에 항상 끊임없이 움직여야 한다. 그것은 곧 우주의 질서이며 생명원리이기 때문이다. 그러기 때문에 사람도 한 곳에 정체하면 느슨해지고 삶의 감각을 잃어버린다. 강도 흐름을 멈추면 썩게 되고, 웅덩이에 고인 물은 악취가 나며 모기와 같은 해충이 들끓는다. 멈춘다는 것, 고여 있다는 것은 곧 부패를 뜻한다.

그렇다. 사람이든 강물이든 그 어떤 자연이든 멈추거나 정체하면 안 된다. 그것은 곧 죽음을 뜻하고 파멸을 뜻함을 잊지 마라.

한 곳에 안주하는 자는 때가 지남에 그 삶이 부패하게 된다. 그러나 늘 새로워지기 위해 힘쓰는 자는 윤기 나는 삶을 살게 될 것이다.

085

인생에 정년이란 없다

> 직장에는 정년이 있지만 인생엔 정년이 없다.
> 흥미와 책임감을 지니고 활동하고 있는 한
> 그는 아직 현역이다. 인생에 정년이 있다면
> 탐구하고 창조하는 노력이 멈추는 바로 그때다.
>
> 법정
>
> 〈진정으로 하고 싶은 일을 하라〉

미국의 국민화가로 불리는 안나 메리 로버트슨은 지극히 평범한 농촌 여성으로 72세에 그림을 그리기 시작해 세상을 떠날 때까지 무려 1,600여 점의 작품을 남겼다. 이런 공을 인정받아 로버트슨는 1941년 뉴욕 주 메달을 받았고, 1949년에는 트루먼 대통령으로부터 여성프레스클럽 상을 수상했다.

독일의 문호로 세계적인 작가이자 시인, 비평가로 평가받는 요한 볼프강 폰 괴테의 역작인《파우스트》는 그의 나이 23살 때 쓰기 시작해 무려 59년이나 걸렸다. 그의 나이 82세 때 탈고를 했으니 그 긴 세월 동안 그는 작품을 쓰는 데 푹 빠져 지냈음을 알 수 있다. 그랬기에 그가 쓴《파우스트》는 불후의 명작으로 평가받고 있다.

이들의 공통점은 인생은 나이가 문제가 아니라 어떻게 삶을 사느냐에 따라 결정된다는 걸 알 수 있다. 이처럼 인생은 정년이 없다. 마지막 살아 있는 그 순간까지 열정을 다하라.

인생에 정년이란 없다. 죽을 때가 곧 정년인 것이다. 살아있는 동안은 그 무엇에든 열정을 다하라. 그래야 창의적이고 생산적인 삶을 남기게 된다.

086

진정한 친구에 대한 정의

진정한 친구란 두 개의 육체에 깃들인
하나의 영혼이란 말이 있다.
그런 친구 사이는 공간적으로 멀리 떨어져 있을지라도
결코 멀리 있는 것이 아니다. 바로 지척에 살면서도
일체감을 함께 누릴 수 없다면 그건 진정한 친구일 수 없다.

법정

〈사람과 사람 사이〉

16세기 에스파냐 작가이자 철학자인 발타자르 그라시안은 "속마음을 나눌 수 있는 친구만이 인생의 역경을 헤쳐 나갈 수 있는 힘을 준다."고 말했다. 속마음을 나눌 수 있는 친구는 영혼이 통하는 친구를 말한다. 이런 친구 사이는 멀리 있어도 한 공간에 있는 것처럼 느껴질 만큼 평안하고 자연스럽다. 마치 몸은 둘인데 마음은 하나와 같은 친구지간이다.

공자孔子는 익자삼우益者三友라 했다. 정직한 친구, 신의가 있는 친구, 지식이 많은 친구를 일러 말함이다.

그렇다. 이런 친구야말로 좋은 친구라 할 수 있다. 자신에게도 친구에게도 덕이 되는 친구이기 때문이다. 하지만 분명히 알아야 할 것은 당신이 진정한 친구를 두고 싶다면 당신이 먼저 진정한 친구가 되어야 함을 잊지 마라.

진정한 친구란 일체감을 이루는 친구, 즉 영혼을 함께 하는 친구를 말한다. 이런 친구를 둔다는 것은 서로에게 큰 축복이다. 진정한 친구를 두기위해서는 자신이 먼저 진정한 친구가 되어라.

087

시와 노래가 흘러나오는 입이 되게 하라

> 인간의 입에서 살벌하고
> 비릿한 정치와 경제만 쏟아져 나오고
> 시와 노래가 흘러나오지 않는다면
> 그의 가슴은 이미 병들기 시작한 것이다.
> 먹고 마신 그 입에서 꽃 같은 노래가 나와야 한다.
>
> 법정
>
> 〈뜰에 해바라기가 피었네〉

같은 입에서도 사랑의 말이 나오고, 친절한 말이 나오고, 칭찬과 격려의 말이 나오면 그 입은 생산적이고 창의적인 입이다. 이런 입을 가진 사람은 자신에게도 타인에게도 긍정의 에너지가 넘치게 한다.

그러나 험한 말이 쏟아져 나오고, 비난의 말이 나오고, 육두문자가 흘러나오면 그 입은 비생산적이고 파괴적인 입이다. 이런 입을 가진 사람은 자신에게도 타인에게도 부정적으로 작용한다.

말은 사람을 살리기도 하고 죽이기도 한다. 그리고 말은 용기를 주기도 하고 좌절하게도 한다. 그래서 시처럼 아름다운 말, 꽃 같이 고운 말을 해야 하는 것이다.

그렇다. 당신의 입에서 시가 흘러나오고, 노래가 흘러나오고, 꿈을 주는 말이 흘러나오고, 용기를 주는 말이 흘러나오게 하라.

같은 입도 시와 노래가 흘러나오면 복된 입이지만, 욕설과 험담이 흘러나오면 저주의 입이 된다. 향기로운 말과 시와 노래가 흘러나오는 입이 되게 하라.

088

따뜻한 가슴은 어디에서 오는 걸까

> 따뜻한 가슴은 어디서 오는가.
> 따뜻한 가슴은 저절로 움트지 않는다.
> 이웃과 정다운 관계를 통해서, 사물과의
> 조화로운 접촉을 통해서 가슴이 따뜻해진다.
>
> 법정
>
> 〈그 산중에 무엇이 있는가〉

태어날 때 온화한 성품을 가진 사람은 배려심이 뛰어나고 인정이 넘친다. 가슴에 따뜻한 정이 강물처럼 흘러넘치기 때문이다. 이처럼 선천적으로 따뜻한 가슴을 지닌다는 것은 축복이라고 할 만하다.

후천적으로도 얼마든지 따뜻한 가슴을 기를 수 있다. 부드럽고 따뜻한 마음을 기르기 위해서는 첫째, 사람들과 함께 봉사활동을 하는 것이다. 둘째, 서정성이 풍부한 시집을 읽는 것이다. 셋째, 마음을 평안하게 하는 음악을 듣는 것이다. 넷째, 꽃을 가꾸고 나무를 가꾸는 등 마음을 온화하게 해주는 취미활동을 하는 것이다.

이처럼 네 가지 중 자신에게 잘 맞는 것으로 꾸준히 실천한다면 가슴을 따뜻하게 하는 데 큰 도움이 된다.

그렇다. 행복하게 살아가기 위해서는 언제나 가슴을 따뜻하게 하라.

따뜻한 가슴은 정을 나누고 사랑을 베푸는 데서 길러진다. 그래서 따뜻한 가슴을 지닌 사람은 정이 넘치고 사랑이 많다. 따뜻한 가슴이 되게 하라.

089

자기 분수에 자족하며 살기

사람이 흙을 일구며 농사를 짓고 살던 시절에는
작은 것에 만족하고 적은 것에도 고마워했다.
남이 가진 것을 시샘하거나 넘보지 않았다.
자기 분수에 자족하면서 논밭을 가꾸듯
자신의 삶을 묵묵히 가꾸어 나갔다.

법정

〈새벽에 내리는 비〉

이 세상의 모든 범죄의 원인은 만족하지 못하는 데서 오는 공허함에 있다. 마음이 공허하면 불안하고 불평불만을 하게 된다. 그런 까닭에 작은 것엔 눈길도 주지 않고 큰 것, 좋은 것, 멋진 것 등에만 눈길을 준다. 그러다 보니 어지간해서는 만족하지 못한다. 그래서 이런 사람들은 자기 분수를 알지 못하고 굳이 알려고도 하지 않는다.

분수를 지킨다는 것, 또 분수를 안다는 것은 무엇인가. 그것은 스스로 얼마든지 자신을 만족할 수 있다는 것의 방증이다.

그렇다. 자기 분수를 지키고 자족하는 것, 이것이야말로 행복해지는 최선의 요소이다.

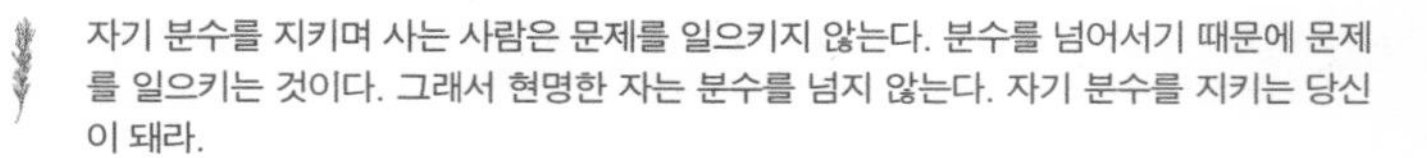

자기 분수를 지키며 사는 사람은 문제를 일으키지 않는다. 분수를 넘어서기 때문에 문제를 일으키는 것이다. 그래서 현명한 자는 분수를 넘지 않는다. 자기 분수를 지키는 당신이 돼라.

090

어디에도 얽매이지 말고 집중하고 몰입하라

사람의 마음은 그 어디에도
얽매임 없이 순수하게 집중하고 몰입할 때
저절로 평온해지고 맑고 투명해진다.
투명함 속에서 정신력이 한껏 발휘되어
고도의 주의력과 순발력과 판단력을 갖추게 된다.

법정

〈명상으로 삶을 다지라〉

그것이 무엇이든 그것에 자신을 매어 놓는다는 것은 스스로를 억압하고, 통제하고, 부자연스럽게 하는 부정적인 행위이다.

왜 그럴까. 무언가에 매이게 되면 집착하게 되고, 그로 인해 평안함을 잃게 되기 때문이다. 그런 까닭에 매이지 않고 순수하게 몰입하게 되면 마음이 평온해지며 투명해진다. 마음이 맑고 평온하면 정신력이 한껏 높아져 주의력과 순발력과 판단력을 갖추게 되는 까닭이다.

그렇다. 복잡하고 미묘한 현실에서 벗어나 진실로 마음이 평온해지고 맑고 투명해지길 바란다면, 그 어디에도 얽매이지 말고 집중하고 순수하게 몰입해야 할 것이다.

무언가에 얽매이면 몸과 마음이 녹슨다. 얽매이지 않고 순수하게 집중하고 몰입할 때 몸과 마음은 맑고 투명해진다. 몸과 마음을 투명하게 하라.

091

진정한 만남은 상호간의 눈뜸이다

> 영혼의 진동이 없으면
> 그건 만남이 아니라 한때의 마주침이다.
> 그런 만남을 위해서는
> 자기 자신을 끝없이 가꾸고 다스려야 한다.
>
> 법정
>
> 〈사람과 사람 사이〉

'나도 누군가에게 / 소중한 만남이고 싶다 // 만남과 만남엔 / 한 치 거짓이 없어야 하고 / 만남 그 자체가 / 내 생애에 기쁨이 되어야 하나니 // 하루하루가/ 누군가에게 소중한 만남이고 싶다'

이는 나의 시 〈나도 누군가에게 소중한 만남이고 싶다〉 중 6연, 7연, 8연으로 만남의 의미에 대해 표현했다.

이 시에서도 표현했듯이 진정한 만남이 되기 위해서는 만남과 만남엔 한 치 거짓이 없어야 하고, 만남 그 자체가 내 생애에 기쁨이 되어야 한다. 그래야 진정한 만남이 이루어지기 때문이다.

그렇다. 그런 만남을 위해서는 자기 자신을 끝없이 가꾸고 다스려야 한다. 그렇게 될 때 진정성을 보이게 됨으로써 아름다운 만남을 이루게 된다.

만남에는 좋은 만남이 있고, 악연이 있다. 좋은 만남은 서로에게 창조적인 삶이 되어주지만, 악연은 불행하게 만든다. 좋은 만남이 되게 마음을 아름답게 하라.

092

누군가에게 의미 있는 인생이 돼라

> 어느 날 내가 누군가를 만나게 된다면
> 그 사람이 나를 만난 다음에는 사는 일이
> 더 즐겁고 행복해져야 한다.
> 그래야 그 사람을 만난 내 삶도
> 그만큼 성숙해지고 풍요로워질 것이다.
>
> 법정
>
> <과속문화에서 벗어나기>

프랑스의 사상가이자 작가인 아나톨 프랑스는 "이 세상의 참다운 행복은 남에게서 받는 것이 아니라 내가 남에게 주는 것이다. 그것이 물질적인 것이든 정신적인 것이든 인간에게 있어서 가장 아름다운 행동이기 때문이다."라고 말했다.

아나톨 프랑스의 말처럼 누군가에게 물질적인 것이든 정신적인 것이든 그 무엇으로든 행복을 주는 것처럼 의미 있는 일은 없을 것이다. 행복은 모든 인간이 갖는 공통된 삶의 목표이기에 더더욱 의미 있는 일이다.

그렇다. 누군가에게 꿈을 주고, 사랑을 베풀고, 행복을 주는 의미 있는 인생이 되어라. 그로 인해 자신은 더 큰 행복을 기쁨으로 누리게 될 것이다. 그것은 자신에게 주는 최고의 선물이기 때문이다.

누군가에게 의미 있는 인생은 참으로 가치 있는 인생이다. 그것은 자신을 축복되게 하는 선행이다. 누군가에게 의미 있는 인생이 돼라.

093

인간의 가슴을 잃지 마라

우리들이 인간의 가슴을 잃지 않는다면
이 세상은 얼마든지 밝은 세상이 될 수 있다.
그러나 우리가 그 가슴을 잃게 되면
아무리 많이 차지하고 산다 할지라도
세상은 암흑으로 전락하고 만다.

법정

〈인간의 가슴을 잃지 않는다면〉

물질을 쌓아 놓고도 불안하게 사는 사람들이 있다. 그것은 진정한 행복이라고 할 수 없다. 불안한 마음으로 산다는 것은 스스로에게 떳떳하지 않은 까닭이다. 이처럼 물질을 산더미처럼 쌓아 놓고 사는 사람들 중엔 인간의 가슴을 잃은 사람들이 많다.

셰익스피어의 희곡 《베니스의 상인》에 나오는 고리대금업자 샤일록 같은 사람이 대표적인 사람이라 할 만하다. 그는 인간의 가슴을 잃은 냉혈동물 같은 사람의 표본이라 할 수 있다.

이렇듯 인간의 가슴을 잃으면서까지 물질에 집착하지 마라. 그런 사람들로 채워지는 세상은 암흑과도 같은 세상이 될 것이기 때문이다.

그렇다. 가난하게 살아도 마음에 근심이 없고 불안한 마음이 없다면 그것이야말로 행복이라고 할 수 있다.

인간의 가슴은 사랑이어야 한다. 그래야 세상을 아름답게 할 수 있다. 밝고 아름다운 세상에서 행복하게 살고 싶다면 인간의 가슴을 잃지 말아야 한다.

094

순수한 감정을 소중히 하기

> 흥이란 즐겁고 좋아서 저절로 일어나는 감정이다.
> 그렇기 때문에 흥은
> 합리적이고 이해타산적인 득실이 아니다.
> 그때 그곳에서 문득
> 일어나는 순수한 감정이 소중할 따름이다.
>
> 법정
>
> 〈등잔에 기름을 채우고〉

우리 민족은 예로부터 '흥'의 민족이다. 그래서 한국인이라면 누구나 천성적으로 흥의 유전자를 지니고 태어난다. 흥은 사람들의 마음을 즐겁게 하고 여유롭게 한다.

흥이 많은 사람치곤 악한 사람이 없다. 흥은 인간이 지닌 마음 중에서도 반드시 필요한 정서이기 때문이다. 흥이 있음으로 해서 어렵고 힘든 일도 능히 이겨낼 수 있게 한다. 말하자면 흥은 감정을 조절하는 '컨트롤 스위치'라 할 수 있다.

즐거운 것을 보면 즐거워하고, 신나는 것을 보면 덩실덩실 어깨춤을 춘다는 것은 그 얼마나 자연스럽고 유쾌한 감정인가. 흥은 순수하지 않는 사람에겐 효력을 나타내지 않는다.

그렇다. 흥은 순수한 감정의 자연적 발로인 것이다. 즐거운 것을 볼 땐 맘껏 즐겨라. 신나는 것을 볼 땐 한껏 신나 하라.

흥이 많은 사람은 인생을 즐겁게 산다. 흥에는 맑고 밝은 에너지가 넘치는 까닭이다. 즐겁게 살고 싶다면 흥을 넘치게 하라.

095

대지는 인류의 어머니이다

> 땅은 사람들에게 말할 수 없이
> 짓밟히고 허물리면서도 철따라 꽃을 피우고
> 열매를 맺어 사람들의 눈을 즐겁게 하고 먹을 것을
> 만들어내는가 싶으니 그 모성적인 대지에 엎드려
> 사죄를 하고 싶다.
>
> 법정
>
> 〈가을에는 차맛이 새롭다〉

'봄이 오면 / 땅은 / 초롱초롱 / 눈을 반짝이며 // 개나리 / 산철쭉 / 갖가지 꽃들을 피우고 // 상추와 / 고추와 / 갖가지 채소를 키우느라 // 하루 종일 / 몸을 달싹이며 / 잠시도 가만히 있지 못한다 // 봄이 되면 / 땅은 / 세상에서 / 제일 바쁘다 바빠'

이는 나의 〈땅은 바쁘다 바빠〉 라는 동시다.

이 동시는 어린이들에게 땅의 고마움을 알게 하기 위해 썼다. 사람에게도 동물에게도 땅처럼 고마운 것은 없다. 온갖 곡식과 나무와 꽃을 키워내는 땅, 땅은 인간과 동식물에겐 자상한 어머니 같은 존재다. 그런 까닭에 땅을 오염시키고, 함부로 땅을 파내는 일이 없어야 한다. 그것은 어머니와 같은 땅에 대한 예의가 아니기에 땅을 아끼고 잘 보존해야겠다.

대지는 인류의 어머니이다. 우리는 누구나 대지가 물려주는 젖을 먹고 자란다. 부모에게 효를 다하듯, 대지를 아름답게 가꾸고 보존해야 한다.

096

크게 버려야 크게 얻는다

크게 버릴 줄 아는
사람만이 크게 얻을 수 있다.

법정

〈크게 버려야 크게 얻는다〉

마이크로소프트사 창업자인 빌 게이츠나 버크셔 헤서웨이 회장 워런 버핏은 미국뿐만 아니라, 전 세계적으로 기부문화를 선도하는 대표적인 인물이다. 이들은 자신의 재산 중 대부분을 기부하기로 공헌하였으며, 수시로 천문학적인 돈을 후원금으로 내놓고 있다.

그런데 놀라운 것은 우리가 상상할 수 없는 후원금을 내놓는데도 이상하게도 더 많은 돈을 벌어들인다. 마치 화수분 같다는 생각이 든다.

왜 그럴까. 그 이유는 크게 내놓으니 크게 얻는 것이다. 다시 말해 크게 버릴 줄 아는 사람이 크게 얻는 법이다. 물론 기부하는 것을 버리는 것으로 표현해서 좀 그렇지만, 이는 어디까지나 비유적인 표현인 것이다. 즉, 자신에게서 내어놓음을 버리는 것으로 의미화한 것이다. 크게 얻고 싶다면 크게 버려라. 참 의미 있는 말이 아닐 수 없다.

사회와 타인을 위해 크게 쓰는 자는 크게 받는다. 크게 씀으로써 축복이 따르기 때문이다. 그렇다. 크게 쓰는 자가 크게 얻는 법이다.

097

모든 것은 멈춤 없이 지나간다

개울가에 앉아
무심히 귀 기울이고 있으면,
물만이 아니라 모든 것은 멈추어 있지 않고
지나간다는 사실을 새삼스레 인식하게 된다.

법정
<그런 길은 없다>

'멈춤'이 의미하는 것은 '죽음', '상실', '멸망' 같은 단어이다. 멈춤이란 그만큼 강렬한 의미를 내포하고 있다.

물이든, 공기든, 햇빛이든 그 무엇이든 이 세상에 어느 것 하나라도 멈춘다면 세상의 흐름도 끊기고 만다. 즉 멸망에 이르고 만다. 그런 까닭에 '흐른다는' 것은 얼마나 감사한 현상인가. 그것은 움직임 즉 살아 있음을 의미하기 때문이다.

자연의 순환에 대해 우리는 머리 숙여 감사해야 한다. 그것이 우리 인간은 물론 살아 있는 모든 것들에겐 존재의 근원이자 미래를 열어가는 근원이기 때문이다.

그렇다. 이 세상이 잘 돌아가고 잘 흘러갈 수 있음에 감사하라. 나아가 풀꽃 같은 작은 것 하나라도 소중히 해야겠다.

무엇이든 멈춘다는 것은 비생산적이다. 자연은 한 번도 멈춘 적이 없다. 그래서 늘 새롭다. 날마다 새로운 오늘을 위해서는 멈추지 마라.

098

알고 있는 것보다 행하는 것이 더 중요하다

> 얼마만큼 많이 알고 있느냐는 것은
> 대단한 일이 못된다.
> 아는 것을 어떻게 살리고 있느냐가 중요하다.
>
> 법정
>
> 〈인형과 인간〉

우리가 인생을 살아가는 데 있어 무엇을 아느냐 하는 것도 대단히 중요하지만, 그보다 더 중요한 것은 알고 있는 것을 무엇을 위해 어떻게 행하느냐는 것이다.

왜 그럴까. 알고 있는 것만으로는 그 어떤 결과도 얻을 수 없기 때문이다. 그 어떤 것도 행해야만 크든 작든 결과물을 얻을 수 있다.

행함의 중요성에 대해 나폴레옹은 "심사숙고할 시간을 가져라. 그러나 일단 행동할 시간이 되면 생각을 멈추고 돌진하라."고 말했으며, 미국의 자기계발 동기부여가인 스티븐 코비는 "행동에는 말로는 다할 수 없는 위대한 파급력이 있다."고 말했다.

그렇다. 아는 것도 중요하지만 더더욱 중요한 것은 알고 있는 것도 행하지 않으면 무용지물과 같다는 것이다. 이를 마음 깊이 새겨 실천하는 당신이 돼라.

정작 중요한 것은 알고 있는 것이 아니라, 그것을 행하는 데 있다. 아는 것만으로는 의미가 없다. 아는 것을 행하는 것, 그래야 더 나은 결과를 얻게 되는 것이다.

099

부드러운 것이 진정으로 강하다

> 부드러운 것이 결과적으로는
> 강한 것이고 따라서 설득력을 지닌다.
>
> 법정
>
> 〈화전민의 오두막에서〉

강한 것은 단단하고 딱딱한 것이 아니다. 전봇대는 안에 철심을 넣고 단단한 콘크리트로 둘러쌓지만, 태풍 같이 강한 바람에 맥없이 부러지고 만다. 커다란 나무 또한 예외가 아니다.

그러나 풀과 같이 연하고, 물과 같이 부드러운 것은 보기에는 연약해 보이나 강력한 태풍에도 끄떡없다. 부드럽다는 것은 약한 것이 아니라, 부드러워서 진정으로 강한 것이다. 사람도 이와 같다. 권력으로 국민을 통치하는 통치자는 강한 것 같지만 그 내면을 들여다보면 약한 사람이다. 그래서 그는 그 강함으로 인해 스스로 꺾여 쓰러지고 만다.

그 반면에 온유한 지도자는 약한 것 같지만 진실로 강한 사람이다. 이런 지도자를 따르지 않는 국민은 그 어디에도 없기 때문이다.

그렇다. 진정으로 자신이 강해지고 싶다면 부드러운 사람이 되어라. 이것은 만고불변의 진리인 것이다.

부드러운 것이 강한 것은 부드러움으로써 모든 것을 받아들이고 감싸주기 때문이다. 사람도 온유한 사람이 더 강한 법이다. 부드럽고 온유한 사람이 돼라.

100

무가치한 일에 시간과 정력을 낭비하지 마라

> 무가치한 일에
> 시간과 정력을 낭비하는 것은
> 스스로 자신의 소중한 삶을 쓰레기더미에
> 내던져버리는 거나 다름이 없다.
>
> 법정
>
> 〈개울가에서〉

사람들 중엔 쉽게 돈을 벌려는 이들이 있다. 이들의 공통된 생각은 인생은 한 방이라는 터무니없는 논리이다. 물론 운이 좋아서 한 방이 걸려들었다고 해도, 그렇게 해서 생긴 돈은 금방 사라지고 만다. 이를 잘 알게 하는 이야기이다.

몇 해 전 수천억의 슈퍼복권에 당첨된 미국의 어떤 젊은이는 채 몇 년도 안 돼 빈털터리가 되고 말았다. 흥청망청 돈을 써버린 결과였다. 그 후 그는 주유소 직원으로 일하고 있다.

이처럼 무가치하고 부도덕한 일에 자신의 열정을 쏟지 마라. 그것은 자신의 소중한 삶을 함부로 하는 것이며 쓰레기 취급을 하는 것과 같다. 그렇다. 무가치한 일은 단지 무가치한 일일 뿐이다. 그런 일에 인생을 소비하는 것처럼 어리석은 일은 없는 바, 가치 있는 일에 자신을 바쳐라. 그것이야말로 스스로를 존엄하게 하고 행복 되게 하는 은혜로운 일인 것이다.

무가치한 일에 힘을 빼는 것처럼 멍청한 짓은 없다. 가치 있는 일엔 온 힘을 다하라. 그것은 나를 위하고 모두를 위한 창의적이고 생산적인 일이기 때문이다.

101

어진 이를 가까이하라

어진 이를 가까이하라.

법정

〈어진 이를 가까이하라〉

"사람이 어질다고 하는 것은 모든 사람을 사랑하는 마음을 말한다. 사람이 안다는 것은 그 사람됨이 바른 사람인가 바르지 못한 사람인가, 또는 지혜가 있나 없나를 분별할 줄 아는 것을 말한다. 다시 말해 사람이 안다는 것은 마치 재목을 쌓을 때 곧은 나무를 굽은 나무 위에 쌓아서 그 굽은 나무를 반듯하게 바로 잡는 것과 같은 지혜가 있는 것을 말한다."

이는《논어》에 나오는 말로 어진 사람은 사람을 대할 때 편견이나 차별을 두지 않고 대하고, 잘못된 것은 바로 잡아 바르게 함을 말한다.

또한 마음이 어진 사람은 지위의 높고 낮음을 가리지 않는다. 이를 가고가하加高加下라고 한다.

마음이 어진 사람을 가까이해야 한다. 그것은 자신 또한 어진 사람으로 거듭날 수 있는 기회로 작용하는 까닭이다.

어진 사람은 마음의 벽이 없고 덕을 갖춰 누구에게나 좋은 이미지를 심어준다. 어진 이를 가까이 하면 자신 또한 어진 이의 마음을 닮게 된다. 어진 이를 가까이하라.

102

자신을 남과 비교하지 않기

> 자신의 빛깔을 지니고 진정으로
> 자기 자신답게 살아가려는 사람들은, 무엇보다도
> 먼저 자신의 삶을 남과 비교하지 말아야 한다.
> 현재의 자기 처지와 이웃의 처지를
> 견주는 것은 무의미한 짓이다.
>
> 법정
>
> 〈남의 삶과 비교하지 마라〉

사람은 생김새가 다르듯 누구나 자기만의 빛깔, 즉 개성이 있다.

그런데 자기의 생김새나 개성은 생각지 않고 남의 것을 부러워하고 따라 하려고 한다면 그것은 자신의 개성을 죽이는 것과 같다. 이는 매우 마이너스적인 인생을 사는 것이다. 자기만의 것을 살려 자기답게 사는 것처럼 긍지와 자부심을 느끼는 일은 없다.

또한 남이 가진 것을 부러워하여 자신의 처지를 비관하거나 불평한다면 그 역시 자신을 불행하게 하는 씨앗이 될 것이다. 내게 있는 것으로 족하게 되면 그 어떤 것도 부럽지 않다. 자신을 남과 비교하지 마라.

그렇다. 자신을 남과 비교하는 것처럼 어리석은 일은 없다. 나는 나일 뿐 그 어느 누구도 될 수 없다. 그 어떤 일에 있어서나 자기답게 사는 것, 그것이야말로 지혜로운 삶이다.

사람은 누구나 자신만의 장점과 개성을 가지고 있다. 자신의 장점과 개성을 잘 살리면 자신만의 빛깔을 갖게 된다. 그런 까닭에 남과 자신을 비교하는 것은 무의미하다. 자신만의 빛깔을 소중히 하라.

103

그리움이 따르는 만남

> 그리움이 따르지 않는 만남은 지극히
> 사무적인 마주침이거나 일상적인 지나감이다.
> 마주침과 스치고 지나감에는 영혼에 메아리가 없다.
> 영혼에 메아리가 없으면 만나도 만난 것이 아니다.
>
> 법정
>
> 〈화전민의 오두막에서〉

사람은 만남의 동물이다. 사람은 혼자서는 살 수 없는 존재이기 때문에 만남을 통해서 새로운 힘을 얻고, 서로 사랑하고 도우며 더불어 살아간다. 그런 까닭에 만남은 아주 소중한 것이다.

잘 만나면 자신에게도 상대방에게도 좋은 일이지만 잘못된 만남은 서로에게 상처를 주고 아픔을 주고 심지어는 원수지간처럼 되고 만다. 그래서 법정 스님은 만남에는 그리움이 따라야 한다고 했다. 그리움이 따르면 서로를 그리워하게 되고, 애잔한 마음으로 서로를 위해주고 아껴주게 된다. 이런 만남은 지극한 생산적이고 창의적인 삶을 살게 한다.

그렇다. 누군가와의 만남을 통해 에너지를 얻고 지금보다 나은 삶을 사는 것처럼 역동적이고 행복한 삶은 없다. 우리는 누구나 이처럼 생산적인 만남을 가져야 한다. 그것이야말로 나와 너, 우리 모두가 행복해지는 비결인 것이다.

사람은 본질적으로 그리움의 동물이지만 모든 이에 그리움이 따르지 않는다. 그리움이 따르는 만남은 소중한 인연이다. 그리움이 따르는 만남을 가져야 한다.

104

안락한 삶보다는 충만한 삶을 살아라

> 모든 길과 소통을 가지려면
> 그 어떤 길에도 매여 있지 말아야 한다.
> 중요한 것은
> 안락한 삶이 아니라 충만한 삶이다.
>
> 법정
>
> 〈생각을 씨앗으로 묻으라〉

보통사람들로서는 생각지도 못하는 대저택에서 호화롭게 안락한 생활을 하고, 수억이 넘는 자동차를 타고, 집안 곳곳마다 최고급 외제 앤티크 가구로 치장을 하고 금고엔 금은보화를 산더미처럼 쌓아 놓고도 자신을 불행하다고 말하는 사람들이 있다. 마음만 먹으면 원하는 것 무엇이든 할 수 있는데도 만족하지 못한다. 물질은 풍족할지 모르나 마음이 공허하기 때문이다. 공허한 마음은 물질로 채울 수 없다. 그것은 어디까지나 순간적이다.

그러나 마음이 충만하면 초가삼간에 살아도 행복하다고 말한다. 충만한 삶은 물질에 있는 것이 아니라 충만한 마음에서 온다. 충만한 마음을 기르기 위해서는 사색을 하고, 독서를 하고, 기도와 묵상을 하고, 봉사활동 등을 통해 사랑으로 마음을 가득 차게 해야 한다. 충만한 마음을 갖고 충만한 삶을 사는 것, 이것이야말로 참 행복인 것이다.

많은 것을 갖고도 불행을 느끼는 사람들이 많다. 마음이 허하기 때문이다. 마음이 충만하면 가난도 행복으로 여기게 된다. 진정으로 행복하고 싶다면 안락한 삶보다 마음을 충만케 하라.

105

맑고 환한 영성에 귀 기울여라

> 사람은 누구나 신령스런 영혼을 지니고 있다.
> 우리가 거칠고 험난한 세상에서 살지라도
> 맑고 환한 그 영성에 귀를 기울일 줄 안다면
> 그릇된 길에 헛눈을 팔지 않을 것이다.
>
> 법정
>
> 〈생각을 씨앗으로 묻으라〉

사람이 다른 동물과 다른 것은 창의력과 예지력 그리고 영혼이 깃들어 있다는 것이다. 그런 까닭에 인간은 만물 중 으뜸이라는 타이틀을 지니게 되었다. 특히 신령스러운 품성과 성질인 '영성'을 지녀 인간은 누구나 존엄한 존재일 수밖에 없다.

왜 그럴까. 맑은 영성을 지니게 되면 헛된 것에 한눈을 판다거나 옳지 못한 것에 발을 들여놓지 않기 때문이다.

그러나 영성이 혼탁해지면 헛된 것에 한눈을 팔게 되고, 옳지 않는 곳에 발을 들여놓음으로써 잘못된 삶을 살아가게 된다.

그렇다. 맑고 환한 영성에 귀 기울이는 것, 그리고 그에 따라 살아가는 것, 이는 인간으로서는 마땅한 일이니 마음을 맑게 하는 일을 습관화하라.

맑은 영성을 지니게 되면 한눈을 팔거나 그릇된 길로 빠지지 않는다. 맑은 영성은 몸과 마음을 환하게 밝히는 영혼의 등불인 까닭이다. 몸과 마음을 깨끗이 하라.

106

그대의 영혼을 깨어있게 하라

> 젊고 늙음은 육신의
> 나이와는 별로 상관이 없을 것 같다.
> 사실 깨어 있는 영혼에는
> 세월이 스며들지 못한다.
>
> 법정
>
> 〈묵은 편지 속에서〉

유대인 출신 미국 시인인 사무엘 울만은 〈청춘〉이라는 자신의 시에서 청춘이란 나이의 숫자에 의미를 두는 것이 아니라 마음가짐에 있고, 끊임없는 영감의 발견과 희망을 갖고 노력하는 사람은 예순의 노인도 청춘일 수가 있고, 그렇지 않으면 스물의 나이에도 청춘이 아니라고 말한다. 참으로 적확한 표현이 아닐 수 없다.

사무엘 울만의 표현처럼 육신의 나이는 숫자에 불과하다. 나이 들어 인생을 거침없이 사는 사람들을 보면 육신의 나이는 전혀 문제가 되지 않는다는 것을 잘 보여준다.

그렇다. 문제는 마음에 있다. 풋풋한 마음과 건강한 육체를 지니고 자신이 하고자 하는 일을 즐겁게 하는 것, 이것이야말로 세월이 스며들지 못하게 하는 최고의 비법이다.

영혼의 안테나를 높이 세우고 영감을 지니게 되면 청춘의 마음으로 살게 된다. 영혼이 깨어 있으면 육신의 나이는 의미가 없다. 젊게 살고 싶다면 영혼이 깨어 있게 기도하라.

107

삶은 소유물이 아니라 순간순간의 있음이다

삶을 마치 소유물처럼
생각하기 때문에 우리는 그 소멸을 두려워한다.
그러나 삶은
소유물이 아니라 순간순간의 있음이다.

법정

〈낙엽은 뿌리로 돌아간다〉

무엇이든 '소유'한다는 것은 그것에 매이는 것과 같다. 소유함으로써 집착하게 되고, 그 집착은 탐욕이 되고 그럼으로써 스스로를 구속하게 된다. 이는 매우 심각한 일이 아닐 수 없다. 그런데도 대개의 사람들은 소유에 대한 집착을 버리지 못한다.

삶 또한 마찬가지다. 삶은 소유가 아니라 시간의 흐름에 따라 살아가는 것이다. 하지만 집착하게 되면 삶에 구속당함으로써 소멸을 두려워하게 된다. 그런 까닭에 자신이 원하는 삶을 살기 위해서는 순간순간 최선을 다하되 삶에 집착하지 말아야 한다. 그렇게 되면 소멸 또한 두려워하지 않게 됨으로써 보다 더 긍정적으로 살아가게 된다.

그렇다. 삶을 소유하려 하지 말고 최선을 다하는 당신이 돼라.

삶을 소유하려고 하면 매이게 되고 구속당하게 된다. 순간순간 최선을 다해 살면 더욱 삶이 풍요로워질 수 있다. 순간순간 삶을 살기 위해 노력하라.

108

사람과 집

> 집 자체는 여러 가지 자재로 엮어진
> 한낱 건축물에 지나지 않지만,
> 그 안에 사람이 살면 비로소 집다운 집이 된다.
>
> 법정
>
> 〈낙엽은 뿌리로 돌아간다〉

'house'는 집 자체를 말한다. 다시 말해 사람이 사는 공간, 외형인 건축물을 뜻한다. 'home'은 가정을 의미하고 그 안에 사는 사람들, 가족을 의미한다.

집만 있고 사람이 살지 않는다면 집은 형체를 가진 구조물에 불과하다. 하지만 사람이 살면 온기 가득한 행복한 공간이 된다.

밤에 불이 꺼져 있는 집을 보면 참 쓸쓸해 보이지만, 불이 환하게 켜져 있는 집을 보면 참 포근해 보인다.

이는 무엇을 뜻하는가. 사람과 집은 하나일 때 비로소 집다운 집이 되지만, 집에 사람이 살지 않으면 집은 앞에서 말한 대로 건축물에 불과할 뿐이다. 사람과 집이 조화롭게 잘 어울릴 때 집도 사람도 온기가 넘치는 행복한 공간이 되는 것이다.

그렇다. 행복한 공간인 가정의 주인이 되기 위해 노력하라.

집은 하나의 건축물이다. 그 집에 온기를 가진 사람들이 살 때 집은 비로소 집으로서 가치를 지닌다. 그 집에서 사랑하는 사람들과 함께 하라.

109

어두운 생각에 갇히지 않게 늘 경계하라

우리들이 어두운 생각에 갇혀서 살면 우리들의 삶이
어두워진다. 나쁜 음식, 나쁜 약, 나쁜 공기,
나쁜 소리, 나쁜 생활습관은 나쁜 피를 만든다.
나쁜 피는 또한 나쁜 세포와 나쁜 몸과 나쁜 생각과
나쁜 행동을 낳게 마련이다.

법정

〈살아있는 것은 다 한목숨이다〉

인도 독립의 아버지 마하트마 간디는 "네 믿음은 네 생각이 된다. 네 생각은 네 말이 된다. 네 말은 네 행동이 된다. 네 행동은 네 습관이 된다. 네 습관은 네 가치가 된다. 네 가치는 네 운명이 된다."라고 말했다.

어떤 생각을 하고 어떤 말을 하고 어떤 행동을 하느냐는 그 사람의 인생을 좌우한다는 것을 잘 알게 하는 말이다. 그래서 긍정적으로 말하고 생각하고 행동하는 것이 중요하다. 그렇게 하면 긍정적으로 살아가게 되지만, 부정적인 생각에 갇히면 말도 행동도 부정적으로 나타나기 때문이다 .

'긍정'은 '밝음'을 뜻하지만 '부정'은 '어둠'을 뜻한다. 매사를 밝게 생각하고, 밝게 말하고, 밝게 행동하라.

어두운 생각에 갇히게 되면 매사를 부정적으로 생각하게 된다. 그러나 마음을 맑고 밝게 하면 매사를 긍정적으로 생각하게 된다. 어두운 생각에 갇히지 않게 하라.

110

사람의 자리를 지키며 살기

> 살아 있는 모든 것은 다 한목숨이라는
> 우주 생명의 원리를 믿고 의지하라.
> 남을 해치는 일이 곧 자신을 파멸로 이끈다는
> 사실을 알고, 어떤 유혹에서도 넘어짐이 없이
> 사람의 자리를 지키라.
>
> 법정
>
> 〈살아있는 것은 다 한목숨이다〉

사람은 누구나 태어날 때부터 '천부인권天賦人權'을 부여 받았다. 그러기에 누구나 존엄한 인권을 가진 소중한 존재다. 그 어느 누구도 남의 인권을 침해하고 생명을 위협해서도 안 된다. 그것은 남의 존엄성을 해치는 일이자 자신을 파멸로 이끄는 일이기 때문이다.

그런데 이를 무시하고 함부로 해악을 일삼는 이들이 있다. 참으로 악독하고 흉포한 일이 아닐 수 없다. 이런 사람은 인권을 가진 사람으로서의 자격이 없다. 단지 사람의 형상을 한 껍데기에 불과하다.

그렇다. 사람은 남을 해하거나 잘못되게 해서는 안 된다. 사람의 도리를 다하고 자신의 자리를 지켜야 한다. 이것은 사람으로서 마땅해 해야 할 책임과 의무임을 잊지 마라.

사람의 본분을 잃으면 동물적인 근성을 드러내게 된다. 이는 곧 파멸로 가는 지름길이다. 인간의 본분을 다하며 사람의 자리를 지키며 살라.

111

자신의 꽃을 피워라

> 자신의 주관을 지니고
> 사람답게 살려고 하는 사람은
> 누구나 자기 스스로 발견한 길을 가야 한다.
> 그래서 자기 자신의 꽃을 피워야 한다.
>
> 법정
>
> 〈자연의 소리에 귀 기울이라〉

사람은 저마다 자신이 가야 할 길이 있다. 그 길은 누가 대신 가 줄 수도 없고 오직 자신만이 갈 수 있는 길이다. 그래서 자기답게 자기다운 생각을 갖고 자신이 발견한 자신만의 길을 가야 한다. 그렇게 꾸준히 길을 가다 보면 자신이 가고자 하는 길이 나타나고, 끝까지 가다 보면 자기가 바라는 목적지에 도달하게 된다. 목적지에 도달하는 순간, 자기만의 꽃이 활짝 피어나고 매혹적인 승리의 향기를 발하게 된다.

그런데 자신의 길을 누군가에게 의존해서 간다고 생각해보라. 그처럼 못난 일은 없을 것이다. 그리고 남의 것을 무조건 따라 간다면 그것 또한 자기다움을 잃는 부끄러운 일이 아닐 수 없다.

그렇다. 남이 내 꽃을 피워주기를 바라지 마라. 자신의 꽃은 자신이 피워야 한다. 그것이 자기다움을 지키는 인생의 묘미이자 목적인 것이다.

남의 것을 흉내 내지 말고 자신의 꽃을 피워야 한다. 자기다움을 갖고 사는 것, 자기만의 길을 가는 것, 이것이야말로 자신의 꽃을 피우는 첩경인 것이다.

112

나쁜 벗을 멀리하라

나쁜 벗은 자신만이 아니라
남의 영역에 폐를 끼치는 사람이다.
자기 것은 금쪽처럼 인색하도록 아끼면서
남의 것에 눈독을 들이고, 손해를 끼치고도
아무렇지도 않게 생각하는 뻔뻔스런 사람이다.

법정

〈어진 이를 가까이하라〉

손자삼우損者三友라는 말이 있다. 사귀면 안 되는 세 부류의 친구를 말함이다. 이는 공자의 가르침으로 첫째는 줏대가 없는 친구, 둘째는 아첨을 잘 하는 친구, 셋째는 말만 앞세우고 실이 없는 친구를 말한다. 이 세 부류의 친구는 해악을 끼치는 자로서 절대 함께 해서는 안 된다.

잘된 사람들 중엔 친구를 잘 둔 사람이 있는 반면, 인생을 파멸로 이끈 사람들 중엔 친구를 잘못 둔 사람도 있다. 그런 까닭에 아무나 친구로 사귀어서는 안 된다.

친구는 또 다른 자기 자신이다. 그만큼 친구는 인생을 살아가는데 있어 매우 중요한 존재이다. 하지만 이를 도외시하는 사람들이 있다. 그것은 스스로를 망가트리는 결과를 가져오게 된다. 그래서 자신과 뜻이 잘 맞고 유익함을 주는 친구를 곁에 두어야 하는 것이다.

친구를 가려 사귀라는 말이 있다. 어떤 친구를 만나느냐에 따라 인생에 미치는 영향이 크기 때문이다. 그렇다. 나쁜 친구는 멀리하되 좋은 친구를 가까이하라.

113

탐욕은 모든 악의 뿌리이다

돈이나 물건은
절대로 혼자서 찾아오는 법이 없다.
돈과 물건이 들어오면 거기에는 반드시
탐욕이라는 친구가 함께 따라온다.
탐욕은 모든 악의 뿌리다.

법정

〈소유의 굴레〉

탐욕은 만악萬惡의 근원이다. 탐욕을 품게 되면 오직 채우고 불리기 위한 생각의 지배를 받는다. 이성理性은 저 멀리 사라지고 욕심만이 마음속과 머릿속을 활개치듯 돌아다닌다.

또한 충고의 말도 귀에 들어오지 않고, 그 어떤 말도 들으려고 하지 않는다. 탐욕은 참 무서운 요괴와 같은 까닭이다.

이에 대해 신약성경(야고보서 1장 15절)은 다음과 같이 말한다.

"욕심이 잉태한즉 죄를 낳고 죄가 장성한즉 사망을 낳느니라."

참으로 적확한 말이 아닐 수 없다.

그렇다. 탐욕은 죄를 부르고 죄는 멸망에 이르게 한다. 돈이나 물건 등에 집착하지 마라. 열심히 일하되 주어진 자신의 몫에 만족하라.

탐욕은 인간성을 상실하게 만드는 사악한 마인드이다. 탐욕에 물들지 말고 인간의 본성을 따르며 살아야 한다. 그렇다. 늘 탐욕을 경계하라.

114

양서良書란 거울 같은 것

진짜 양서는 읽다가
자꾸 덮이는 책이어야 한다.
한두 구절이 우리에게 많은 생각을 주기 때문이다.
그 구절들을 통해서 나 자신을 읽을 수 있기 때문이다.
이렇듯 양서란 거울 같은 것이어야 한다.

법정

<비독서지절>

하루에도 수많은 신간들이 쏟아져 나온다. 하지만 그 책들을 다 좋다고는 할 수 없다. 그 책들 중엔 말초 신경을 자극하는 책, 표지는 그럴듯하지만 내용이 빈약한 책, 있으나마나 한 책들도 많기 때문이다.

이런 책은 정신을 맑게 하고 지식과 지혜를 쌓는 데 하등에 도움이 되지 않는다. 좋은 책은 읽어서 지혜를 기르게 하고 마음을 맑게 하고 정신을 건강하게 하여 삶을 살아가는 데 있어 인생의 자양분과 같은 것이어야 한다. 이를 양서라 이르는 바, 삶의 거울과 같은 책임을 말함이다. 이런 책은 아무리 읽어도 해가 없음이니 틈틈이 읽는 데 주저함이 없어야 할 것이다.

그렇다. 양서는 인생의 보약과 같다. 보약이 몸을 건강하게 하듯 양서를 많이 읽으면 생각을 튼튼히 하고 삶의 지혜를 쌓는 데 큰 도움이 된다.

양서는 몸과 마음을 바르게 하고 삶의 진리를 일깨우는 책이다. 양서를 많이 읽는 것만큼 지혜를 깊어지고 삶 또한 깊어진다. 양서는 삶의 거울인 것이다.

115

꼭 있어야 할 사람

밤하늘의 별들을 돗자리 위에 누워서 쳐다보고 있으면,
우주와 내 자신과의 상관관계를 새삼스레 헤아리게 된다.
이 세상에 없어서는 안 될 그때 그 자리에
반드시 있어야 할 뚜렷한 존재로 떠오른다.

법정

〈자연은 커다란 생명체다〉

'누군가에게 필요한 사람이 되고 / 이 사회에 쓸모 있는 사람이 돼라 // 네가 있음으로 그 사람이 잘 되고 / 네가 함께 함으로써 그 자리가 빛나게 하라 // 누군가가 너와 함께 함을 기쁨이 되게 하고 / 네가 속한 사회가 너로 인해 충만하게 하라 // 네가 서 있는 자리에 행복의 꽃이 피게 하고 / 네가 하는 말마다 사랑의 향기가 되게 하라 // 그리하여 이르고 이르노니, // 어디를 가든 스스로를 덕이 되게 하고 / 어디서든 반드시 있어야 할 존재가 되게 하라'

이는 나의 시 〈반드시 있어야 할 존재가 되게 하라〉이다.

사람들 중엔 꼭 있어야 할 사람과 있어도 그만 없어도 그만인 사람, 반드시 없어야 할 사람이 있다. 그렇다면 선택은 분명해진다. 당신은 어디에서나 꼭 있어야 할 사람이 돼라.

어디를 가든 누구를 만나든 꼭 있어야 할 사람이 된다는 것은 행복한 일이다. 그것은 자신이 잘 살고 있다는 방증이기 때문이다. 자신을 꼭 있어야 할 사람이 되게 하라.

116

자신의 빛깔과 품위를 지키며 살기

충만한 삶을 살고 싶거든 자신의 목소리에 귀를 기울이라.
자신의 명예나 지위나 학벌에 갇히지 말고 또 타인의
영역을 기웃거리지도 말고 있는 그대로 살 줄을 알아야 한다.
있는 그대로 살면서 다른 사람을 흉내 내지 않는
사람이야말로 자신의 빛깔과 품위를 지닌 온전한 사람이다.

법정

〈반바지 차림이 넘친다〉

중심이 반듯한 사람은 그 누구를 만나든, 그 무슨 일을 만나든 흔들리지 않는다. 자신의 빛깔을 갖고 뿌리를 마음 깊이 내린 까닭이다.

그러나 중심이 흐린 사람은 누구를 만나든 그 무슨 일을 만나든 이리저리 흔들리며 우왕좌왕한다. 자신의 빛깔이 없을 뿐만 아니라 마음에 내린 뿌리가 단단하지 못한 까닭이다.

충만한 삶을 살아감으로써 만족하고 싶은가. 그렇다면 자신의 내면에 귀 기울이고, 그 어디에도 갇히지 말고 자연스러움을 잃지 말아야 한다.

왜 그럴까. 그렇게 함으로써 자신만의 빛깔을 지니고 품격을 갖추게 돼 온전한 사람으로 살아가게 되기 때문이다.

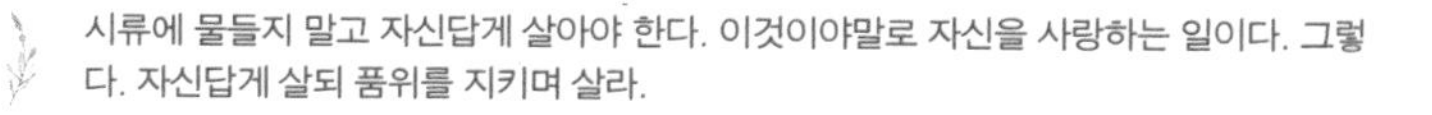

시류에 물들지 말고 자신답게 살아야 한다. 이것이야말로 자신을 사랑하는 일이다. 그렇다. 자신답게 살되 품위를 지키며 살라.

117

지금 이 순간을 살아라

지금 이 순간은
과거도 미래도 없는 순수한 시간이다.
언제 어디서나
지금 이 순간을 살 수 있어야 한다.

법정
〈노년의 아름다움〉

'할 일이 생각나거든 지금 하십시오. / 오늘 하늘은 맑지만, 내일은 구름이 보일런지 모릅니다. / 어제는 이미 당신의 것이 아니니, 지금 하십시오. // 불러야 할 노래가 있다면 / 지금 부르십시오. / 당신의 해가 저물면 노래 부르기엔 / 너무나 늦습니다. / 당신의 노래를 지금 부르십시오.'

미국의 시인 로버트 해리의 시 〈지금 하십시오〉의 첫 연과 마지막 연이다. 로버트 해리는 지금 이 순간의 중요성을 강조하며 할 일이 있거나 부를 노래가 있다면 지금 하라고 말한다. 지금이란 순간은 지나면 과거가 되기에 지금이란 순간이야말로 황금과 같은 시간인 것이다.

그렇다. 지금 아니면 내일은 이미 늦을지 모른다. 인생이란 내일을 예측하지 못한다. 그러기 때문에 지금 이 순간을 살아야 한다. 이는 우리 모두가 마음에 새겨야 할 참 진리이다.

살아가는 동안 매 순간순간을 소중히 해야 한다. 매 순간을 알차게 사는 것은 스스로를 축복하는 일이다. 날마다 이 순간을 사는 당신이 돼라.

118

무엇이 되기보다는 좋아서 하는 일을 하라

무슨 일이든지 흥미를 가지고 해야 한다.
그래야 사는 일이 기쁨이 된다.
내가 하는 일 자체가 좋아서 하는 것이지
무엇이 되기 위해서 해서는 안 된다.
좋아서 하는 일은 그대로 충만한 삶이다.

법정

〈여기 바로 이 자리〉

사람은 대개 어떻게 살아가느냐보다는 무엇이 될까에 더 큰 관심을 갖고 매진한다. '무엇'이란 자기가 되고 싶은 꿈을 말하는데, 물론 꿈은 중요하다. 그런데 그 꿈이 자신만을 위한 삶이 되어서는 그 의미가 반감한다. 그래서 어떻게 살아야 할까에 더 무게 중심을 둘 때 그 꿈은 의미를 확보하게 되고 가치를 지니게 된다.

여기서 한 가지 분명히 해둔다면 무엇이 되기 위해서는 자신이 싫어도 한다는 것이다. 남이 보기에도 사회적으로도 인정받는 좋은 직업이나 일이기 때문이다.

그러나 어떻게 살아야 할까는 대개 좋아서 하는 일이기 때문에 남의 눈이나 사회적인 분위기에 휩쓸리지 않는다.

그렇다. 무엇이 되는 것도 좋지만 자신이 좋아하는 일을 통해 어떻게 살아야 할지에 대해 고민하라.

무엇이 되기 위해 하는 것보다는 좋아서 하는 일을 하라. 좋아서 하는 일은 하는 것 그 자체만으로도 이미 행복이다.

119

위로와 평안을 주는 사람

무슨 인연에서였건 간에 사람과 사람이
마주 대하는 일은 결코 작은 일도 시시한 일도 아니다.
어떤 사람과는 그 눈빛만 보고도 커다란 위로와 평안과
구원을 얻을 수 있다. 다른 한편 두 번 다시
마주치고 싶지 않은 그런 사람도 얼마든지 있다.

법정

〈온화한 얼굴 상냥한 말씨〉

20세기의 성녀로 추앙받는 마더 테레사 수녀. 150cm의 단신으로 조국 유고슬라비아를 떠나 타국 인도에서 그 누구도 흉내 낼 수 없는, 사랑을 평생토록 실천했던 그녀의 삶은 많은 이들의 가슴속에 빛으로 남아 있다.

"중요한 것은 어떤 형태로든 사랑을 실천하는 것이다."라는 테레사 수녀의 말처럼 지극히 작은 사랑이라 할지라도 실천해야 한다. 이는 타인에게 위로와 평안을 주는 아름답고 의미 있는 일이기 때문이다.

또한 어려움에 처한 사람에게는 삶의 구원과 같은 것이다. 평생을 평안과 위안을 주었던 테레사 수녀는 그랬기에 사랑의 성녀로 추앙받는 것이다. 사랑은 가장 아름다운 삶의 가치이며 기쁨의 원천이다. 그래서 사랑의 실천은 타인의 삶도 풍요롭게 하고 자신의 삶도 풍요롭게 한다.

어디서든 위로와 평안을 주는 사람은 참으로 값진 삶을 살고 있는 사람이다. 누군가를 복되게 하면 자신은 더 큰 행복과 삶의 상급을 받게 되기 때문이다.

120

사랑이 싹트는 순간

사랑이 우리들의 마음속에서
싹트는 순간 우리는 다시 태어난다.
이것이 우리들의 진정한 탄생이고
생명의 꽃피어남이다.

법정
〈누가 복을 주고 벌을 주는가〉

삶을 상실한 사람이 사랑을 만나게 됨으로써 다시 인생을 새롭게 시작하는 것을 종종 보게 되는데, 사랑은 뜨거운 에너지를 품고 있기 때문이다. 그리고 사랑은 생산적이고 창조적인 에너지를 지닌다.

왜 그럴까. 사랑의 감정이 가슴에 닿으면 강한 스파크가 발생한다. 사랑의 불꽃은 그 어느 것으로도 끌 수 없을 만큼 강하다. 사랑의 불꽃을 끌 수 있는 것 또한 사랑이다.

사랑은 사랑으로 통하고 또 그 사랑으로 새로운 사랑이 싹튼다. 그리고 나아가 사랑을 통해 생명이 꽃피어난다. 이처럼 사랑은 사람을 새롭게 변화시키는 마력을 지녔다. 그런 까닭에 절망 중에 있던 사람도, 나쁜 길을 걷던 사람도 새롭게 태어나는 것이다.

사랑하라. 사랑으로 새롭게 거듭나는 당신이 돼라.

삶을 어둡게 살던 사람도 그 마음에 사랑이 깃들면 긍정적이며 생산적인 삶을 살게 된다. 사랑은 모든 것은 새롭게 변화시키기 때문이다. 사랑 안에서 거듭나는 인생이 되어라.

121

있는 그대로를 받아들이기

우리가 참으로 남의 말을 들으려면,
무엇으로도 거르지 않고 허심탄회한
빈 마음으로 있는 그대로를 받아들여야 한다.

법정

〈운판이야기〉

《탈무드》에 보면 "입보다는 귀를 높은 자리에 두어라."라는 말과 "인간의 입은 하나 귀는 둘이다. 이것은 듣기를 배로 하려고 하는 것이다."라는 말이 있다. 이 말이 뜻하는 것은 남의 말을 주의 깊게 잘 들으라는 것이다. 즉 '경청'하라는 말이다.

경청의 바른 자세는 상대방을 존중하는 마음으로, 예의 있게 상대방의 말을 잘 들어주는 것이다. 그리고 상대방이 하는 얘기를 있는 그대로 받아들이는 것이다. 이런 자세는 상대방에 대한 최선의 예의이기에 경청을 가장 훌륭한 대화라고 말한다.

이렇듯 사람은 누구나 자신의 말을 잘 들어주는 사람을 좋아한다. 자신이 상대방으로부터 존중받는다는 생각에서다.

그렇다. 남의 말을 있는 그대로 잘 들어주어라. 그럼으로써 당신은 품격 있게 말을 잘 하는 사람이라는 평판을 듣게 될 것이다.

남의 얘기를 잘 들어주는 것은 상대에 대한 예의이다. 그래서 남의 얘기를 잘 들어주는 사람을 좋아한다. 남의 얘기를 잘 들어주는 당신이 돼라.

122

여가와 휴식을 잘 보내야 하는 이유

> 우리에게 주어진 여가와 휴식을
> 어떻게 보내느냐는 각자의 생활태도와
> 삶의 양식에 직결된다.
>
> 법정
>
> 〈단순하고 간소한 삶〉

유대인들은 휴가를 알차게 잘 보내는 민족으로 널리 알려져 있다. 그들은 휴가를 먹고 마시고 즐기는 시간이 아니라, 지친 몸과 마음을 풀고 새로운 힘을 축적하는 재충전으로 활용한다고 한다. 그래서 책을 보면서, 음악을 들으면서, 연주회를 듣고 갤러리에서 미술품을 관람하는 등 차분하면서도 평안한 마음을 갖도록 한다.

그런데 우리나라 사람들 중엔 배불리 먹고 취하도록 마시고 요란스럽게 보내 종종 물의를 일으키는 이들이 있다. 그리고 휴가가 끝나면 얼마 동안은 피로감에 젖어 보낸다. 참으로 지혜롭지 못한 행위가 아닐 수 없다.

유대인은 휴가를 '인생의 골드타임Life Gold Time'이라고 말한다. 그만큼 휴가를 소중히 여긴다. 휴가를 재충천의 시간으로 삼으라. 그것이야말로 진정한 휴가를 즐기는 지혜이다.

휴가를 단순히 놀고 먹는 시간으로 보낸다는 것은 휴가에 대한 개념을 망각한 행위이다. 휴가는 몸과 마음을 쉬게 하고 새로운 에너지를 충전시키는 힐링타임이다.

123

의식개혁이란 새로운 삶의 양식이다

의식의 개혁이란
이미 있는 것에 대한 변혁이 아니라,
그 공간과 여백에서 찾아낸 새로운 삶의 양식이다.
의식의 개혁 없이 새로운 삶은 이루어질 수 없다.

법정

〈버리고 떠나기〉

네덜란드가 지금처럼 유럽에서도 잘사는 나라가 될 수 있었던 데에는 그룬트비 목사와 같은 혁명가가 있었기에 가능했다.

네덜란드는 국토가 해수면보다 낮은 세계에서 유일한 나라다. 땅은 척박하고 지하자원도 없는 나라였다. 그룬트비는 네덜란드 국민들의 의식을 개혁시키는 운동을 펼쳤다. 절도 있는 규칙 생활과 긍정적인 사고방식으로 국민들을 계몽시켰다. 그로 인해 네덜란드 국민들의 의식은 놀랍도록 변화되었고, 낙농업을 발전시킴으로써 척박한 환경을 딛고 부농국가가 되었다. 그리고 이를 바탕으로 기술을 개발하는 등 고차원적인 기술혁명을 통해 지금의 네덜란드가 될 수 있었던 것이다.

의식개혁 없이 새로운 삶을 살 수 없다. 의식개혁은 정신혁명이자 삶을 변화시키는 근본이기 때문이다.

의식개혁이란 삶 자체를 바꾸는 창의적인 정신혁명이다. 무언가를 새롭게 하고 싶다면 의식 자체를 새롭게 확 바꿔야 한다.

124

심은 대로 거둔다

일찍이 덕을
심어 놓으면 덕의 열매를 거두게 되고,
악의 씨를 뿌려 놓으면 언젠가는
그 악의 열매를 거두게 되기 마련이다.

법정

<버리고 떠나기>

종두득두種豆得豆라는 말이 있다. 콩을 심으면 콩이 나온다는 뜻으로, 모든 결과는 그 원인에 있다는 것을 의미한다. 참으로 당연한 말이지만 그러기에 더더욱 중요한 말이 아닐 수 없다.

착한 행실은 사람들로부터 칭찬을 듣게 하고, 나쁜 행실은 사람들로부터 화火를 부른다. 그래서 선을 심으면 선을 낳고, 악을 행하면 악으로 되돌려 받는 것이다.

이처럼 세상의 모든 일은 자신이 하는 대로 받게 되어 있다. 이는 과거에도 그랬고, 현재도 그러하며, 미래에도 그럴 것이다. 이는 영원불변의 진리이기 때문이다.

그렇다. 모든 것은 심는 대로 거두는 법이다. 지혜롭고 현명하게 행하라. 그것은 곧 자신을 행복하고 축복되게 하는 아름다운 일인 것이다.

삶이든 열매든 심은 대로 거두는 법이다. 덕을 심는 사람은 덕으로써 거두고, 악을 심는 자는 악으로써 거둔다. 그렇다. 덕을 심음으로써 덕인德人이 되어라.

125

건강한 정신으로 무장하기

건강한 정신이야말로
건강한 육체도 만들고
건전한 사회도 만들어낼 수 있다.

법정

〈인생을 낭비한 죄〉

정신이 건강하면 몸과 마음 또한 강건해 힘든 상황에서도 흐트러짐이 없다. 정신이 건강하다는 것은 내면이 탄탄함을 뜻한다. 마치 빌딩의 탄탄한 철물구조와 같이 몸과 마음을 탄탄하게 받쳐 주는 것이다. 그런 까닭에 몸이 건강해도 정신이 건강하지 않으면 살아가는 데 있어 많은 어려움을 겪게 된다. 그래서 정신이 건강해야 하는 것이다.

정신이 건강하기 위해서는 첫째, 사색을 함으로써 정신을 맑게 하고 둘째, 독서를 통해 내면을 탄탄히 다지고 셋째, 기도와 묵상을 통해 몸과 마음을 깨끗하고 단정히 해야 한다.

이 세 가지를 꾸준히 실천하다 보면 맑고 반듯한 정신력을 기르게 됨으로써 정신건강을 강화시킬 수 있다.

정신이 건강한 사람들로 채워질 때 우리 사회는 건전하고 건강한 사회가 되어 행복한 가정, 행복한 사회가 되리라 믿는다.

정신이 건강할 때 육신도 건강하고 삶도 건강해진다. 정신을 건강하게 하라. 그것이 행복한 인생을 사는 최선의 비결이다.

126

체면과 인습, 전통의 굴레에 갇히지 않기

> 우리가 체면이나 인습,
> 혹은 전통의 굴레에 갇히게 되면
> 새로운 인간으로 거듭날 기약이 없다.
>
> 법정
>
> 〈그 일이 그 사람을 만든다〉

조선은 숭유억불崇儒抑佛정책에 따라 철저한 유교 국가였다. 유교는 충효예를 중시함으로 해서 국가에 대해 충성심을 기르고, 부모에게 효를 행하게 하고, 사람들 간에는 예를 지킴으로써 국가와 사회, 가정의 질서를 바로 서게 하는 데는 긍정적으로 작용했다.

그러나 체면과 인습을 중시하고, 전통을 중시함으로 해서 비효율적인 사회로 역행하는 결과를 초래하기도 했다. 물론 체면과 인습과 전통은 필요하다. 하지만 그것이 굴레로 작용한다면 문제는 달라진다. 그로 인해 새로운 것을 받아들이고 발전을 가로막는 결과를 초래할 수 있기 때문이다. 대원군의 쇄국정책은 이의 대표적인 예라 할 수 있다.

그렇다. 필요에 따라 체면과 인습을 지키고 전통을 따르되, 그것의 굴레에 갇히지는 말아야 한다. 그래야 새로운 자신으로, 새로운 사회로 거듭날 수 있기 때문이다.

체면과 인습, 전통의 굴레에 갇혀 산다면 새로운 인생으로 거듭날 수 없다. 보다 새롭고 세련된 인생을 살고 싶다면 체면과 인습, 굴레에 갇히지 않도록 하라.

127

너만의 별을 품어라

> 밤하늘에 별과 달이 없다면
> 얼마나 막막하고 아득할까.
> 우리 마음속에 저마다
> 은밀한 별을 지니고 있지 않다면
> 그 삶 또한 막막하고 황량할 것이다.
>
> 법정
>
> 〈별밤이야기〉

산업화의 발달은 물질문명을 이루고 편리함과 신속성을 줌으로써 사회를 혁신하는 데 크게 기여했다.

그러나 그로 인해 환경오염이라는 치명적인 결과를 초래했다. 맑았던 하늘은 안개가 낀 듯 미세먼지로 가득해 건강을 위협받고, 밤하늘을 아름답게 수놓았던 별들을 볼 수 없는 날도 많아졌다. 별을 볼 수 없는 밤하늘은 쓸쓸하고 삭막하다.

사람들에게는 저마다 마음에 품고 있는 별이 있다. 그 별은 꿈일 수도 있고, 사랑일 수도 있고, 그리움일 수도 있고, 또 다른 것일 수도 있다. 자신만의 별을 품고 살면 그 마음에 동심이 함께 하게 된다. 동심은 힘들고 어려울 때 맑은 마음으로 어려움을 이겨내는 데 큰 도움을 준다. 동심은 천심天心이기 때문이다.

별이 반짝이지 않는 밤하늘은 사해死海와 같다. 그러나 별이 반짝이는 하늘은 환상적이고 동화적이다. 이처럼 자기만의 별은 품은 사람은 자기 인생의 스타이다.

128

자연을 가까이 하기

자연은 참으로 아름답고 신비롭다.
이런 자연을 가까이 대하면 사람의 마음도
한없이 아름답고 신비로워질 것이다.
자연을 등진 인류문명은 결국 쓰레기로
처지고 말 것이다.

법정

〈달 같은 해, 해 같은 달〉

"마지막 남은 나무가 베어진 뒤에야, 마지막 남은 강물이 오염된 뒤에야, 마지막 남은 물고기가 붙잡힌 뒤에야, 그제야 그대들은 깨닫게 되리라. 사람은 돈을 먹고 살 수 없다는 사실을."

이는 북미 최후의 크리족 인디언 예언자의 말로 우리에게 시사하는 바가 크다. 돈을 위해 나무를 베어버리고, 강물을 오염시키고도 아무렇지도 않게 생각하는 현대인들이 반드시 마음에 새겨야 할 금과옥조와 같은 말이다.

나무와 꽃, 공기와 물 등 자연은 우리에게 아낌없이 베푼다. 하지만 객客인 우리는 주인인 자연을 무시하고 다시는 안 살 것처럼 맘대로 파내고 베어내고 오염시킨다. 참으로 배은망덕한 일이 아닐 수 없다.

지금도 늦지 않았다. 자연을 내 몸과 같이 아끼고 보존하는 일에 최선을 다해야겠다.

자연의 섭리는 참으로 신비롭고 오묘하다. 그런 자연을 가까이 한다는 것은 은혜로운 일이다. 이토록 소중한 자연을 내 몸과 같이 사랑하라.

129

낡은 옷은 명품이어도 낡은 옷일 뿐이다

> 새 옷으로 갈아입으려면
> 우선 낡은 옷으로부터 벗어나야 한다.
> 낡은 옷을 벗어버리지 않고는
> 새 옷을 입을 수 없기 때문이다.
>
> 법정
>
> 〈생각을 씨앗으로 묻으라〉

낡은 옷이 그 아무리 세계적인 명품이라고 해도 낡은 옷은 낡은 옷일 뿐 새 옷이 될 순 없다. 새 옷은 새 옷으로서의 가치가 있기 때문에 새 옷을 입기 위해서는 낡은 옷을 벗지 않으면 안 된다.

사람도 이와 같다. 낡은 생각이 아무리 좋다고 해도 낡은 생각만으로는 현대를 살아갈 수 없다. 또한 낡은 제도로는 현재도 미래도 새롭게 할 수 없다.

새 술은 새 부대에 담아야 한다. 낡은 부대에 담으면 틈으로 새거나 맛이 변질될 수 있어 무용지물이 되고 만다.

그렇다. 새로운 나를 살고 싶다면 낡은 옷을 벗고 새 옷을 입듯 낡은 생각을 버리고 새로운 생각으로 머리를 채워야 한다. 새로운 생각이 새로운 결과물을 낳는 법이다. 이는 불변의 진리이다. 이를 잊지 말아야 할 것이다.

낡은 옷은 아무리 명품이어도 낡은 옷을 뿐 절대 새 옷이 될 수 없다. 우리의 생각도 이와 같다. 묵은 생각으로는 새날을 맞을 수 없다. 새로운 나로 살고 싶다면 늘 새로운 생각의 옷으로 갈아입어야 한다.

130

안정과 편안함을 경계하라

우리는 누구나 안정되고 편안한 삶을 바란다.
그러나 그 안정과 편안함이란 무엇인가.
그것은 타성의 늪이요, 함정일 수 있다.
그 안정과 편안함의 늪에 갇히게 되면 창공으로 드높이
날아올라야 할 날개가 접혀지고 만다.

법정

〈생각을 씨앗으로 묻으라〉

안일무사安逸無事 혹은 무사안일無事安逸이라는 말이 있다. 무엇이든 쉽고 편하게 생각하여 적당히 하려는 태도를 일러 말함이다.

그런데 문제는 이런 생각을 한다는 것은 스스로에게 독毒이 된다는데 있다. 이런 생각에 사로잡히게 되면 정신적으로 해이해지고, 게으르고, 무감각해지고, 나타해진다. 그리고 이것이 습관이 되면 타성에 젖어 나중엔 스스로 판 함정에서 헤어나질 못한다.

사람은 적당히 편안해야 한다. 과유불급이라, 지나치면 오히려 아니함만 못하듯 편안함 또한 지나치면 아니함만 못하기 때문이다.

그렇다. 자신이 살아가는 데 있어 독이 되지 않게, 늘 안정과 편안함의 지나침을 경계하라.

안정과 평안한 삶은 누구나 바라는 삶이지만, 거기에 빠지면 무사안일無事安逸해질 수 있다. 이를 경계해야 한다. 그렇지 않으면 삶이 피폐해질 수 있음이다.

131

이해와 사랑의 참 의미

이해와 사랑은
내 입장에서가 아니라
맞은편의 입장에서 바라보고
헤아리고 받아들임이다.

법정

<무엇이 전쟁을 일으키는가>

사람들을 상대하다 보면 내 입장에서가 아니라 상대방의 입장에서 바라보고 생각하는 역지사지易地思之의 태도는 꼭 필요하다. 인간관계에서 반드시 지켜야 할 법칙이기 때문이다.

문제가 있는 인간관계에서의 주된 원인은 바로 상대방의 입장은 전혀 고려하지 않은 채 자신의 입장에서만 생각하고 말한다는 데 있다. 이런 태도는 상대방 입장에서는 무시당하는 듯한 생각에 불쾌하게 여기기 때문이다.

그러나 상대방의 입장에서 말하고 생각하면, 상대방은 자신이 존중받는다고 느껴 둘 사이의 인간관계는 물 흐르듯이 아주 자연스러워져 좋은 인간관계를 이어가게 된다.

역지사지 하는 마음을 갖기 위해서는 상대방을 이해와 사랑으로 대해야 한다. 이해와 사랑은 자신도 상대방에게도 '소통의 묘약'이기 때문이다.

인간관계에 있어 이해와 사랑은 상대방의 입장에서 헤아릴 때 그 폭은 커진다. 그래서 상대방을 잘 헤아리는 사람이 인간관계가 좋은 것이다.

132

늘 마음을 세세히 살피기

> 어리석음은 곧 어둔 마음이다.
> 그 어둔 마음에서 온갖 비리와 악덕이 싹튼다.
> 마음의 바탕은 빛이요, 밝음이요, 평온이며 안락이다.
> 그러므로 이 마음을 샅샅이 살피는 일을
> 통해서 빛과 밝음이 되살아난다.
>
> 법정
>
> 〈무엇이 전쟁을 일으키는가〉

마음이 명경지수와 같은 사람은 하는 생각, 하는 말, 하는 행동이 물과 같이 자연스럽고, 거부감이 없고, 부드럽다. 맑은 생각, 맑은 마음이 가리키는 대로 따르기 때문이다.

그러나 마음이 동굴 속 같이 어두운 사람은 하는 생각, 하는 말, 하는 행동이 불과 같아 거부감이 들고 거칠다. 어둔 생각, 어두운 마음이 가리키는 대로 따르기 때문이다.

맑은 생각, 맑은 마음을 갖기 위해서는 거울을 깨끗이 닦듯 찌든 마음을 말끔히 닦아내야 한다. 그러기 위해서는 날마다 자신이 한 일에 대해 살펴 잘못된 것은 반성하여 고치되, 잘한 일은 더 잘할 수 있도록 해야 한다.

이처럼 마음을 살피는 일을 습관화한다면 늘 맑은 마음과 맑은 생각을 하게 된다. 이를 마음에 새겨 실천하라.

마음이 어두우면 어리석은 행동을 하게 된다. 그래서 잘못된 길로 빠지게 된다. 마음을 밝게 하면 모든 잘못으로부터 벗어날 수 있다. 마음을 살펴 마음을 밝게 하라.

133

복과 덕은 검소한 데서 온다

> 복과 덕은
> 검소한 데서 온다.
> 복과 덕은
> 새로 쌓지 않으면 자꾸 졸아든다.
>
> 법정
> 〈소유의 굴레〉

"복福은 맑고 검소한 곳에서 생기고, 덕德은 낮고 겸손히 물러서는 곳에서 생긴다."

이는《명심보감明心寶鑑》에 나오는 말로, 복과 덕이 검소함에서 온다는 것을 잘 알 수 있다. 검소함이 중요한 것은 삶을 살아가는 데 있어 필수 마인드이기 때문이다.

검소함이란 절제력이 없으면 지키기 힘들다. 견물생심見物生心이라, 사람은 무언가를 봐서 맘에 들면 갖고 싶은 충동에 젖는다. 특히 자신이 좋아하는 거라면 더더욱 주체할 수 없을 만큼 갖고 싶은 욕구가 강해진다. 그런데 이를 참고 절제한다는 것은 고통을 느낄 만큼 힘들다. 그러기에 검소는 미덕이며, 절제의 미학美學이라 할 만하다.

삶을 복되게 하고 싶다면 언제나 검소하라. 검소는 만복과 만덕을 부르는 근원이다.

낭비와 사치는 악덕이지만 검소함은 복을 부르고 덕을 불러들인다. 매사에 검소하고, 검소를 습관화하라.

134

심성을 맑게 하기

아무리 일에 지쳐 고단하고 바쁜 일상일지라도
마음만 내면 잠들기 전 5분이나 10분쯤 닳아지고 거칠어진
심성을 맑게 다스리는 그윽한 시간쯤은 가질 수 있다.
그런 시간을 통해 잃어버린 생기와
삶의 리듬을 되찾을 수 있을 것이다.

법정

〈가을이 오는 소리〉

"거울에 먼지가 끼면 잘 보이지 않는다. 사흘 책을 읽지 않으면 마음에 녹이 쓴다는 말도 있다. 닦지 않고 버려두면, 모든 것은 흐려지고 만다. 한 번 이발을 했다고 언제까지나 말쑥하지는 않다. 머리와 수염은 다시 자란다. 늘 마음을 닦고 가꾸지 않으면 맑고 올바른 행동을 보전할 수 없다."

이는 동양 명언이다. 이 말에서처럼 거울에 낀 먼지를 닦아야 잘 보이듯, 마음에 낀 먼지를 닦아주어야 한다. 그렇지 않으면 닳아지고 거칠어진 마음으로 인해 올바른 행동을 할 수 없을 뿐만 아니라, 흐트러진 삶의 리듬을 바로잡을 수 없다.

그렇다. 날마다 자신의 마음을 살펴 거칠어진 마음을 부드럽게 하고, 마음에 낀 먼지를 말끔히 닦아야 한다. 그래야 심성을 맑게 함으로써 밝고 생동감 있는 삶을 살아갈 수 있기 때문이다.

하루 일과를 마치고 잠자리에 들 땐 그날 하루의 일을 살펴보라. 잘한 것, 좋은 일은 감사하되, 잘못한 일이 있다면 마음에 새겨 다시는 돌이키지 않게 해야 한다.

135

진정한 자유인이 되는 법

우리가 어디에도 매이지 않은 진정한 자유인이 되려면
무심코 익혀왔던 그릇된 습관부터 버려야 한다.
아무 생각 없이 맹목적으로 받아들였던 것만을
받아들일 게 아니라, 내게 꼭 필요하고 긴요한 것만을
가려서 받아들일 줄을 알아야 한다.

법정

〈아름다움과 조화의 신비〉

프랑스의 수학자 파스칼은 말하기를 "습관은 제 2의 천성으로 제 1의 천성을 파괴한다."라고 했다.

제 1의 천성을 파괴할 만큼 습관의 힘은 무섭다는 것을 강조하는 말이 아닐 수 없다. 습관이 두렵고 무서운 것은 습관이 잘못 들면 고치기가 매우 힘들다는 것이다. 그래서 습관에 매이게 되어 자신의 의지와 상관없이 행동하게 된다. 나아가 습관의 지배를 받게 되어 구속당하게 된다. 이는 무엇을 말하는가. 마치 자유를 구속당하는 거와 같아 자신의 의지로도 할 수 없음을 뜻한다.

진정한 자유인이 되는 것은 습관에 매이지 않는 것이다. 그래야 자신의 의지대로 자신이 원하는 것을 해 나갈 수 있기 때문이다.

잘못된 습관에 매여 있다면 그 습관으로부터 벗어나야 한다. 나아가 자신에게 필요한 것을 받아들여라. 그래야 잘못으로부터 벗어나 진정한 자유인이 될 수 있다.

136

사람답게 사는 길

사람답게 사는 길은
이웃에게 폐를 끼치지 않고
도움과 덕이 되게 사는 일이다.
사람의 그늘이란 다름 아닌 덕이다.

법정

〈겨울 하늘 아래서〉

사람다운 사람은 어떤 사람일까. 이 물음은 과거에도 현재에도 미래에도 늘 갖게 될 불변의 질문이다.

왜 그럴까. 그만큼 사람다운 사람이 많지 않다는 것이다. 그렇다면 사람다운 사람은 어떤 조건을 갖춰야 할까. 사람들마다 다소 생각의 차이가 있겠지만 한 마디로 정의한다면 '인의예지仁義禮智'를 갖춘 사람이라고 할 수 있다. 즉 어질고, 의롭고, 예의 바르고, 지혜로움을 갖춘 사람을 말함인데, 이런 사람이야말로 사람다운 사람이라고 할 수 있다. 이런 사람은 남에게 피해주는 것을 금하고, 베푸는 것을 즐겨하고, 매사를 덕이 되게 한다. 이를 보더라도 사람답게 사는 것이 참 어렵다는 걸 느끼게 된다.

그렇다. 사람답게 산다는 것은 쉽지 않다. 하지만 그럼에도 우리는 사람답게 살아야 한다. 그것이 사람으로 태어난 것에 대한 당연한 의무이자 도리이기 때문이다.

남에게 폐를 끼치는 것은 악덕이며 악행적인 삶이다. 그러나 도움을 베풀고 덕을 베풀면 그 덕은 모두 복이 된다. 선을 행하고 사람답게 사는 당신이 돼라.

137

넘치지 않게 하라

> 아름다움이나 향기로움에는
> 좀 덜 찬 아쉬움이 남아야 한다.
> 아름다움이나 향기의 포만은 추해지기 쉽다.
> 넘치는 것은 모자람만 못하는 법이다.
>
> 법정
>
> 〈비 오는 날에〉

과유불급過猶不及이라, 넘치는 것이 오히려 아니함만 못하다는 이 진리를 우리는 잊고 살 때가 많다. 그러다 보니 많으면 많을수록 좋다는, 보편적인 심성을 제어하지 못한다. 이는 인간의 내면에 내재해 있는 욕망이 이성을 앞서기 때문인데, 이를 바로잡지 못하면 욕망의 그늘에 가려 자칫 추한 삶을 살게 될지도 모른다.

아무리 좋은 향기도 넘치면 잠깐은 좋으나 시간이 지날수록 머리가 아프다. 그러다 보면 그 향기를 피하게 된다.

또한 운동이 건강에 좋다 하여 무리하게 한다면 오히려 건강을 해치게 된다. 이처럼 넘친다는 것은 부정적인 요소로 작용하는 경우가 많다. 그것이 무엇이든 적당한 것이 좋다. 그래야 대하기 쉽고, 오래가는 법이다.

매사에 넘침을 경계하라.

아무리 좋은 것도 넘치면 감사함을 잊게 된다. 모든 것을 정도程度껏 하라. 그러면 과하지도 모자람도 없을 것이다.

138

마음을 비워야 삶의 여백이 생긴다

> 무엇이든지 차지하고 채우려고만 하면
> 사람은 거칠어지고 무디어진다.
> 맑은 바람이 지나갈 여백이 없기 때문이다.
>
> 법정
>
> 〈버리고 떠나기〉

'청산은 나를 보고 말 없이 살라 하고 / 창공은 나를 보고 티 없이 살라하네 / 사랑도 벗어놓고 미움도 벗어놓고 / 물같이 바람같이 살다가 가라 하네'

이는 고려 말 나옹 선사의 시로 1편이다. 2편은 1편과 같은데 3행이 '성냄도 벗어놓고 탐욕도 벗어놓고'로 다르다.

나는 학창시절부터 이 시를 참 좋아했다. 이시를 음미하다 보면 내 마음속에 묵은 찌꺼기가 씻겨나간 듯 몸과 마음이 가볍고 평안했다. 마치 마음이 텅 빈 듯하였다. 그래서일까, 욕심이 없는 편이다. 그러다 보니 물질이나 지위, 상賞 받는 것에 관심이 별로 없고, 계산적이지 못해 내 것을 잘 챙기지 못한다. 요즘 같은 시대에는 살기 어려운 인간형이다. 그래서 그 대가를 혹독히 치르기도 했다.

조금은 마음을 비우고 살라는 말이다. 그러면 좀 더 마음의 평안을 얻고, 마음의 여유를 갖게 될 것이다.

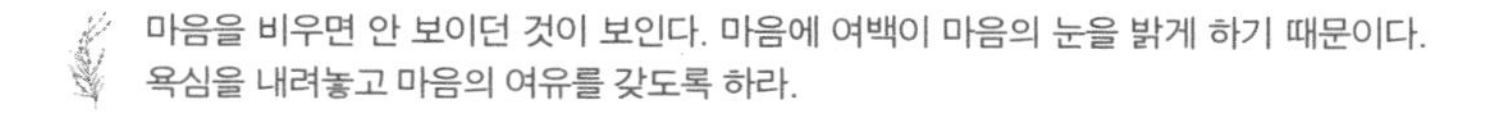

마음을 비우면 안 보이던 것이 보인다. 마음에 여백이 마음의 눈을 밝게 하기 때문이다. 욕심을 내려놓고 마음의 여유를 갖도록 하라.

139

자신이 한 일에 책임지기

인간이란 자기가
한 일에 책임을 질 수 있는 존재다.
인간만이
그 책임을 질 줄 안다.

법정

〈아가 아가 울지 마라〉

사람들 중엔 자신 한 일에 대해 책임지지 않는 이들이 있다. 그 예로 공직자들 중 일부는 대가성 뇌물을 받고도 책임을 망각함으로써 사회적으로 물의를 일으키는 일이 종종 언론에 보도되고 있다. 그런데도 그들은 전혀 공감할 수 없는 변명으로 일관하곤 한다. 책임을 지지 않으려는 빤한 술책이다. 참으로 가증스럽고 부끄러운 일이 아닐 수 없다.

물론 이런 현상은 다양한 계층과 도처에서 발생한다. 인간이란 인간의 도리를 다해야 비로소 인간으로서의 가치를 지니게 된다. 그런데 책임을 회피하거나 전가하는 것은 스스로를 파렴치한이 되게 하는 매우 어리석고 무지한 일이 아닐 수 없다.

그렇다. 사람이란 모름지기 자신이 한 일에 대해서는 반드시 책임을 져야 한다. 그것이 자신에 대한, 인간에 대한, 사회에 대한 도리이자 예의이기 때문이다.

자신이 한 일에 책임지지 못하면 수치스럽고 인간의 자격이 없다. 자신이 한 일은 반드시 책임을 다하라. 그것은 마땅한 인간의 도리인 것이다.

140

자신의 분수 밖에서 행복을 찾지 마라

분수 밖의 큰 것과 많은 것 속에서
행복을 찾는다면 그는 늘 목말라 할 것이다.
물 속에 있으면서 목말라 하는
어리석음에서 깨어나야 한다.

법정

〈햇차를 들면서〉

영국의 시인 윌리엄 블레이크는 말하기를 "대개 행복하게 지내는 사람은 노력가이다. 게으름뱅이가 행복하게 사는 것을 보았는가. 노력의 결과로서 오는 어떤 성과의 기쁨 없이는 누구나 참된 행복을 누릴 수 없기 때문이다. 수확의 기쁨은 그 흘린 땀에 정비례하는 것이다."라고 했다.

이 말은 자신의 노력 없이 자신의 분수에 맞지 않는 행복을 꿈꾸지 말라는 의미이다. 그러니까 '누군가가 행복을 주겠지'라고 바란다거나 지나친 행복을 탐하지 말아야 한다.

왜일까. 그러다 보면 행복에 목말라 함으로써 자치 잘못된 길로 갈 수 있기 때문이다.

그렇다. 자신의 분수 밖에서 행복을 찾지 마라. 스스로 노력함으로써 행복을 추구하라.

자신의 분수를 넘으면 불행에 빠지기 쉽다. 자기 안에서 분수를 지킬 때 행복도 커지는 것이다. 그렇다. 자기 분수 안에서 살라.

141

시간은 사람을 기다려주지 않는다

자신에게 주어진 한정된 시간을
무가치한 일에
결코 낭비하지 말아야 한다.

법정

<알을 깨고 나온 새처럼>

같은 시간도 어떻게 쓰느냐에 따라 알찬 시간이 되기도 하고 낭비가 되기도 한다. 시간을 알차게 쓰는 사람들은 자기애가 강하고 목적의식이 강하다. 그래서 아무리 바빠도 시간을 쪼개가며 자신을 위한 노력에 열정을 바친다. 그러나 자기애가 약한 사람들은 시간이 남아돌아도 게으름을 피우며 아무렇지도 않게 시간을 흘려보낸다. 그래놓고 자신이 하는 일이 잘 안 되면 주변 사람을 탓하고, 사회를 탓하고, 세상을 탓한다. 한 마디로 잘 되면 내 탓이고 안 되면 남을 탓한다. 참으로 무지하고 어리석기가 짝이 없다.

시간은 사람을 기다려주지 않는다. 그러기에 시간을 잘 활용해서 내 것으로 만들어야 한다. 시간도 이런 사람을 좋아하고, 함께하기를 바란다는 것을 잊지 말아야 할 것이다.

시간은 멈추는 법이 없다. 한눈도 팔지 않는다. 그래서 시간은 되돌릴 수도 없다. 시간을 내 몸같이 소중히 하라.

142

삶은 신비함 그 자체다

> 삶은 말할 수 없는 엄청난 신비이다.
> 그 사람 자신이
> 스스로 찾아내야 할 신비이다.
>
> 법정
>
> 〈입시에 낙방당한 부모들에게〉

삶은 신비스러운 자신의 모습을 아무에게나 함부로 보여주지 않는다. 삶을 위해 노력하고 열정을 다하는 사람에게만 그것도 조금씩만 보여준다. 다 보여주면 신비스러움을 잃어 열심을 다 하지 않을까 해서다.

산다는 것은 흐르는 시간에 몸을 맡기는 것이 아니라, 시간을 리드하며 무언가를 해나가는 과정의 연속이다. 그래서 도중에 포기하거나 열심을 다하지 않으면 결과의 환희를 맛볼 수 없고, 신비스러운 감격을 맞을 수 없다.

이에 대해 프랑스 사상가 장자크 루소는 "산다는 것은 호흡을 하는 것이 아니라, 무슨 일인가를 하는 것이다."라고 말했다.

그렇다. 삶은 자신이 바라는 무언가를 위해 끊임없이 해나가는 과정이다. 그 과정 속에 신비를 느끼게 되고, 자신이 바라는 것을 이루게 되는 것이다.

삶은 인간의 계산으로는 그 진실을 전혀 알 수 없다. 삶은 신비함 그 자체이기 때문이다. 삶은 자신의 삶을 소중히 하는 자에게만 신비의 램프를 보여준다. 삶의 작은 것까지도 소중히 하라.

143

마음을 맑고 평온하게 하라

투명하고 맑고 평온한 그 마음이
사리를 분별하게 하고, 바른 것과 그릇된 것을
가려볼 수 있게 한다.

법정

〈한국인의 맹렬성〉

인간에게는 두 종류의 눈이 있다. 하나는 '육신의 눈'이며 다른 하나는 '마음의 눈'이다. 육신의 눈은 말 그대로 우리 신체 중 가장 중요한 장기이다. 그래서일까, 몸이 천 냥이면 눈은 구백 냥이라는 말도 있다.

이처럼 눈은 사랑하는 사람도, 가족도, 친구도, 아름다운 풍경도 볼 수 있고, 볼 수 있는 것은 그것이 무엇이든 맘껏 볼 수 있게 해주는 참 고마운 장기이다. 마음의 눈은 마음으로 보는 것을 말한다.

그런데 문제는 마음의 눈이 밝아야 한다는 것이다. 마음의 눈이 어두우면 마음으로 볼 수 있는 것을 보지 못하기 때문이다.

마음의 눈을 밝게 하려면 마음을 맑고 평안히 해야 한다. 그렇게 될 때 옳고 그른 것을 가리게 되어 바른 길로 갈 수 있기 때문이다.

그렇다. 마음을 맑고 평안하게 하는 것. 그것이야말로 마음을 눈을 밝게 하는 것임을 잊지 마라.

마음을 맑고 평안히 하면 마음의 눈이 밝아진다. 그런 까닭에 사리분별이 분명하다. 마음을 맑고 평안히 하라.

144

소유의 굴레에서 벗어나기

> 무엇이건 자꾸만
> 채우려고 할 뿐 비울 줄을 모른다.
> 그렇기 때문에
> 항상 갈증의 상태를 면하기 어렵다.
>
> 법정
>
> 〈소유의 굴레〉

식탐이 강한 사람은 배가 부른데도 계속 무언가를 꾸역꾸역 먹어댄다. 먹지 않으면 마음이 불안하고 공허하기 때문이다.

그런데 문제는 식탐으로 인해 비만증에 시달리고 그로 인해 건강이 좋지 않게 된다는 것이다. 그런 까닭에 병원을 다니고 약을 처방받는 일을 반복한다. 그런데도 계속 배를 채우려고 먹는 갈증에 시달린다. 식탐은 참으로 무서운 질병과 같은 것이다.

이렇듯 물욕이든 식탐이든 탐욕이란 참 무서운 것이다. 비울 줄을 모르기 때문이다. 물욕이든 식욕이든 채움의 갈증에 시달리지 않으려면 소유욕을 내려놓아야 한다.

왜 그럴까. 그것만이 최선의 지혜이자 확실한 방법이기 때문이다.

항상 채우려고 하면 심적 갈증이 일어난다. 그래서 자꾸만 채우려고 하는 것이다. 채움의 욕심에서 벗어나야 한다. 그래야 심적 갈등으로부터 벗어나 평안을 찾게 된다.

145

미소를 잃은 얼굴은 살아 있는 삶의 얼굴이 아니다

미소를 잃은 얼굴은
살아있는 삶의 얼굴이 아니다.

법정

<온화한 얼굴 상냥한 말씨>

미소 짓는 얼굴처럼 아름다운 얼굴은 없다. 험상궂은 얼굴도 하얀 이를 드러내며 활짝 웃을 땐 선한 얼굴처럼 보인다. 예쁘고 잘생긴 사람도 인상을 찌푸리고 있으면, 가까이 가기가 꺼려진다. 미소를 잃은 얼굴은 경계심을 갖게 만들기 때문이다.

웃음이 지니는 가치에 대해 세계적인 영화배우로 일생을 풍미했던 오드리 헵번은 "나는 나를 웃게 하는 사람들을 사랑한다. 솔직히 내가 가장 좋아하는 것은 웃는 것이다."라고 말했다.

오드리 헵번의 말을 통해 웃음이 인간관계에서 얼마나 효과적인 가치를 지니는 지를 잘 알게 한다. 또한 미국의 심리학자 윌리엄 제임스는 "행복해서 웃는 것이 아니라 웃으니까 행복한 것이다."라고 말했다. 행복하기 위해서는 미소를 지어라. 미소 짓는 얼굴은 삶의 얼굴이자, 가장 복된 얼굴이다.

같은 얼굴도 미소를 지으면 더 예뻐 보인다. 하지만 화를 내면 사나워 보인다. 웃으며 살라. 그것은 스스로를 축복하는 일이다.

146

사람마다 삶의 질이 다른 이유

똑같은 조건
아래 살면서도 삶의 의미를
찾아낸 사람과 찾아내지 못한 사람은
그 삶의 질이 다를 수밖에 없다.

법정

<가을 하늘 아래서>

세상에 태어나는 순간 삶은 누구에게나 똑같이 주어진다.

그런데 어떤 사람은 삶을 행복하게 생각하는데, 또 다른 사람은 불행하다고 말한다. 왜 이런 현상이 생기는 걸까.

그것은 물질에 있는 것도 아니요, 지위에 있는 것도 아니며, 권세에 있는 것도 아니다. 그것은 바로 '삶의 의미'에 있다. 어떤 삶을 사느냐에 달렸다는 말이다. 의미 있는 삶은 가난해도 행복을 느끼지만, 의미가 없는 삶은 금은보화로 치장을 해도 행복을 느끼지 못한다. 의미 있는 삶을 산다는 것은 가치 있는 삶을 사는 것이다.

어떤 삶이든 가치 있는 삶은 존중받아 마땅하다. 그래서 의미 있는 삶을 사는 사람들은 삶의 질이 다를 수밖에 없는 것이다.

삶의 질은 물질에도 있지만, 그보다는 어떤 삶을 사느냐의 의미에 있다. 의미 있는 삶을 살 때 삶의 질은 높아진다. 그렇다. 의미 있는 삶을 살라.

147

사람답게 자신의 뜻을 펼쳐라

어떤 계층 어떤 경우라도 우리는
사람답게 처신하면서
자신들의 뜻을 펼칠 수 있어야 한다.

법정

<비 오는 날에>

사람들 중엔 자신의 목적을 위해서는 수단과 방법을 가리지 않는 이들이 있다. 자신의 목적을 위해서 사람들에게 해를 끼치고, 사기를 치고, 폭력도 서슴지 않는다. 이는 사람으로서는 절대 해서는 안 되는 사악한 일이다. 사악한 일을 저지르면서까지 목적을 이룬다고 한들 그 무슨 소용이 있을까. 그것은 부도덕하고 파렴치한 일로 심판받아 마땅하다.

어떤 경우라도 사람다움을 잃어서는 안 된다. 사람답게 처신하면서 자신의 목적을 이룰 때 그 삶은 비로소 가치를 인정받게 되고, 그 사람 또한 인정받게 된다.

그렇다. 사람은 사람으로서의 가치 있게 행동해야 한다. 그런 까닭에 사람답게 자신의 뜻을 펼쳐야 하는 것이다. 그것은 거역할 수 없는 불변의 진리임을 잊지 마라.

아무리 목적이 좋아도 사람답지 못하면 그 일은 의미가 없다. 사람답게 처신하면서 세운 일이 될 때 가치가 있는 것이다. 사람답게 자신의 뜻을 펼치는 당신이 돼라.

148

빛과 생기가 없는 삶을 멀리하기

빛과 생기가 없는 삶은
그 자체가 이미 병든 삶이나 다름없다.
우리들의 질병은 바로
빛과 생기의 결여에서 온 것이다.

법정

〈단순하고 간소한 맛〉

에이브러햄 링컨이 이르기를 "나는 하나의 절실한 소원을 가지고 있다. 그것은 내가 이 세상에 태어난 까닭에 조금이라도 세상이 좋게 되어 가는 것을 볼 때까지 살고 싶다는 것이다."라고 했다.

자신의 소원을 자기 자신만을 위한 것이 아닌 모두가 사는 세상이 조금이라도 더 좋게 되어가는 것이라는 링컨의 대의大義적인 말은 크나큰 감동으로 다가온다.

링컨은 자신이 한 말을 실천함으로써 노예들을 해방시키고, 인간의 존엄성과 민주주의를 위해 평생을 헌신했다. 한 마디로 링컨은 빛과 생기가 넘치는 삶을 살았던 것이다. 그랬기에 그는 지금도 미국 국민들은 물론 전 세계인들로부터 존경받고 있다.

그렇다. 빛과 생기 있는 삶을 살아야 한다. 그것이야말로 참인간의 삶이기 때문이다.

빛과 생기를 잃은 삶은 거칠고 메마르다. 삶이 병든 까닭이다. 건강하고 행복하기 위해서는 활기차고 씩씩하게 살아야 한다. 생기 넘치는 삶을 살도록 노력하라.

149

자신의 몫에 책임지는 사람이 돼라

당당하게
살려는 사람만이 자기 몫의
삶에 책임을 진다.

법정

<인생을 낭비한 죄>

사람에겐 저마다, 저마다의 삶의 몫이 있다. 그 삶의 몫은 반드시 스스로가 챙겨야 된다. 누가 해주길 기다리지 말아야 한다. 그것처럼 어리석고 미련스러운 일은 없다.

그런데 사람들 중엔 꼭 누가 해주길 바라는 이들이 있다. 그리고 자신은 제 할 일도 안 하고 게으름을 피우며 시간을 축내곤 한다. 그래놓고 누가 어떻다는 등 원망을 일삼고, 삶이 뭐 같다는 등 불평불만을 늘어놓는다. 이런 사람은 부끄러움을 모른다. 무지하기 짝이 없고 한심스럽다 못해 졸렬하기까지 하다.

스스로에게 부끄럽지 말고 당당해야 한다. 그런 사람은 자기 몫에 대한 책임감이 강하고 그것을 이루려는 의지가 강하다. 자신의 몫에 책임을 다하는 스스로에게 당당한 사람이 돼라.

당당하게 사는 사람은 거칠 것이 없다. 자신의 책임을 다함으로써 떳떳하고 흠이 없는 까닭이다. 자신의 삶의 몫에 책임을 다하라.

150

참된 앎이 참 지식이다

참된 앎이란
타인에게서 빌려온 지식이 아니라
내 자신이
몸소 부딪쳐 체험한 것이어야 한다.

법정

〈참된 앎〉

명저《프랑스혁명》으로 유명한 영국의 비평가이자 역사가인 토머스 칼라일은 "경험은 가장 훌륭한 스승이다. 다만 학비가 비쌀 뿐이다."라고 말했다. 참으로 멋진 말이 아닐 수 없다.

칼라일의 말에서 보듯 직접 경험이든 간접 경험이든 경험은 매우 소중하다. 특히 체험을 통한 직접 경험은 그 무엇보다 소중하다. 체험을 통해 생생하게 느낌으로써 그 어떤 스승으로부터 배운 것보다 더 확실하고 분명한 지혜를 터득할 수 있기 때문이다. 이런 '앎'이야말로 '참된 앎'이며 지혜의 등불과도 같다 하겠다.

이렇듯 지식은 남에게 빌려올 수 있어도 참된 앎은 스스로 부딪쳐서 체험할 때 길러지는 것이다.

그렇다. 참된 앎이야말로 참 지식인 것이다.

참된 앎은 스스로 배우고 익혀 쌓은 지식이다. 그래서 참된 앎은 알차고 풍요롭다. 참된 지식을 쌓고 싶다면 스스로 부딪혀 익히고 배워라.

151

자신의 하는 일에 기쁨과 순수가 따르게 하라

기쁨과 순수가
따르지 않는 일에는 진정한 창조가
이루어지지 않는다.

법정

〈남의 삶과 비교하지 말라〉

발명왕 토머스 에디슨은 이르기를 "나는 하루도 일을 하지 않았다. 그것은 모두 재미있는 놀이였다."라고 했다.

전구와 축음기를 비롯해 1,000가지가 넘는 발명품을 발명한 에디슨은 인류문명에 크게 기여한 사람이다. 지금 우리가 이용하는 생활품 가운데 그의 손길이 미치지 않은 것이 거의 없다. 그만큼 그는 위대한 천재였다. 그랬던 그가 일을 재미있는 놀이로 여겼다니, 이 얼마나 멋지고 유쾌한 말인가.

일을 놀이처럼 즐겼으니, 일하는 것은 그에게는 큰 기쁨이며 마음에서 우러난 순수함이었던 것이다. 그 결과 그에게는 창조력이 넘쳐났고 수많은 창조력의 결실을 맺을 수 있었던 것이다.

이처럼 자신이 하는 일을 알차게 열매 맺기 위해서는, 자신이 하는 일을 억지로 하지 말고 충만한 기쁨이 따르게 하라. 즐거움 속에 창조력은 더욱 빛을 발하기 때문이다.

자신이 하는 일에 기쁨이 따르면 신나고 의욕이 넘친다. 그리고 그 일은 자신은 물론 타인에게도 기쁨을 준다. 자신이 하는 일에 기쁨이 따르게 하라.

152

자신이 말하는 대로 되돌아온다

> 아무리 화가 났을 때라도
> 말을 함부로 쏟아버리지 말라.
> 말은 업이 되고
> 씨가 되어 그와 같은 결과를 가져온다.
>
> 법정
>
> 〈어떤 주례사〉

구시화문口是禍門이라는 말이 있다. '입은 재앙의 문'이라는 뜻으로 말을 조심해야 함을 일러 하는 말이다.

이를 뒷받침하듯 우리 사회에서 일어나는 불미스러운 일중 입이 화근이 되는 경우가 대부분이다. 나와 전혀 상관없는 사람을 함부로 비난하고, 근거도 없는 말을 퍼뜨려 분란을 일으키고, 가슴에 대못을 박는 날카로운 말로 상처를 주는 등 쓸데없는 말들로 인해 소요가 끊이질 않는다. 참으로 성숙하지 못한 처신이 아닐 수 없다.

말을 조심해서 해야 하는 것은 말은 그 위력이 대단하기 때문이다. 그 어떤 폭탄보다도 화력이 세다. 그런 까닭에 함부로 하는 말은 부메랑이 되어 자신에게로 되돌아온다. 그냥 오는 것이 아니라 엄청난 화火를 달고 돌아온다.

그렇다. 좋은 말은 얼마든지 해도 좋지만 화를 부르는 말은 극히 조심하고 또 조심해야 한다.

심은 대로 거두듯이 말 또한 그러하다. 말을 복되게 하면 복이 되어 돌아오고, 악하게 하면 악이 되어 돌아온다. 말을 복되게 하라.

153

고전에서 인간학을 배우기

> 옛사람들은 고전에서 인간학을 배우며
> 자신을 다스리고 높이는 공부를 했다.
> 그러나 요즘 사람들은 얄팍한 지식이나 정보의 덫에
> 걸려 고전에 대한 소양이 부족해
> 눈앞의 조그만 이해관계에 걸려 번번이 넘어진다.
>
> 법정
>
> 〈고전에서 인간학을 배우다〉

고전古典을 일컬어 '고문진보古文眞寶'라고 한다. 오래된 책은 보물과 같다는 말이다. 물론 오래 되었다고 해서 '고문진보'가 되는 것은 아니다. 인간의 삶과 세상을 위한 가치성이 인정되어야 한다. 가치성이 없으면 고문진보로써의 자격이 없다. 이런 까닭에 고전은 높이 평가받고 오래도록 읽힘으로써 진보로써의 가치를 이어간다. 특히 고전에서 중요시하는 것은 인간에 관한 문제이다. 인간은 세상의 중심이자 세상을 이끌어가는 주체이기 때문이다.

그래서일까, 성현들은 인간의 덕성과 품격을 매우 중시했다. 우리가 고전을 많이 읽어야 할 이유가 여기에 있는 것이다. 인간의 덕성과 품격을 높여주는 고전을 많이 읽어야 한다. 그것은 곧 자신의 덕성을 기르고 품격을 높이는 아름다운 행위이기 때문이다.

고전은 옛사람들의 삶과 지혜가 담겨져 오랫동안 이어 온 진보이다. 읽기 힘든 점이 있어도 천천히 꾸준히 읽는다면 혜안을 키우는 데 큰 도움이 된다. 고전 읽기에 도전해보라.

154

우리는 기적의 축복 속에 살고 있다

> 우리가 지금
> 살아 있다는 것은 당연한 일 같지만
> 이는 하나의 기적이고
> 커다란 축복이 아닐 수 없다.
>
> 법정
>
> 〈한반도 대운하 안 된다〉

기적奇蹟이란 인간의 상식으로는 이해할 수 없는 불가사의한 일을 말한다. 그만큼 기적은 놀라운 일이 아닐 수 없다. 이런 관점에서 볼 때 우리는 매일 기적을 살고 있다고 해도 과언이 아니다. 하루에도 세계 곳곳에서는 수만 가지의 사건사고가 일어나고 있다. 그로 인해 귀한 목숨을 잃고 수많은 재산을 잃는다. 인간의 힘으로 어찌할 수 없는 자연재해, 문명의 이기로 인한 재해, 인간의 탐욕으로 빚어진 전쟁 등으로 세상은 늘 소란이 끊이질 않는다.

그런 가운데 날마다 새날을 맞는다는 것은 기적임에 틀림없다. 이를 달리 말하면 우리는 축복을 받으며 살아가는 것이다. 그런데도 우리는 이를 당연히 여길 뿐 기적이라 생각하지 않는다.

생각하라, 우리는 하루하루 기적의 축복 속에 살아간다는 것을. 그리고 행하라, 기적의 감사함에 대해 답하라.

우리가 살아가는 하루하루는 기적이다. 하루 동안 많은 일들이 일어난다. 우리는 그런 가운데 자신의 삶을 살고, 꿈을 이루어 나간다. 그러니 하루하루가 그 얼마나 기적 같은 일인가. 하루하루를 감사하며 살아야겠다.

155

진정한 아름다움

> 진정한 아름다움은 샘물과 같아서
> 퍼내어도 퍼내어도 다함이 없이 안에서 솟아난다.
> 그러나 가꾸지 않으면 솟지 않는다.
>
> 법정
>
> 〈어느 암자의 작은 연못〉

아름답다는 말은 말 자체에서도 미적 감각이 느껴진다. 아름답다는 것은 남녀노소를 막론하고 누구나 바라는 일이다. 아름다움에는 첫째, 외모적인 아름다움이 있고 둘째, 내면의 아름다움이 있다. 진정한 아름다움은 이 둘을 다 갖췄을 때이다.

그러나 이 두 가지를 갖춘다는 것은 쉽지 않다. 외모가 아름다우면 내면이 빈약하고, 내면이 충실하면 외모가 받쳐주질 않는다.

그런데 여기서 분명히 할 것은 겉으로 보이는 외모도 중요하지만, 내면이 더 충실해야 한다는 것이다. 외모는 한철 꽃과 같아 미적향기가 다하면 그 미의 위력도 힘을 다한다. 하지만 내면의 아름다움은 지속적으로 이어진다.

내면의 미를 이어가려면 끊임없이 가꿔야 한다. 책을 읽고, 선과 덕을 행하는 등 실천적인 삶을 멈춰서는 안 된다. 그것이야말로 진정한 아름다움의 본질이기 때문이다.

진정으로 아름다운 삶은 자신을 가꾸며 사는 삶이다. 내면을 가꾸고, 외모를 가꾸는 등 자신의 하고 싶은 일을 위해 노력한다는 것은 곧 자신을 가꾸는 일이다. 여자든 남자든 자신을 가꾸며 살 때가 가장 아름답다.

156

세상의 빛이 되기

> 누가 됐건 한 생애는
> 세상의 빛이 되어야 한다.
> 하루하루는 그 빛으로 인해 새날을 이룬다.
>
> 법정
>
> <풍요로운 아침>

"너희는 세상의 빛이라. 산 위에 있는 동네가 숨겨지지 못할 것이요. 사람이 등불을 켜서 말 아래에 두지 아니하고 등경 위에 두나니 이러므로 집안 모든 사람에게 비치느니라. 이같이 너희 빛이 사람 앞에 비치게 하여 그들로 너희 착한 행실을 보고 하늘에 계신 너희 아버지께 영광을 돌리게 하라."

이는 신약성경 마태복음(5장 14절~16절)에 나오는 말씀으로 예수께서 사람들에게 주신 교훈이다. 예수께서 이르시길 너희는 세상의 빛이라, 하심은 빛이 되는 삶을 살라는 말이다. 물론 빛이 되는 삶을 산다는 것은 쉽지 않다. 그만큼 많은 절제와 인내와 노력이 따라야 한다. 그러나 우리는 그렇게 살아야 한다.

우리는 만물의 으뜸으로 축복을 받은 인간이기 때문이다. 그렇다. 우리는 인간으로 태어난 이상 그 축복의 값에 답해야 함을 잊지 말아야 할 것이다.

누군가의 삶에 도움을 주고, 꿈을 주고, 용기를 준다면 그것은 빛과 같은 삶이라 할 수 있다. 나아가 사회를 위해 자신의 열정을 쏟아 조금이라도 더 좋아질 수 있다면 세상의 빛이라 할 수 있다. 그래서 세상의 빛은 그 어떤 빛보다도 밝고 따뜻하다.

157

저마다의 씨앗이 있다

사람은 이 세상에 올 때
하나의 씨앗을 지니고 온다.
그 씨앗을 제대로 움트게 하려면 자신에게
알맞은 땅을 만나야 한다.

법정

<자신에게 알맞은 땅을>

인간은 태어날 때 '재능'이란 씨앗을 갖고 태어난다. 그 사람의 재능은 그 사람만의 씨앗인 것이다. 그런 까닭에 자신의 씨앗인 재능을 잘 갈고닦아야 한다. 그래야 자신이 바라는 자신의 인생을 살아가는 기초를 쌓게 되고, 꾸준히 노력을 경주함으로써 원하는 꿈을 이룰 수 있기 때문이다.

그런데 여기에 한 가지 분명히 할 것은 자신의 재능을 잘 살릴 수 있는 땅을 만나야 한다. 그 땅은 재능의 씨앗을 잘 키울 수 있도록 도움을 주는 사람일 수도 있고, 기회일 수도 있다.

땅을 잘 만나기 위해서는 그에 맞게 준비해야 한다. 모든 기회는 준비된 자에게 찾아온다는 말처럼, 자신에게 잘 맞는 땅 역시 마찬가지다. 그렇다. 자신에게 잘 맞는 땅을 만날 때 자신의 재능을 맘껏 펼칠 수 있다. 자신에게 잘 맞는 땅을 만나는 당신이 돼라.

사람은 저마다 자신에게 맞는 재능이란 씨앗을 갖고 태어난다. 그 씨앗이 좋은 땅(기회)을 만날 수 있도록 노력해야 한다. 좋은 땅을 만날 때 풍성한 결실을 맺게 되기 때문이다.

158

내게 가치 있는 책을 읽기

> 시시한 책은 속물들과
> 시시덕거리는 것 같아서 이내 밀쳐낸다.
> 내 귀중한 시간과 기운을 부질없는 일에
> 소모하는 것은 나 자신에 대한 결례로
> 여겨지기 때문이다.
>
> 법정
>
> 〈홀로 걸으라, 행복한 이여〉

《탈무드》에 보면 "책은 읽는 것이 아니라 배우는 것이다."라는 말이 있다. 우리는 누구나 책에 대해 읽는 것이라고 말한다. 읽는다는 것은 글자 그대로 읽는 행위를 말한다.

그런데 책이 책으로써의 효과를 지니려면 책은 읽는 것을 넘어 배우는 것이 되어야 한다. 그렇다면 어떤 책을 읽어야 할까.

지식과 지혜를 기르는 책, 마음을 맑고 편안하게 해주는 책, 생각의 깊이를 더해주는 책, 창의력을 기를 수 있는 책, 감성을 기를 수 있는 책, 시대적 감각을 키울 수 있는 책 등 생산적이고 창의적이고 품격을 높일 수 있는 책을 읽어야 한다. 이런 책이야말로 멋진 인생을 살아가는 데 있어 꼭 필요하기 때문이다.

그렇다. 인생을 가치 있게 사는 데 도움이 되는 책, 그런 책을 읽어야 한다.

자신에게 삶의 동기부여가 되는 책, 자신의 내면을 탄탄하게 가꾸어 주는 책, 꿈과 용기를 주는 책은 스승과 같다. 자신의 가치를 키워주는 책을 읽어라. 그 책은 인생의 빛이다.

159

과속문화에서 벗어나기

> 슈퍼마켓의 계산대 앞에 늘어선 줄을 보고 짜증을
> 내는 것도 조급하고 성급한 과속문화에서 온 병폐다.
> 자기 차례를 참고 기다릴 줄 알아야
> 그 안에서 시간의 향기를 누릴 수 있다.
>
> 법정
>
> 〈과속문화에서 벗어나기〉

무슨 일이든 빨리빨리 하려는 습성은 과속문화를 불러 일으켰다. 물론 때에 따라서는 빨리 해야 할 일이 있다. 하면 된다. 하지만 이것이 습관이 되었을 땐 매사를 빨리 하려고 하게 된다.

지금 우리 사회는 과속문화로 인해 곳곳에서 문제가 발생하고 있다. 특히 질서가 잘 지켜져야 할 도로교통문화는 문제가 심각하다. 신호를 어기고, 과속을 일삼는 이들로 인해 사건사고가 끊이질 않는다.

또한 과속문화에 젖다 보니 기다리는 것을 못 견뎌 한다. 그래서 질서를 지키는 이들은 융통성이 없는 꽉 막힌 사람이라고 비난하고 조롱한다. 이는 대단히 잘못된 일이 아닐 수 없다.

사회가 평안하고 순조롭게 유지되기 위해서는 이를 가로막는 과속문화의 병폐를 바로 잡아야 한다. 그렇지 않으면 조급함에 길들여져 삶의 여유와 안락함을 잊고 살아가게 될 것이다.

급한 마음은 자동차 속도를 높이게 하고, 기다리는 것을 조급하게 하며, 참고 견디는 것을 못 견디게 한다. 이런 마인드가 과속문화를 일으키게 하는 병폐다. 성급함을 여유로운 마음이 되게 하라.

160

내 삶은 내가 만든다

누가 내 삶을 만들어 주는가.
내가,
내 삶을 만들어 갈 뿐이다.

법정

〈인간이라는 고독한 존재〉

비슷한 환경에서도 어떤 사람은 자신의 삶을 리드하며 자신이 원하는 삶을 사는가 하면, 또 다른 어떤 사람은 자신의 환경을 탓하며 불평불만을 안고 살아간다. 그리고 자신이 안 되는 것을 외부 탓으로 돌린다. 그러다 보니 되는 대로 살아간다.

우리가 분명히 알아야 할 것이 있다. 그것은 자신의 삶은 자신이 만들어야 하며, 절대로 누가 대신 만들어주지 않는다는 사실을 알아야 한다는 것이다. 그런 까닭에 자신의 인생에 스스로 공을 들이지 않으면 절대 원하는 삶을 살 수 없다.

독일의 소설가 장 파울은 '인생은 한 권의 책'과 같으므로 공들여 책을 읽어야 한다고 말했다. 참으로 적절한 비유가 아닐 수 없다.

그렇다. 공들여 책을 읽듯 공들여 내 삶을 만들 때 원하는 삶을 살아가게 된다. 이는 만고에 진리임을 잊어서는 안 될 것이다.

남에게 의존하는 마음은 자신의 인생을 약화시킨다. 스스로 힘차게 헤쳐 나갈 때 자신의 멋진 삶이 만들어진다. 자신의 내공을 쌓는 데 정진하라.

161

항상 배우고 익히면서 탐구하라

나이가 어리거나 많거나 간에
항상 배우고 익히면서 탐구하는 노력을
기울이지 않으면 누구나 삶에 녹이 슨다.

법정

〈알을 깨고 나온 새처럼〉

미국의 자기계발 동기부여가인 브라이언 트레이시는 "평생 배움에 헌신하라. 당신의 정신과 당신이 거기에 집어넣는 것, 그것이 당신이 가질 수 있는 최상의 자산이다."라고 말했다.

브라이언 트레이시는 고등학교를 나온 뒤 아르바이트를 하며 노숙자 생활을 하기도 했다. 그러다 그는 공부를 해야겠다는 결심을 하고 청강생으로 강의를 듣고, 다양한 분야의 책을 섭렵했다. 그리고 자신이 연구한 것을 체계적으로 정리하여 강의 노트를 만들고 이곳저곳 문을 두드린 끝에 강의를 하며 꿈을 키워나갔다.

그러자 놀라운 일이 벌어졌다. 어느 날 보니 자신이 유명해져 있었던 것이다. 그가 유능한 강사가 될 수 있었던 것은 배우고 익히며 쉼 없이 탐구한 결과였다. 노력은 사람을 배신하지 않는다. 평생을 배워도 부족한 것이 배움임을 잊지 마라.

배움에는 시기가 없다. 평생을 배워도 모자란 게 배움이다. 배움을 통해 얻은 지식은 평생을 간다. 배움에 열정을 쏟는 당신이 돼라.

162

차茶도 새로 길은 물에 타야 차 맛이 더 새롭다

밤이 이슥하도록
글을 읽다가 출출한 김에 차라도 한 잔
마실까 해서 우물로 물을 길으러 간다.
길어 놓은 물보다 새로 길은 물이라야 차 맛이 새롭다.
차 맛은 곧 물맛에 이어지기 때문이다.

법정

〈옹달샘에서 달을 긷다〉

한 잔의 차를 마실 때도 정성이 들어가면 더 맛있는 법이다. 그런 까닭에 차도 새로 길은 물에 끓여 마실 때 더 새로운 차 맛을 느낄 수 있다고 법정 스님은 말했다.

이렇듯 한 잔의 차를 마시는 데도 정성이 들어가야 한다. 하물며 우리의 삶은 어떻겠는가. 우리의 삶 역시 마찬가지다.

자신이 무언가를 새롭게 하고 싶다면, 몸가짐과 마음가짐을 새롭게 하고, 행동거지 또한 지금까지와는 완전히 달라져야 한다.

새 술도 새 부대에 넣어야 맛이 변하지 않고 제 맛을 느낄 수 있고, 차도 새 물에 끓여야 더 맛있는 법이다.

그렇다. 자신을 새롭게 하기 위해서는 몸과 마음이 새로워지지 않으면 안 된다. 날마다 새로운 나로 살기 위해 집중하고 노력하라.

차도 금방 길은 새 물에 타야 더 차 맛이 좋다. 삶도 그렇다. 매일이 그날그날이라면 사는 맛이 없다. 사는 맛을 느끼며 살기 위해서는 날마다 새로워지기 위해 노력하라.

163

저마다 주어진 상황이 있다

> 사람에게는 저마다 주어진 상황이 있다.
> 남과 같지 않은 그 상황이
> 곧 그의 삶의 몫이고 또한 과제다.
>
> 법정
>
> 〈아궁이 앞에서〉

러시아의 소설가 도스토옙스키가 이르기를 "인간은 무엇에나 적응하는 동물이다. 또한 무엇에나 적응할 수 있는 존재이다."라고 했다.

도스토옙스키의 말처럼 인간은 적응력이 뛰어난 존재이다. 지금의 세계가 있기까지에는 태고 적부터 지금에 이르기까지 수많은 환경에 적응하며 이룬 결과이다.

이는 개개인의 능력에서도 여실히 드러난다. 자기에게 주어진 상황을 자신에게 주어진 삶의 몫에 적응하여 자신이 바라는 것을 해내는 능력이 매우 출중하다. 찰스 다윈의 진화론에서 보듯 인간은 환경에 적응하는 능력이 매우 뛰어난 동물이기 때문이다.

무無에서 유有를 이루며 성공적인 삶을 살았던 사람들은 상황에 따른 적응력을 십분 발휘한 끝에 자신의 삶의 몫을 크게 확장시킬 수 있었다. 자신의 삶의 몫을 알차게 이뤄내고 싶다면 자신에게 주어진 상황을 슬기롭게 적응하는 데 최선을 다하라.

자신에게 주어진 상황이 어떠하든 그 상황 안에서 최선을 다하라. 그것은 곧 그의 인생의 과제이고 그의 삶의 몫이다. 그 몫에 책임을 다하라.

164

세상에서 가장 위대한 종교

> 이 세상에서
> 가장 위대한 종교가 있다면
> 그것은 친절이다.
>
> 법정
>
> 〈세상에서 가장 위대한 종교〉

프랑스 수학자 파스칼은 "자기에게 이로울 때만 남에게 친절하고 어질게 대하지 말아야 한다. 지혜로운 사람은 이해관계를 떠나서 누구에게나 친절하고 어진 마음으로 대한다. 어진 마음 자체가 나에게 따스한 체온이 되기 때문이다."라고 말했다.

친절을 베푼다는 것은 상대방에게도 자신에게도 삶을 따뜻하게 해주기 때문에 친절을 습관화한다면 생동적이고 행복한 삶을 살게 된다.

또한 러시아 문호 톨스토이는 "친절은 세상을 아름답게 한다."고 말했다. 파스칼과 톨스토이가 말했듯 친절은 세상을 아름답게 하고 좋은 세상이 되게 하는 위대한 종교와 같다. 그래서 친절한 사람은 어디를 가든 사람들로부터 좋은 평판을 받는다.

그렇다. 친절은 원하는 것을 얻게 하는 삶의 보증수표와 같다. 매사에 있어 누구에게든 친절하고 또 친절하라.

친절한 사람을 보면 기분이 좋다. 마치 맑은 공기를 마신 듯 마음이 환해진다. 친절은 사람들을 기분 좋게 하고 감동하게 한다. 친절하라. 친절은 삶의 향기이다.

165

기쁨이 따르게 하라

> 사람이든 사물이든 또는 풍경이든
> 바라보는 기쁨이 따라야 한다.
> 너무 가까이도 아니고 너무 멀리도 아닌,
> 알맞은 거리에서 바라보는
> 은은한 기쁨이 따라야 한다.
>
> 법정
>
> 〈바라보는 기쁨〉

사랑하는 사람을 바라보는 눈은 사랑과 행복이 넘쳐난다. 입가엔 미소가 꽃처럼 피어나고, 눈은 깊은 호수같이 그윽하다. 사랑하는 사람들을 바라보는 눈 또한 기쁨으로 가득 차 있다. 사랑하는 사람이나 사랑하는 사람들은 그 자체만으로도 이미 넘치는 은총이기 때문이다.

멋진 풍경을 바라보는 눈, 재미있는 뮤지컬을 관람하는 눈, 좋아하는 경기를 바라보는 눈, 좋아하는 음식을 바라보는 눈엔 생기가 감돈다. 좋아한다는 것은 그것만으로 충분히 기쁨과 즐거움을 주기 때문이다.

그런데 한 가지 마음에 새길 것은 일정한 거리를 유지해야 한다는 것이다. 그래야 사랑의 감정과 좋은 감정이 오래 감으로써 기쁨과 즐거움을 더 한층 누릴 수 있기 때문이다. 인생을 유쾌하게 살고 싶은가. 그렇다면 바라보는 기쁨이 따르게 하라.

기쁨이 따르는 삶은 큰 축복이다. 그것은 돈으로도 살 수 없다. 오직 자신을 기쁘게 함으로써 얻게 되는 삶의 결실이다.

166

삶에 곤란이 없으면 자만심이 넘친다

> 어떤 집안을 들여다봐도
> 밝은 면이 있고, 어두운 면이 있다.
> 삶에 곤란이 없으면 자만심이 넘친다.
> 잘난 체하고 남의 어려운 사정을 모르게 된다.
> 마음이 사치해지는 것이다.
>
> 법정
>
> 〈사는 것의 어려움〉

고통은 사람을 괴롭게 하고 아픔을 주지만 그 고통을 통해 삶을 진정성 있게 살려고 노력한다. 가난의 고통, 아픔의 고통을 겪은 사람들의 공통점은 아무 일 없이 무난하게 사는 것, 이런 삶이 진정 행복하고 평안한 삶이라는 것을 안다는 것이다. 고통이란 인생의 스승을 통해 마음 깊이 깨달았기 때문이다.

그러나 풍족하고 고통 없이 산 사람은 경거망동하고 자만심이 넘치며 남을 함부로 대한다. 고통이란 스승을 만나지 못한 까닭이다.

고통은 삶을 아프고 괴롭게 하지만 자신을 깊이 있게 바라보는 눈을 갖게 한다. 고통이 자신을 못 살게 굴어도 참고 이겨내라. 삶의 곤란이 없으면 자만심이 넘쳐 이 세상이 마치 자신의 것인 양 우쭐거리게 된다는 것을 마음 깊이 새겨 실천하라.

삶의 고통을 겪어보지 않은 사람은 삶의 진실을 알지 못한다. 삶의 고통을 통해 겸손해지고 명철한 지혜를 깨우치게 된다. 그렇다. 고통을 두려워하지 말고 적극 끌어안고 이겨낼 때 삶을 그만큼 더 성숙하게 된다.

167

인생의 마지막 날인 것처럼 살아라

시간의 잔고에는 노소가 따로 없습니다.
남은 시간은 아무도 모릅니다.
한 번 지나간 시간은 되돌릴 수 없습니다.
자기 인생의 마지막 날인 것처럼 살 수 있어야 돼요.

법정

<날마다 새롭게 사십시오>

시간 앞에서는 누구나 공평하다. 시간은 절대로 편견을 갖지 않는다. 시간을 잘 쓰느냐 못 쓰느냐는 각 사람에게 달려 있다.

시간은 자신을 아껴주고 잘 써주는 사람을 좋아한다. 그래서 그 사람이 시간을 잘 썼을 땐 그에 대한 대가를 지불한다. 하지만 시간을 함부로 낭비하고 소중히 여기지 않는 사람에게는 매정하게 대한다.

또한 태어나는 순서에 관계없이 각자에게 남은 시간은 예측할 수 없다. 시간은 신비로운 우주의 흐름이므로, 그 어느 누구도 좌지우지할 수 없다. 그러기에 더더욱 시간을 소중히 하고 잘 써야 하는 것이다.

매일매일 인생의 마지막 날인 것처럼 당신을 살아라. 그것은 자신의 인생에 대한 최선의 예의이기 때문이다.

인생을 잘 살았다고 평가받는 사람들은 하나같이 하루하루를 마지막인 듯 살았다는 공통점이 있다. 그렇다. 만족한 인생이 되고 싶다면 하루하루를 마지막 날인 것처럼 살아라.

168

주는 것의 행복

> 요즘 와서 느끼는 바인데,
> 누구로부터 받는 일보다도 누구에겐가
> 주는 일이 훨씬 더 좋다.
>
> 법정
>
> 〈주고 싶어도 줄 수 없을 때가 오기 전에〉

사랑도 주는 사람이 받는 사람보다 더 행복함을 느낀다. 물질도 주는 사람이 받는 사람보다 더 뿌듯함을 느낀다. 사랑이든 물질이든 준다는 것은 자신의 사랑을 주는 아름다운 행위이기 때문이다.

그런데 사람들 중엔 자신이 받아야지만 더 행복하다고 말하는 이들이 있다. 물론 받으면 기분이 좋고 행복하다. 하지만 진정한 행복은 주는 것에 더 비중이 크다는 걸 알 수 있다. 받는 것은 상대방의 사랑과 정성을 받는 것이지만, 주는 것은 내가 가진 사랑과 정성을 주는 것이므로 그만큼 더 마음을 써야지만 할 수 있기 때문이다.

그렇다. 진정한 행복은 주는 것이 받는 것보다 더 크다. 이는 느껴본 사람만이 안다. 날마다 행복을 느끼며 사는 당신이 돼라.

받는 것도 기분 좋고 행복하지만, 주는 것은 더 행복하다. 진실로 누군가에 사랑을 베푼 사람은 주는 행복의 기쁨이 어떠한지를 잘 안다. 가끔은 주는 행복을 느껴보라.

169

아름다움은 살아 있는 기쁨이다

우리가 아름다움을 모른다면
결코 행복에 이를 수 없다.
아름다움이야말로
살아 있는 기쁨이기 때문이다.

법정

〈어느 암자의 작은 연못〉

아름다움에 대해 파스칼은 "거룩한 생활의 평온하고 우아한 아름다움은 이 세상에서 하나님의 힘 다음으로 막강한 영향력을 가진 것이다."라고 말했다. 그리고 독일의 대문호 괴테는 "미美는 예술의 궁극적인 원리이며 최고의 목적이다."라고 말했다.

또한 영국의 시인 존 키츠는 "아름다운 것은 영원한 즐거움이다. 그 사랑스러움은 더해지고 허무로 끝나는 법은 없다."고 말했다.

이들의 말을 하나로 함축한다면 아름다움은 인간의 삶에서 반드시 필요한 즐거움의 근본이며, 행복의 비타민이라는 것을 알 수 있다.

이렇듯 인간에게 있어 외적인 아름다움이든 내적인 아름다움이든 아름답다는 것은 살아 있는 기쁨인 것이다.

아름답다는 것은 크나큰 행복이다. 내적이든, 외적이든 아름다움은 미적 본질이기 때문이다. 아름다운 인생이 되도록 노력하라.

170

자신을 삶의 중심에 두어라

> 자신을
> 삶의 변두리가 아닌 중심에 두면
> 어떤 환경이나 상황에도
> 크게 흔들림이 없을 것이다.
>
> 법정
>
> 〈알을 깨고 나온 새처럼〉

'내 인생은 나의 것'이란 말이 있듯, 자신의 삶은 자신의 것이기에 남에게 의존해서는 안 된다. 남에게 의존한다는 것은 자신을 삶의 변두리에 두는 것이기 때문에 그것은 자신을 못난 사람으로 인정하는 거와 같다.

자신의 삶을 온전히 자신의 것으로 만들기 위해서는 자신을 자신이 추구하는 삶의 중심에 두어야 한다. 즉, 누군가에게 의존하지 말고 자기 스스로 당당하게 개척해 나가야 한다. 그렇게 되면 아무리 힘들고 어려운 일이 있더라도 스스로 해결하기 위해 최선을 다하게 된다.

그렇다. 내 인생은 나의 것이기 때문에 그 누구도 내가 원하는 삶을 살게 해주지 못한다. 지금 이 순간, 이를 망각하고 있다면 빨리 망각에서 깨어나야 한다. 그래서 자신의 인생을 자신이 원하는 대로 자신을 삶의 중심에 두고 힘써 행하라.

자신을 자신의 삶의 중심에 두어라. 그랬을 때 그 어떤 삶의 흔들림 속에서도 자신을 지켜낼 수 있기 때문이다. 그렇다. 삶의 중심에서 우뚝 서라.

171

품격 있는 삶

들꽃은 그 꽃이 저절로 자라는
그 장소에서 보아야 제대로 볼 수 있다.
꽃만 달랑 서 있다면 무슨 아름다움이겠는가.
덤불 속에 섞여서 피어 있을 때 그 꽃이 지닌
아름다움과 품격이 막힘없이 드러난다.

법정

〈들꽃을 옮겨 심다〉

품격이 있는 사람은 많은 사람들 숲에 섞여 있어도 그 자태가 고스란히 드러난다. 품격 있는 사람은 꽃이 향기를 품은 것처럼 '인격'이란 향기를 품고 있어 그 향기를 발하기 때문이다.

품격 있는 사람이 되기 위해서는 언행을 반듯이 하고 흐트러짐이 없어야 한다. 한마디로 말해 인의예지仁義禮智를 잘 갖춰야 하는 것이다.

이에 대해 영국의 희곡작가이자 시인인 셰익스피어는 "꽃에 향기가 있듯 사람에겐 품격이 있다. 꽃은 싱싱할 때에는 향기가 신선하듯이 사람도 마음이 맑지 못하면 품격을 보전하기 어렵다."라고 말했다.

많은 사람들 사이에서 품격을 갖추고 산다는 것은, 자신의 드높은 삶의 향기를 전하는 가치 있는 삶을 사는 것이다. 그런 까닭에 이를 마음에 새겨 실천하는 당신이 돼라.

그 어떤 삶을 살아도 자신답게 품격을 지키며 살아야 한다. 그것은 자신을 드높이는 삶의 향기이기 때문이다. 그렇다. 어디에서든 품격을 지키며 사는 당신이 돼라.

172

항상 들을 준비를 하기

> 아무리 좋은 말씀이
> 우리를 기다리고 있다 할지라도
> 나 자신이 들을 준비가 되어 있지 않으면
> 그 어떤 좋은 말씀도
> 내게는 무연하고 무익하다.
>
> 법정
>
> 〈좋은 말씀을 찾아〉

아무리 보물 같은 책도 읽지 않으면 종이에 불과하고, 아무리 멋진 음악도 듣지 않으면 소리 나는 꽹과리와 같다. 책은 읽어야 비로소 책의 가치를 지니게 되고, 음악은 들어야 비로소 음악으로서의 가치를 지니게 된다.

마찬가지로 아무리 훌륭한 말씀을 전해줄 성현이 있다 해도 들으려고 하지 않으면 좋은 말씀의 가치를 잃고 만다. 좋은 말씀은 양약과 같고 생각을 키우는 영혼의 양식과 같다.

부뚜막의 소금도 집어넣어야 음식의 간을 맞춤으로써 제맛을 낼 수 있는 것처럼, 아무리 좋은 말씀도 듣지 않으면 무익하고, 무연하고, 무가치한 말씀이 되고 만다.

행복한 삶을 살고 싶다면 좋은 말씀을 많이 들어야 한다. 그러기 위해서는 항상 들을 준비를 하라. 그런 자가 진실로 현명한 사람이다.

아무리 훌륭하고 좋은 말도 들을 준비가 되어 있지 않으면 의미가 없다. 훌륭하고 좋은 말은 인생의 빛이다. 참 좋은 인생을 살고 싶다면 훌륭한 말과 좋은 말을 많이 경청하라.

173

사는 일이 시詩가 되게 하라

가슴에
녹이 슬면 삶의 리듬을 잃는다.
시를 낭송함으로써
항상 풋풋한 가슴을 지닐 수 있다.
사는 일이 곧 시가 되어야 한다.

법정

<어떤 주례사>

시는 말이 그려놓은 그림이자, 정서를 맑게 가꾸는 마음의 선율이다. 시를 많이 읽으면 상상력이 풍부해지고, 서정성으로 가슴에 선 맑은 소리가 들린다. 같은 것을 봐도 더 정감이 있게 바라보게 되고, 사물을 볼 때도 의미를 갖고 바라보게 된다.

그런데 요즘 시집이 잘 안 팔린다. 시가 난해하고 모호해서 흥미를 끌지 못하기 때문이다. 이해가 되지 않는 시는 누가 썼든 간에 독자들에게는 골치만 아픈 인쇄물에 불과할 뿐이다. 시는 가슴으로 읽어야 느끼게 되고, 생각하게 된다.

분주한 삶으로 인해 가슴은 메마르고 황폐화 되어간다. 메마른 가슴을 풋풋하게 채워줄 시를 많이 읽어야 한다. 그랬을 때 사는 일도 시처럼 아름답고 유유해질 것이다.

시를 많이 읽으면 정서가 풍부해지고 따뜻한 감성을 지니게 된다. 이런 마음을 갖게 되면 삶을 아름답고 풍요롭게 사는 데 도움이 된다. 시를 많이 읽고 사는 일이 곧 시가 되게 하라.

174

순간순간을 잘 살아가기

오랜만에 차 안에서 전에 듣던 음악에 귀를 기울이고 있으니
울컥 눈물이 났다. 건강을 되찾아 귀에 익은 음악을
다시 들을 수 있고 손수 채소를 가꿀 수 있다는 사실에
그저 고맙고 고마울 따름이다. 그리고 내 몸이 성했을 때
순간순간을 잘 살아야겠다는 생각이 차올랐다.

법정

〈다시 채소를 가꾸며〉

순간순간이 모여 분이 되고, 시간이 되고, 하루가 완성된다. 그러기 때문에 순간을 소홀히 여기게 되면 그날 하루는 그만큼 낭비의 삶을 살게 된다.

그런데 시간의 중요성을 잊고 살다가도 몸이 아프고 나면 시간을 잘 써야겠다는 생각이 든다. 아프면 하고 싶은 것도 못 하게 된다는 것을 뼛속까지 깊이 느꼈기 때문이다.

예로부터 시간을 잘 쓰는 자는 자신이 원하는 삶을 살았고, 시간을 못 쓰는 사람은 삶을 낭비하며 살았다. 몸이 건강할 때 더 열심히 나를 살아야 한다. 그러기 위해서는 순간순간을 알차게 보내야 한다.

그렇다. 시간은 자신을 잘 쓰는 자에게는 반드시 그 대가를 지불해준다는 것을 잊지 마라.

인생을 잘 사는 사람은 순간순간을 알차게 살아간다. 그 순간순간이 모여 알찬 삶을 이루기 때문이다. 행복한 인생이 되고 싶은가. 그렇다면 순간순간을 알차게 살아라.

175

새날, 새 시간을 잘 맞아들여라

> 새날이 시작되는 이 거룩한 시간을
> 어떻게 맞이하느냐에 따라
> 그의 삶은 달라진다.
>
> 법정
>
> 〈풍요로운 아침〉

첫 마음이 중요한 것처럼 새해가 시작되는 새날은 그 해를 살아가는 데 있어 매우 중요하다. 새날을 잘 시작하면 그 해 바라는 일이 잘 될 거라는 생각이 든다. 물론 이는 어디까지나 기분상의 문제지만, 그렇게 한다는 것은 스스로를 굳고 단단하게 만들어주기 때문이다. 그런 까닭에 실제로 생각하는 대로 살면 자신이 바라는 삶을 살게 된다.

그런데 그걸 알면서도 사람들 중엔 그 평범한 진리를 잊고 늘 해오던 대로 살아간다. 작심삼일作心三日이란 말이 그냥 생긴 말이 아니라는 걸 잘 알게 한다.

시간 보기를 황금같이 해야 한다. 시간은 곧 목숨이며, 돈이며 삶이다.

시작이 반이라는 말처럼 새해 새날을 잘 시작하는 당신이 돼라. 그렇게 하면 반드시 당신이 원하는 것을 얻게 될 것이다.

매일매일을 새날을 맞듯 살아가기 위해서는 정결한 마음으로 기도하듯 맞아들여야 한다. 정성이 깃든 새날은 삶을 풍요롭게 해준다. 그렇다. 날마다 정성을 다하는 마음으로 아침을 맞이하라.

176

그냥 받아들여라

> 행복할 때는 행복에 매달리지 말라.
> 불행할 때는 이를 피하려고 하지 말고
> 그냥 받아들이라.
> 그러면서 자신의 삶을 순간순간 지켜보라.
>
> 법정
>
> 〈삶의 기술〉

살아가면서 뜻한 일이 잘 되면 감사한 일이나 잘 안 되면 무리를 가해서라도 억지로 하려는 경우가 종종 있다. 하지만 이는 삶의 순리를 거스르는 온당하지 못한 일이다.

왜 그럴까. 삶의 순리를 거스른다는 것은 자연의 질서에 반하는 행위이기 때문이다. 그리고 그런다고 해서 달라지는 것 또한 없다. 오히려 해가 미칠 수 있다. 그러기 때문에 자신에게 어떤 일이 주어지더라도 억지로 무리를 가한다는 것은 좋지 않다.

이는 행복에 있어서도 마찬가지다. 행복할 땐 행복을 느끼며 자신을 즐겁게 하되 더 많은 행복을 바라지 말고, 불행하다고 느낄 땐 불평불만을 토로하지 말고 또한 피하지도 말고 그냥 받아들여라. 그리고 주어진 상황에서 자신이 할 수 있는 최선의 방법을 찾아 차근차근 행하다 보면 보이지 않던 행복이 활짝 열릴 것이다.

행복할 땐 행복에 감사하되 행복이 떠날까 봐 전전긍긍하지 마라. 어려운 일이 닥칠 땐 두려워하지 말고 받아들여라. 그러고 나서 주어진 상황에 최선을 다하라. 때가 이르면 모든 것이 평탄케 될 것이다

177

경청의 미덕美德

요즘 우리는 남의 말에 귀 기울이기보다는
자기 말만을 내세우려고 한다.
언어의 겸손을 상실한 것이다.
잘 들을 줄 모르는 사람과는 좋은 만남을 갖기 어렵다.
다른 사람에게도 말할 기회를 주어야 한다.

법정

〈과속문화에서 벗어나기〉

하버드 대학 로스쿨 교수 로서 피셔는 상대방의 말을 잘 들어주는 것에 대해 이르기를 "상대방의 말을 주의 깊게 들어야 한다는 것을 잘 알고 있지만, 실제에 있어 그렇게 하기란 쉽지 않다. 중요한 협상을 할 때는 더더욱 그러하다. 그러나 상대방의 말에 집중해서 듣는다면 상대방의 생각의 흐름을 이해할 수 있고 상대방의 감정까지 알 수 있으며 무슨 말을 할 것인지도 짐작할 수 있다. 그리고 상대방은 자신의 말을 잘 듣고 있다고 믿어 만족하게 된다. 자기의 말을 잘 듣고 있다는 느낌을 상대방에게 가지게 하는 것이 가장 실속 있는 대화법이므로 이를 잘 활용할 필요가 있다."고 했다.

로서 피셔의 말처럼 상대방의 말을 잘 들어주는 것은 말을 잘 하는 것보다 더 실속 있는 대화법이다. 상대방에게 좋은 이미지를 심어주고 좋은 관계를 맺기 위해서는 상대방이 말하도록 배려하고 잘 들어주어라.

남의 말을 경청하면 좋은 사람으로 평가 받음으로써 좋은 사람을 만나게 된다. 그것이 곧 경청의 미덕인 것이다. 경청하라. 경청은 최고의 대화법이다.

178

무위자연無爲自然을 따르는 삶

> 강물의 흐름도 굽이굽이 돌아가면서 흘러야 유속을 억제할 수 있는데 강바닥을 돌까지 있는 대로 걷어 내고 직선으로 강둑을 쌓기 때문에 강물은 성난 물결을 이루면서 닥치는 대로 허물고 집어 삼킨다.
>
> 법정
>
> 〈물난리 속에서〉

도가의 청시자인 노자老子는 이르기를 "단단한 돌이나 쇠는 높은 데서 떨어지면 깨지기 쉽다. 그러나 물은 아무리 높은 곳에서 떨어져도 깨지는 법이 없다. 물은 모든 것에 대해서 부드럽고 연한 까닭이다. 저 골짜기에 흐르는 물을 보라. 그의 앞에 있는 모든 장애물을 만나면 스스로 굽히고 적응함으로써 줄기차게 흘러 바다에 이른다. 적응하는 힘이 자재로워야 사람도 그가 부딪친 운명에 굳센 것이다."라고 했다.

물은 자연 중에서 가장 순리적인 존재이다. 억지로 하는 것이 없다. 흐르다 막히면 돌아 흐르고, 틈이 있으면 틈새로 흐른다. 하지만 한번 화가 나면 모든 것을 집어 삼킨다. 온전한 삶을 살기 위해서는 인위를 가하여 무리하지 마라. 그것은 파멸을 불러온다는 것을 명심해야 할 것이다.

인위적인 것은 늘 위험이 따른다. 그러나 자연의 섭리를 따르면 자연은 은혜를 베풀어준다. 순리를 따라 사는 당신이 돼라.

179

자신의 그릇만큼만 채워라

우리가 적은 것을 바라면
적은 것으로 행복할 수 있다.
그러나 남들이 가진 것을 다 가지려고 하면
우리 인생이 비참해진다.

법정
〈자신의 그릇만큼〉

공자孔子가 제자들과 노나라 환공의 사당을 참배할 때 이상하게 생긴 병이 있어 물었더니, 사당지기가 환공이 살아생전 좌우명으로 삼던 그릇이라 말했다. 그러자 공자는 제자를 시켜 병에 물을 채우게 했다. 물이 조금 들어가자 곧 병이 기울어졌다.

그런데 중간쯤 되었을 때 병이 곧게 섰다. 그리고 병 주둥이까지 채우자 또다시 병이 기울어졌다. 이는 무엇을 말하는가.

이 이야기는 모자람도 넘침도 온전하지 않다는 것을 말함과 동시에 적당한 것이 온전하다는 것을 일깨운다.

그렇다. 자기에게 필요한 만큼만 있으면 된다. 더 많이 가지려고 하니까 문제가 생기는 것이다. 이를 늘 마음에 새겨 넘침을 경계하라.

사람에겐 저마다의 그릇이 있다. 그런데 자신의 그릇보다 더 채우려고 하면 있는 것까지 잃게 된다. 자기 분수에 맞게 살아야 한다. 그래야 원만한 삶을 살게 됨으로써 행복할 수 있다.

180

말 한마디에 인생이 바뀐다

그대가 서 있는 바로 그곳에서
자기 자신답게 살고 있다면,
그 자리에 좋은 말씀이 살아 숨 쉰다.

법정

〈좋은 말씀을 찾아〉

말 한마디에 인생이 바뀐다. 특히 자신에게 꿈과 용기를 주는 말은 그 무엇보다도 큰 힘이 된다.

미국 존스 홉킨스 대학 설립자인 윌리엄 오슬러는 평범한 의학도였다. 그랬던 그가 좋은 글(말)에 감명 받아 인생의 목표로 삼은 끝에 자신의 꿈을 멋지게 이룰 수 있었다.

그에게 감동을 준 글은 영국의 역사가이자 비평가인 토머스 칼라일의 "우리들의 중요한 임무는 희미한 것을 보는 것이 아니라, 가까이 있는 분명한 것을 실천하는 것이다."라는 글이다.

이처럼 좋은 글(말)은 인생을 바꿀 만큼 강한 메시지를 담고 있다.

자신이 자신답게 살고 싶다면 자신에게 꿈을 주고 용기를 주는 글(말)을 마음에 새겨 열정을 다 바쳐 노력하라.

한 마디의 말은 인생을 바꾸는 힘이 있다. 말 속엔 우주의 에너지가 흐르기 때문이다. 자신답게 살면서 자신에게 힘이 되는 말을 가슴에 새겨 실천하라.

181

자기 자신과 쉽게 타협하지 마라

세상과 타협하는 일보다 더 경계해야 할 일은
자기 자신과 타협하는 일이다.
스스로 자신의 매서운 스승 노릇을 해야 한다.

법정

〈행복의 비결〉

공자孔子는 이르길 자신에겐 엄정하고 타인에게는 관대하라고 했다. 공자가 이렇게 말한 것은 대개의 사람은 자신에게는 한없이 관대하기 때문이다. 더구나 자신이 잘못한 일은 아무렇지도 않게 생각한다는 데 있다.

그런데 남이 잘못한 일에 대해서는 금방이라도 어떻게 할 것처럼 핏대를 올려가며 힐책하고, 심지어는 욕설을 서슴지 않는다. 또한 자기 자신과 타협하기를 좋아한다. 문제는 이것이 얼마나 잘못된 일이라는 걸 잘 모른다.

왜일까. 결국 그것은 자신을 위한 것이 아니라, 자신을 잘못된 길로 내모는 어리석고 무지한 일인 것이다.

자신의 잘못에 대해 자신과 타협하지 마라. 자신에게는 더더욱 엄정해야 잘못된 일을 막을 수 있음을 명심하라.

대개 사람들은 자신의 잘못에 대해서는 관대하다. 그러나 타인의 잘못에 대해서는 엄격하다. 이는 자신의 발전을 가로막은 행위이다. 그렇다. 자신의 잘못에 대해 엄정할 때 스스로를 발전시키게 된다.

182

욕심을 금하라

하나가 필요할 때는
하나만 가져야지 둘을 갖게 되면
애초의
그 하나마저도 잃게 된다.

법정
〈행복의 비결〉

예로부터 전해져 오는 아라비아 속담에 "모든 것을 움켜쥐려 하는 자는 모든 것을 놓치고 만다."는 말이 있다. 이는 욕심이 지나침을 경계하여 이르는 말이다.

우리는 살아가면서 이런 부류의 사람들을 종종 보게 된다. 자신이 하는 일이 좀 잘 된다 싶으면 욕심을 부려 무리를 해가면서까지 확장하다 파산하는 이들이 있다.

그러나 지혜로운 자는 절대 욕심을 부리지 않는다. 확장해도 좋겠다는 생각이 들 때 무리가 따르지 않는 선에서 확장을 한다. 혹여 잘못되는 일이 있어도 충분히 해결할 수 있는 여유를 두는 것이다.

욕심을 앞세우지 말고 절대 욕심을 금하라. 있는 것마저 잃게 되는 우愚를 범하게 될 것이다.

지나친 욕심은 패가망신이라는 말이 있다. 욕심이 지나치면 과욕을 부리게 모든 것을 잃게 되는 우를 범하기 때문이다. 지나친 욕심을 금하라.

183

불필요한 말은 믿음을 떨어뜨린다

나는 가끔
많은 사람들을 만나게 되는데
말수가 적은 사람한테는 오히려 내가
내 마음을 활짝 열어 보이고 싶어진다.

법정
〈말이 적은 사람〉

말이 많으면 상대적으로 쓸 말은 적은 법이다. 거기다 말이 많으면 말실수 또한 많이 하게 된다. 그런 까닭에 말이 많은 사람은 믿음을 주지 못한다. 하지만 말이 적은 사람은 믿음을 갖게 한다. 말이 적으면 말실수를 하는 경우가 별로 없기 때문이다.

또한 말이 많으면 자신이 한 말로 인해 화火를 입곤 한다. 대개 모든 문제의 발단은 말로 인한 경우가 많기 때문이다.

그러나 말이 적은 사람은 말로 인한 화를 입는 일이 극히 드물다. 말이 적으면 문제를 야기시키는 일이 거의 없기 때문이다.

그렇다. 할 말은 하되 될 수 있는 한 말은 적게 하는 것이 좋다. 그래야 실수를 줄이고 주변 사람들에게 믿음을 줌으로써 신뢰를 받게 된다.

하지 않아도 될 말은 하지 않는 것이 좋다. 그런 말은 불요한 말로 신뢰성을 잃게 한다. 불필요한 말을 삼가라.

184

진정한 행복은 내 안에서 피어난다

행복이란 무엇인가. 밖에서 오는 행복도 있겠지만
안에서 향기처럼, 꽃향기처럼 피어나는 것이
진정한 행복이다.

법정

〈날마다 새롭게〉

진정한 행복을 누리고 싶다면, 자족自足할 줄 알아야 한다. 스스로 만족하면 그 어떤 상황에서도 결코 흔들리지 않는다.

"욕심이 많은 사람은 돈을 주어도, 돈보다 귀한 옥을 주지 않았다고 불만을 성토한다. 이런 사람은 옥을 주면, 그 수효가 적다고 또 탓할 것이다. 자족할 줄 모르는 사람에게는 그 어떤 것을 주어도 늘 부족하다. 이것은 그 근성이 거지나 다름없다. 거지는 무엇을 얻어 들게 되면, 좀 더 얻고 싶어 한다. 마음이 풍족하면 비록 헝겊 누더기를 입고도 따뜻하게 생각하고, 푸성귀로 밥을 먹어도 맛있다고 한다. 인생을 즐기고 풍족하게 산다는 것에 있어서, 그 어떤 왕후 귀족보다도 풍족한 사람이다."

《채근담採根譚》에 나오는 말로, 돈이나 보석으로는 절대 행복할 수 없다. 진정한 행복은 스스로를 즐겁게 하고, 마음을 풍족하게 함으로써 얻는 '인생의 보석'이다.

진정한 행복은 스스로를 즐겁게 하는 데서 온다. 스스로를 즐겁게 함으로써 자족하라. 자족이야말로 진정한 행복이다.

185

진정한 만남이 이루어지는 법

우주 자체가 하나의 마음이다.
마음이 열리면 사람과 세상과의
진정한 만남이 이루어진다.

법정

<인연과 만남>

우주는 사람을 비롯한 이 세상의 모든 생명과 하늘, 바다, 땅 모든 자연을 품고 있는 어머니와 같은 존재이다. 모든 생명들은 우주가 내어주는 생명의 양식을 먹으며 생명을 유지하며 자신의 존재를 확립한다. 하늘과 바다, 땅 등 자연 역시 우주가 품어줌으로써 제 역할을 다한다.

우주 안에서 모든 생명은 하나이며 그것은 하나의 마음으로 이어져 있다. 자연 또한 모든 생명과 하나로 이어져 있어 유대관계를 형성함으로써 원활한 관계를 유지한다.

우주는 하나의 마음과 같은 존재이다. 그런 까닭에 사람과 세상, 사람과 자연의 만남은 진정한 만남 그 자체라고 할 수 있다.

사람과 사람 사이의 만남 또한 이와 같나니, 서로의 마음을 잘 통하게 해야 한다. 그랬을 때 진정한 만남이 이루어지기 때문이다.

진정한 만남을 이루기 위해서는 마음을 열고 진심으로 다가가야 한다. 그래야 마음과 마음이 하나로 이어져 하나의 마음을 이루게 된다.

186

새로운 씨앗으로 거듭나는 삶

열매를 맺지 못하는 씨앗은
쭉정이로 그칠 뿐,
하나의 씨앗이 열매를 이룰 때 그 씨앗은
세월을 뛰어넘어 새로운 씨앗으로 거듭난다.

법정

〈하나의 씨앗이〉

열매를 맺지 못하는 씨앗은 죽은 씨앗이다. 그래서 죽은 씨앗은 씨앗으로써의 자격이 없다. 씨앗은 튼실한 열매를 맺어야 씨앗으로써의 생명성과 가치를 지닌다. 그리고 나아가 계속 생명성을 이어나감으로써 새로운 씨앗으로 거듭나는 것이다.

나무 또한 마찬가지다. 열매를 맺는 나무는 나무로써 생명성을 지닌다. 하지만 열매를 맺지 못하는 나무는 베어짐을 당할 뿐이다.

신약성경 누가복음(13장 6~9절)에 보면 열매 맺지 못하는 무화과나무 비유가 나온다. 포도원에 심은 무화과나무가 열매를 맺으면 좋겠지만 열매를 맺지 못하면 찍어버리라는 이야기는 매우 의미 있는 교훈이 아닐 수 없다. 이렇듯 씨앗은 열매를 맺어야 하고, 나무도 튼실한 열매를 맺어야 한다. 그래야 새로운 씨앗, 새로운 나무로 거듭나게 되는 것이다.

열매를 맺지 못하는 씨앗은 생명성을 잃는 죽은 씨앗이다. 열매를 맺을 때 새로운 씨앗으로 거듭난다. 삶도 이와 같다. 삶의 열매를 맺는 삶을 살아야 한다.

187

어려운 상황에서도 기쁨을 잃지 않기

그 어떤 어려운 상황에서도
생의 소박한 기쁨을 잃지 않는 것 그것이 바로
삶을 살 줄 아는 것이다.
그것은 모자람이 아니고 가득 참이다.

법정

<안으로 충만해지는 일>

사람을 크게 두 부류로 나눈다면 하나는 긍정적인 마인드를 가진 사람이며, 또 하나는 부정적인 마인드를 가진 사람이다. 긍정적인 사람은 좋을 때나 힘들 때나 어려울 때나 늘 한결같은 마음이다. 그런 까닭에 그 어떤 고난에도 미소를 잃지 않는다. 이런 마음의 자세가 어려움을 이겨내고 삶을 기쁨으로 이끄는 것이다.

그러나 부정적인 마인드를 가진 사람은 가능성 있는 일도 부정적으로 생각하기 때문에 좋을 때나 어려울 때나 얼굴엔 웃음기가 없고 냉랭하다. 이처럼 긍정적인 마인드를 지니느냐 부정적인 마인드를 지니느냐에 따라 엄청난 삶의 결과를 낳게 된다.

그런 까닭에 어려울수록 마음을 즐겁게 해야 한다. 그래야 없는 에너지도 생기는 법이다. 스스로를 즐겁게 하는 것, 이것이야말로 인생을 행복하게 사는 참 지혜이다.

어려울 때일수록 스스로를 즐겁게 해야 한다. 그래야 에너지가 생성됨으로써 어려움을 이겨내고 기쁨을 맞게 된다.

188

내가 먼저 좋은 친구가 되기

좋은 친구를 만나려면
먼저 나 자신이 좋은 친구감이 되어야 한다.
왜냐하면 친구란
내 부름에 대한 응답이기 때문이다.

법정

〈친구〉

'좋은 친구를 만나고 싶다면 / 네가 먼저 좋은 친구가 되어라 // 사랑스런 친구를 만나고 싶다면 / 네가 먼저 사랑스런 친구가 되어라 // 의리 있는 친구를 만나고 싶다면 / 네가 먼저 의리 있는 친구가 되어라 // 덕망이 있는 친구를 만나고 싶다면 / 네가 먼저 덕망이 있는 친구가 되어라 // 선한 친구를 만나고 싶다면 / 네가 먼저 선한 친구가 되어라'

이는 나의 시 〈좋은 친구를 곁에 두는 법〉이다.

이 시에서처럼 자신이 바라는 친구를 만나고 싶다면 자신이 먼저 누군가에게 꼭 필요한 사람이 되어야 한다. 그렇게 되면 내가 원하지 않아도 좋은 친구가 다가오게 된다.

그러나 자신은 노력하지 않으면서 자신이 바라는 친구를 곁에 두기를 바란다면, 그것은 화중지병畵中之餠과 같다. 사람은 모름지기 자신이 하는 대로 거두는 법이기 때문이다.

좋은 친구를 만나기 위해서는 내가 먼저 좋은 친구가 되어야 한다. 그렇다. 사람은 누구나 좋은 사람과 친구가 되길 원하기 때문이다.

189

믿음을 잃지 않기

> 짐승은 사람을 믿고
> 의지하려는데 사람은 같은 사람을
> 못 믿어 하다니,
> 크게 잘못된 일이다.
>
> 법정
>
> 〈봄 여름 가을 겨울〉

"믿음이 부족하면 불신이 생긴다."

이는 도가의 창시자이자 학자인 노자老子의 《도덕경道德經》 23장에 나오는 말로 '믿음이 가지 않으면 믿고 따르지 못한다.'라는 의미이다.

옳은 말이다. 신뢰가 가지 않는데 어떻게 믿고 따를 수 있겠는가.

그 대상이 대통령이든, 정부든, 장관이든, 국회의원이든, 변호사든, 의사든, 교수든, CEO든, 스승이든, 부부든, 친구든 그 누구라 할지라도 믿음이 부족하면 믿고 따르지 못하는 것은 당연지사다. 그러기 때문에 믿음과 신뢰를 반드시 갖춰야 한다.

그렇다. 믿음과 신뢰는 인간이 살아가는 데 있어 가장 근본적이면서, 가장 소중하게 여겨야 할 핵심 마인드임을 잊지 마라.

사람이 사람을 믿지 못하는 것은 신뢰가 가지 않기 때문이다. 서로가 서로에게 믿음을 심어줄 때 자연스럽게 믿음을 갖게 된다.

190

나무처럼 너를 살아라

나무처럼 살 수 있으면 얼마나 좋을까.
이것저것 복잡한 분별없이 단순하고 담백하고
무심히 살 수 있으면 얼마나 좋을까.

법정

〈나무처럼〉

자연은 인간에게 무한한 사랑을 베풀어주는 어버이와 같다. 특히 자연 중에서 가장 헌신적인 것은 나무다. 나무는 봄이면 꽃을 피워 향기와 아름다움을 선물한다. 무더운 여름엔 그늘을 만들어 지친 사람들을 쉬게 하고, 가을이면 풍성한 열매를 맺어 나눠준다.

또한 사람들이 필요로 하는 가구와 종이가 되어주고, 땔감이 되어준다. 나무는 버려야 할 게 아무것도 없다. 한 마디로 철저하게 자신을 내어준다. 나무를 소재한 동화 중 미국 작가 쉘 실버스타인의 동화《아낌없이 주는 나무》를 보면, 나무는 주인공의 소년시절부터 백발이 될 때까지 함께 하며 지내온 친구다. 나무는 친구인 소년을 위해 자신의 모든 것을 다 바친다. 참으로 눈물겨운 사랑이 아닐 수 없다.

이렇듯 아낌없이 주는 나무처럼만 살 수 있다면, 그가 누구든 가장 참되고 아름다운 인생이라고 할 수 있다.

자신의 모든 것을 다 내어주는 나무, 그러면서도 대가를 바라지 않는 나무, 나무처럼 살 수 있다면 그 사람이야말로 참 사람이다.

191

자기 자신에게 의지하기

인간은 누구나
어디에도 기대서는 안 된다.
오로지 자신의 등뼈에 의지해야 한다.
자기 자신에, 진리에 의지해야 한다.

법정
<자신의 등뼈 외에는>

의지가 강한 사람은 남에게 의존하지 않는다. 그는 오직 자신에게 의지함으로써 어려움을 이겨내고 자신이 원하는 것을 이룬다. 그러나 남에게 의존하려는 사람은 자신이 충분히 할 수 있는 것조차 남에게 의존하려고 한다.

이에 대해 에스파냐(스페인)의 작가 발타자르 그리시안은 이르기를 "홀로 서라. 누군가 그대의 삶을 더 풍부하게 만들어주기를 바라는 것, 그것은 그대를 더욱 불안한 상태로 몰아넣을 뿐이다."라고 했다.

옳은 말이다. 자신이 진정 원하는 인생을 살고 싶다면, 자신을 믿고 자신에게 의지해야 한다.

그런데 사람들 중엔 게으르고 나태해서 자신을 남에게 의존하려고 하는 이들이 있다. 이는 자신의 능력을 소멸시킬 뿐만 아니라, 자신의 인생을 스스로 포기하는 거와 같다.

자신 스스로에게 의지하는 사람은 언제 어디서나 흔들리지 않는다. 자신에 대한 의지가 강력한 힘을 만들어 내기 때문이다. 스스로를 믿고 의지하라.

192

맺힌 것이 있다면 이번 생에서 반드시 풀어라

맺힌 것은 언젠가 풀지 않으면 안 된다.
이번 생에 풀리지 않으면
언제까지 지속될 지 알 수 없다.

법정

〈회심〉

살다 보면 뜻하지 않는 일로 상대방의 가슴에 씻을 수 없는 깊은 상처를 남기는 경우가 있다. 이는 의도하지 않은 일임에도 상대방에겐 돌이킬 수 없는 악몽이 되게 한다.

또한 의도적으로 상대에게 고통을 주고 마음의 상처를 주는 경우도 있다. 이는 고의적인 행위로 용서받지 못할 범죄이다. 그런데도 사람들 중엔 자신의 유익을 위해 이를 아무렇지도 않게 여기는 이들이 있다. 이는 용서받지 못할 패악한 일이 아닐 수 없다.

이처럼 누군가에게 상처를 준 일이 있다면 용서를 빌고 반드시 풀어야 한다. 죄를 안고 세상을 떠나는 것은 영원한 죄인으로 남는 참혹하리만치 비참한 일이기 때문이다.

그렇다. 누군가에게 씻을 수 없는 마음의 상처를 준 일이 있다면 이번 생에 반드시 풀어야 하는 것이다.

살다 보면 서로에게 상처를 주기도 한다. 그런데 중요한 것은 상처로 인해 맺힌 것을 풀어야 한다는 데 있다. 맺힌 것이 있다면 반드시 풀어라.

193

어려움이 있다면 어려움을 딛고 일어서라

> 세상살이에 어려움이 있다고 달아나서는 안 된다.
> 그 어려움을 통해 그걸 딛고 일어서라는
> 새로운 창의력, 의지력을 키우라는
> 우주의 소식으로 받아들여야 한다.
>
> 법정
>
> 〈사는 것의 어려움〉

동서고금을 막론하고 자신의 인생을 성공적으로 살았던 이들 중엔 죽을 만큼 어려운 가운데서도 최선을 다한 끝에 존경받는 인물이 되었다. 그들에게 어려움은 반드시 넘고 가야 할 굴레였지만 그들은 피하거나 도망가지 않았다. 그래봤자 자신에게 돌아오는 것은 아픔과 고통뿐이라는 걸 잘 알았기 때문이다.

이순신 장군, 마하트마 간디, 벤저민 프랭클린, 에이브러햄 링컨, 넬슨 만델라, 미켈란젤로, 베토벤 같은 이들은 고난의 산증인이라 할 만하다. 이들은 말할 수 없는 역경 속에서도 자신의 신념과 꿈을 위해 자신을 바침으로써 어려움을 이겨냈던 것이다.

그렇다. 어려움이 있다면 피하지 말고 밟고 일어서라. 삶은 그런 자에게 빛이 되어 앞날을 환히 밝혀줌을 기억하라.

살면서 어려움을 만나면 피하지 마라. 어려움과 맞서 어려움을 딛고 일어서야 한다. 그래야 자신이 원하는 인생을 살게 된다.

194

자기 식대로 사는 법

자기 식대로 살려면
투철한 개인의 질서가 전제되어야 한다.
그 질서에는 게으르지 않음과 검소함과 단순함과
이웃에게 해를 끼치지 않음도 포함된다.

법정

〈다시 길 떠나며〉

1960년대 혜성 같이 나타나 세계 음악계를 평정했던 영국의 4인조 록 밴드 비틀스의 노래 중 'let it be'는 'yesterday'와 더불어 큰 인기를 끌며 그들을 최정상에 올려놓았다. let it be는 우리말로는 '내버려둬!'라는 뜻으로 제발 간섭하지 말고 있는 그대로 놔두라는 의미를 내포하고 있다.

그 당시 산업화로 인해 젊은이들의 의식은 보다 개방적이고 개인의 자유를 소중히 여겼다. 그러다 보니 간섭받는 걸 싫어했다. 이 노래는 그 당시 젊은이들의 이러한 의식의 세계에 닿음으로 해서 폭발적인 반응을 불러일으켰던 것이다. 물론 자율 속엔 스스로의 규제가 필요했고, 그것을 지킬 때만이 자율적 가치는 존중되어진다. 더구나 자신만의 방식의 삶을 살기 위해서는 투철한 개인의 질서가 철저하게 지켜져야 한다. 그랬을 때 자신만의 삶의 방식은 인정받게 됨으로써 가치를 지니게 되기 때문이다.

자기 식대로 살기 위해서는 자기만의 철학이 있어야 한다. 또한 삶의 리듬을 깨지 않는 스스로의 규칙을 만들어야 한다. 그래야 질서를 지킴으로써 자기 방식대로 살아가게 된다.

195

의미를 채우는 참다운 삶

참다운 삶이란 무엇인가.
욕구를 충족시키는 생활이 아니라
의미를 채우는 삶이어야 한다.
의미를 채우지 않으면 삶은 빈 껍질이다.

법정

〈끝없는 탈출〉

의미가 없는 삶은 반쪽자리의 삶에 불과하다. 이는 먹고 배설하는 동물적인 행위의 삶이기 때문이다. 인간은 여기에 '의미'있는 '삶'이라는 가치를 두어야 한다.

의미 있는 삶의 가치에 대해 미국의 시인이자 사상가인 랠프 왈도 에머슨은 〈성공이란〉이라는 자신의 시 2연에서 '건강한 아이를 낳든 / 한 뙈기의 정원을 가꾸든 / 사회 환경을 개선하든 간에 / 세상을 자기가 태어나기 전보다 / 조금이라도 더 살기 좋은 곳으로 만드는 것'이라고 표현했다.

이 시구와 같이 살 수 있다면 그 사람이야말로 의미 있는 참다운 삶을 살고 있다고 할 수 있다.

그렇다. 어떤 삶을 살든 이웃과 사회와 국가에 작은 보탬이라도 될 수 있다면 그런 삶을 살아야 한다. 그것이야말로 의미 있는 최선의 삶이기 때문이다.

무엇이 되었든 삶의 의미를 지니고 살 때 그 삶은 가치를 지니게 된다. 의미 없는 삶은 죽은 삶과 같기 때문이다. 그렇다. 의미 있는 삶은 스스로를 복되게 하는 최선의 삶인 것이다.

196

소유로부터 자유로워지기

> 소유로부터
> 자유로워야 한다.
> 사랑도 인간관계도 마찬가지다.
>
> 법정
>
> 〈소유로부터의 자유〉

'소유所有'는 인간이라면 누구에게나 있는 마인드 중 하나이다. 기쁨, 슬픔, 애잔함, 연민, 사랑 등과 같이 소유 또한 인간의 마음인 것이다.

소유는 가지고 있음을 뜻하는 말로 탐욕이나 욕심과는 다르지만, 소유 또한 지나치면 탐욕이 될 뿐이다. 사랑이든 물건이든 소유하고 싶은 마음에 사로잡히면 매이게 되고 심하면 집착하게 된다. 그리고 도를 넘게 되면 통제가 불가능하고 그로 인해 파멸에 이르게 된다.

이처럼 소유욕이란 처음은 잔잔한 바람과 같지만 심하면 태풍과도 같아 걷잡을 수 없는 탐욕에 이르게 된다. 하여, 고려 말 충신 최영 장군은 황금보기를 돌 같이 하라고 일러 말했다.

그렇다. 인간다움을 잃지 않으려면 내 분수 안에서 소유하되, 소유욕이란 함정에 빠지지 말아야 한다.

소유에 매이게 되면 영혼의 자유를 잃게 된다. 소유욕에 빠짐을 경계하라. 그것은 곧 스스로에게 영혼의 자유를 선물하는 것과 같다.

197

생활규칙을 잘 지키기

몸은 길들이기 나름이다.
너무 편하고 안락하면 게으름에 빠지기 쉽다.
잠들 때는 복잡한 생각에서 벗어나
숙면이 되도록 무심해져야 한다.

법정

<생활의 규칙>

우리의 몸은 어떤 환경이든 잘 적응하게 되어 있다. 때문에 환경에 잘 맞게 몸을 길들인다면 좋은 습관을 갖게 된다. 습관의 힘이 참 놀라운 것은 어떤 상황에 이르게 되면 몸이 먼저 반응한다는 것이다. 그러기 때문에 습관을 잘 들이면 가치 있는 자산資産을 지닌 거와 같다.

습관의 중요성에 대해 미국의 심리학자 윌리엄 제임스는 이르기를 "생각이 바뀌면 행동이 바뀌고, 행동이 바뀌면 습관이 바뀌고, 습관이 바뀌면 인격이 바뀌고, 인격이 바뀌면 운명까지도 바뀐다."라고 했다.

습관의 힘이 그 사람의 인생에서 얼마나 큰 영향력을 갖는지를 잘 알게 하는 말이다. 운명까지 바뀐다는 말이 있듯 좋은 습관을 들이기 위해서는 생활 규칙을 철저하게 잘 지켜야 한다는 것을 잊지 마라.

생활 규칙을 잘 지키면 삶이 활기차진다. 삶이 활기차면 매사가 즐겁고 긍정적이게 된다. 즐겁고 활기차게 살고 싶다면 생활규칙을 잘 지키도록 하라.

198

선택을 잘 해야 하는 이유

> 우리 앞에는
> 항상 오르막길과 내리막길이 놓여 있다.
> 이 중에서 하나를 선택해야 한다.
>
> 법정
>
> 〈어느 길을 갈 것인가〉

인간의 삶은 '선택의 삶'이라고 할 수 있다. 학교에 입학할 때도 어떤 학교를 갈지에 대해 선택하고, 취업을 할 때도 어떤 직장에 들어갈지를 선택하고, 결혼을 할 때도 어떤 배우자를 선택할지에 대해 생각한다. 여행을 할 때도 어떤 여행지를 택할 것인가를 생각하고, 물건을 살 때도 어떤 물건을 살지에 대해 선택하고, 식당에서 음식을 먹을 때도 어떤 음식을 먹을지에 대해 선택한다.

이처럼 인간의 일상은 늘 선택에 의해 좌지우지된다.

그렇다면 우리는 어떤 선택을 해야 할 것인가는 명약관화明若觀火하다. 한 마디로 말해 자신에게 이로움을 주는 선택을 해야 한다. 그것은 곧 자신의 인생을 결정짓는 가장 중요한 기회이기 때문이다.

그렇다. 잘한 선택은 자신의 인생을 빛이 되게 하는 기회가 되어줌을 잊지 마라.

길엔 오르막길이 있고 내리막길이 있듯, 인생의 길 또한 마찬가지다. 오르막길로 갈 것인가 내리막길로 갈 것인가를 스스로 선택해야 한다. 자신의 입장에서 지혜롭게 선택하라.

우리는 인형이 아니다

> 우리는
> 인형이 아니라 살아 움직이는
> 인형이다.
>
> 법정
>
> 〈인형과 인간〉

인형은 사람의 모습을 했지만, 살아 있는 존재가 아니다. 살아 있지 않다는 것은 생명성이 없다. 그래서 어떤 결정도 못 하고, 하고 싶은 것도 못 한다. 하지만 인간은 숨을 쉬고, 생각을 하고, 판단을 하고, 인지하는 능력을 가지고 있다. 그런 까닭에 인간은 자신이 원하는 것은 무엇이든 할 수 있는 조건을 갖춘 존재이다.

그런데 사람들 중엔 긍정적이고 능동적이지 못한 이들이 있다. 이들은 스스로 무언가를 하지 않으려고 한다. 마치 인형처럼 정적靜的으로 살아간다. 이는 스스로 자신을 무책임하게 하고, 쇠퇴시키는 마이너스 인생이 되게 하는 것이다. 자신을 사랑한다면 그렇게 해서는 안 된다.

그렇다. 자신이 원하는 인생을 살기 위해서는, 그리고 자신을 행복하게 하기 위해서는 끊임없이 생각하고 배우고 익히면서 능동적으로 살아야 한다. 그것이야말로 가장 확실한 방법이기 때문이다.

인형은 사람 모습을 했지만 생명이 없다. 생각도 없고, 이상도 없고, 목표도 없다. 인간이 인간인 것은 생명과 생각과 이상과 목표가 있기 때문이다. 그런 까닭에 넘치는 에너지로 인간답게 살아야 하는 것이다.

200

하지 말아야 할 것은 절대 하지 마라

> 보지 않아도 될 것은 보지 말고
> 듣지 않아도 될 소리는 듣지 말고
> 먹지 않아도 될 음식은 먹지 말고
> 읽지 않아도 될 글은 읽지 말아야 한다.
>
> 법정
>
> 〈하루 한 생각〉

사람들 중엔 정상적이고 바른 것엔 흥미를 느끼지 못하는 이들이 있다. 이런 부류의 사람들은 비정상적이고 삐딱한 것에 흥미를 느끼고 그것에 빠져든다. 일확천금을 꿈꾸며 카지노를 찾고, 비정상적인 프로그램에서 흥미를 느끼고, 돈을 걸고 게임을 하는 등 열을 올린다. 그래서 어떨 때 보면 한심하다 못해 안타깝다.

그런데 문제는 비정상적인 것은 범죄행위와도 같고, 한 번 빠져들면 쉽게 나오지 못한다는 데 있다. 그러기 때문에 분명히 할 것은 보지 말아야 할 것은 보지 말고, 듣지 말아야 할 것은 듣지 말아야 하고, 먹지 말아야 할 것은 먹지 말며, 가지 않아야 할 곳은 가지 말아야 한다. 그렇게 했을 때 잘못될 수 있는 모든 문제로부터 자유로울 수 있기 때문이다.

그렇다. 하지 말아야 할 것은 절대 하지 않는 것, 그것은 자신을 위한 최선의 예의인 것이다.

인간으로서 하지 말아야 할 것은 절대 하면 안 된다. 도박, 도적질, 남을 헤치는 일 등은 절대 해서는 안 된다. 그것은 인간의 도리가 아니기 때문이다.

201

밝고 긍정적이며 낙관적으로 살아라

어두운 마음을 지니고 있으면
어두운 기운이 몰려온다고 한다.
그러나 밝은 마음을 지니고 긍정적이고
낙관적으로 살면 밝은 기운이 몰려와
우리의 삶을 밝게 비춘다.

법정

〈행복의 비결〉

자기계발 동기부여가이자 《생각하라, 그러면 부자가 되리라》의 저자인 나폴레온 힐은 긍정의 힘에 대해 "긍정은 무한한 힘을 가지고 있다. 긍정적인 마음가짐은 영혼을 살찌우는 보약이다. 이러한 마음가짐은 우리에게 부, 성공, 즐거움과 건강을 가져다준다. 반대로 부정적인 마음가짐은 영혼의 질병이며 쓰레기다. 이는 부, 성공, 즐거움과 건강을 밀어내고 심지어 인생의 모든 것을 앗아간다."라고 말했다.

참으로 적확한 지적이 아닐 수 없다. 긍정의 에너지는 불가능을 가능하게 할 만큼 힘이 세다. 또한 늘 마음을 즐겁게 한다. 그래서 긍정적인 사람은 늘 패기가 넘치고 얼굴엔 즐거움이 넘친다. 자신을 행복하게 하고 싶은가. 그렇다면 밝고 긍정적이며 낙관적으로 생활하는 습관을 들여야 한다.

어떤 마음으로 사느냐는 매우 중요하다. 마음을 어떻게 쓰느냐에 따라 삶이 영향을 받는 까닭이다. 밝고 긍정적인 마인드로 사는 당신이 돼라.

202

문명은 직선이고 자연은 곡선이다

지혜로운 사람은 움켜쥐기보다는 쓰다듬기를,
곧장 달려가기보다는 구불구불 돌아가기를 좋아한다.
문명은 직선이고 자연은 곡선이다.
곡선에는 조화와 균형, 삶의 비밀이 담겨 있다.
이것을 익히는 것이 삶의 기술이다.

법정

〈살아 있는 것은 다 행복하라〉

자연은 순리를 따라 운행하지만 문명은 인위에 의해 발전되고 발달되어진다. 그래서 자연은 늘 일정하게 흐름을 유지하지만, 문명은 어제와 오늘, 내일이 빠르게 변화되어진다. 그러다 보니 매사가 빠르게 진행된다.

이에 대해 '문명은 직선이며 자연은 곡선'이라는 법정 스님의 표현은 아주 적확하다 하겠다.

그렇다. 직선은 하나의 방향으로 곧게 쭉 뻗어있다. 그러다 보니 어떤 간격이나 여유가 없다.

그러나 곡선은 구불구불하다. 그래서 여유롭고 부드럽다. 그런 까닭에 우리는 곡선과 같은 삶을 살아야 한다. 그래야 여유롭게 이곳저곳을 살펴볼 수 있고, 배려하고 양보하며 인간답게 살아가게 된다.

직선도로는 빨리 가는 데는 좋지만, 여유를 빼앗아 버린다. 곡선도로는 느리지만 여유의 묘미를 느끼게 한다. 문명은 직선도로지만, 자연은 곡선도로인 까닭이다. 우리는 곡선도로 같은 삶을 살아야 한다.

203

모든 것은 다 한때다

좋은 일이든
궂은일이든 우리가 겪는 것은
모두가 한때일 뿐이다.

법정

〈모든 것은 지나간다〉

살다 보면 활짝 핀 꽃처럼 좋은 시절도 있고. 먹장구름이 낀 것처럼 우중충한 시절도 있고, 소낙비 내리듯 어두운 시절도 있다. 그런데 좋은 시절만 있으면 삶에 대해 감사함을 모른다. 어려움과 고통을 겪어봐야 좋은 것에 대한 감사함을 알게 됨으로써 더욱 주변을 살피게 되고, 삶을 잘 살기 위해 노력하게 된다.

또한 어려움과 고통만 겪다 보면 삶에 대한 감사함 대신 원망과 불평불만이 늘어가게 된다. 그래서 어려움과 고통 뒤엔 좋은 날도 있는 것이다.

좋은 일이든, 궂은일이든, 나쁜 일이든 나만 겪는 일이 아니라는 것이다. 그것은 누구나 다 겪는 인생사일 뿐이다. 그러기 때문에 그것에 좌지우지되지 말고 늘 제 본분과 할 일을 다해야 한다. 그러면 그에 따른 삶의 상급이 따르게 된다는 것을 잊지 마라.

어렵고 힘든 일을 만나도 두려워하지 마라. 참고 견디다 보면 다 지나간다. 그렇다. 모든 것은 다 한때다.

204

거룩한 침묵沈默

> 기도에 필요한 것은 침묵이다.
> 맑은 생각을 일으키고 정신을 흩뜨려 놓는다.
> 우주의 언어인 거룩한 그 침묵은
> 안과 밖이 하나가 되게 한다.
>
> 법정
>
> 〈기도〉

현대사회는 너무 소란스럽다. 온갖 소리들로 넘쳐난다. 특히 남을 비방하는 소리, 남을 욕하는 소리, 남을 흉보는 소리 등 부정적이고 퇴폐적이고 시퍼런 칼날 같은 소리들이 활개를 친다. 그 소리들로 인해 아까운 젊은 목숨이 하늘에 목을 매달고, 삶을 등지고 골방에 틀어 박혀 삶을 원망한다.

침묵이 그 어느 때보다 필요한 시대이다. 사람은 하고 싶은 말을 다 하고 살 순 없다. 침묵할 땐 침묵할 줄 알아야 한다. 말이 많은 사회치고 골치 아프지 않은 사회는 없다.

침묵은 자신의 내면에 귀 기울이는 소리이다. 침묵하면서 스스로와의 대화를 통해 사회를 바라보면 이해하지 못할 것까지도 이해하게 되고, 불신을 샀던 것들로부터도 자유로울 수 있다.

이렇듯 침묵은 우주의 언어이다. 다만 자신을 통제할 수 있는 사람만이 소통할 수 있는 격조의 언어, 즉 기도인 것이다.

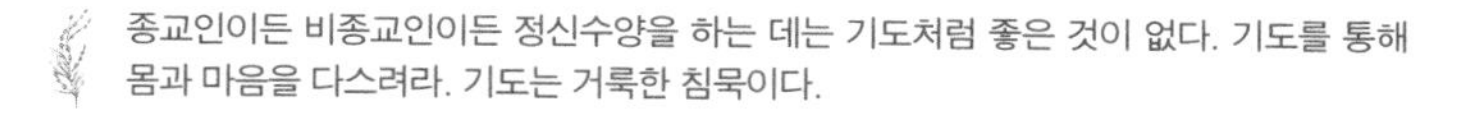

종교인이든 비종교인이든 정신수양을 하는 데는 기도처럼 좋은 것이 없다. 기도를 통해 몸과 마음을 다스려라. 기도는 거룩한 침묵이다.

205

산은 예술의 세계이며 종교의 도장道藏이다

> 산에는 꽃이 피고 꽃이 지는 일만 아니라
> 거기에는 시가 있고, 음악이 있고,
> 사상이 있고, 종교가 있다.
>
> 법정
>
> 〈산에 사는 산사람〉

산은 생명의 집합체이다. 온갖 나무와 꽃, 온갖 동물들이 어울려 조화롭게 살아간다. 순리를 거스르거나 거역하는 일이 없다. 그래서 산에 들면 마음이 편안해지고 머리가 맑아진다.

산은 늘 넉넉하고, 풍요롭고, 충만함으로 가득하다. 자신이 키워낸 온갖 열매와 나물과 각종 약초를 아낌없이 다 내어준다. 인간과 동물은 산의 은총에 늘 머리 숙여 감사해야 한다.

산엔 온갖 소리들로 가득하다. 마치 오케스트라 경연장 같다. 가만히 귀 기울이고 있으면 산이 들려주는 맑은 음악에 가슴은 한껏 충만해진다. 또한 산은 사상과 철학이며 종교다. 산에 가면 마음이 경건해지는 것은 바로 이 때문이다.

마음이 답답할 땐 산의 품에 잠시 안겼다 오라. 돌아올 땐 푸릇푸릇한 생기生氣를 하나 가득 안고 돌아오게 될 것이다.

산에 오르면 맑고 고요하다. 새소리, 바람소리는 시가 되고 음악이 된다. 거룩한 침묵이 흐르고 사색에 잠기게 된다. 산은 예술의 세계이며, 종교의 도장이다.

206

근원적인 마음이란

마음이 있는 한 나눌 것은 있다.
근원적인 마음을 나눌 때
물질적인 것은 자연히 그림자처럼 따라온다.

법정

〈행복의 비결〉

사람은 태어날 때 누구나 자기만의 본성本性을 갖고 태어난다. 본성 중에서도 가장 근원적인 마음은 '사랑'이다. 이성적인 사랑이든, 사람과 사물과 자연에 대한 사랑이든, 사랑이 있음으로 해서 서로 돕고 의지하며 함께 하는 것이다. 그래서 가난한 사람들 중엔 자신도 어렵지만 자신의 것을 나눠주는 사람이 있고, 배려하고 양보하는 것을 미덕으로 안다.

이처럼 근원적인 마음을 나눌 때 행복도 따라오고, 물질도 따라오고, 명예도 따라오고, 사랑도 따라오고, 진정성도 따라오고, 기쁨도 따라오고, 풍요도 따라오고, 미소도 따라오고, 덕망도 따라오는 것이다.

그렇다. 가난할수록 근원적인 마음을 나누어야 한다. 그것이야말로 자신을 풍요롭게 함으로써 인생을 행복하게 사는 법이다.

인간은 본질적으로 혼자 살 수 없다. 함께 살아가는 존재다. 그래서 힘들고 어려울 때 마음을 나누면 힘을 얻게 된다. 이는 인간의 근원적인 마음이기 때문이다.

207

스스로 파놓은 함정에 빠지지 마라

이 세상일에
원인 없는 결과가 없듯이
그 누구도 아닌 우리들 자신이 파놓은 함정에
우리 스스로 빠지게 되는 것이다.

법정
〈모든 것은 지나간다〉

세상에서 가장 어리석은 사람은 자신이 파 놓은 함정에 빠져서 허우적거리는 사람이다. 이런 사람은 아둔하기 짝이 없어서 한 치 앞도 보지 못한다.

진정으로 똑똑한 사람은 멀리 내다보는 눈을 지녔다. 그리고 서두르거나 즉흥적으로 일을 처리하지 않는다. 매사를 진중히 살피되 이제 됐다 싶으면 거침없이 추진해 나간다. 그래서 함정에 빠지는 일은 없다.

이처럼 어리석은 사람과 지혜로운 사람은 종이 한 장의 차이를 지닌 듯 해도, 삶을 살아가는 방식에는 엄청난 차이를 보이고, 삶의 결과 또한 큰 차이를 보이는 것이다.

그렇다. 어리석음으로 해서 스스로 파놓은 함정에 빠지는 우를 범하지 마라. 그것처럼 무지한 일은 없다는 것을 명심하라.

제 꾀에 넘어간다는 말이 있다. 이는 스스로 파놓은 함정에 빠지는 것과 같다. 스스로 파놓은 함정에 빠지지 않기 위해서는 매사를 지혜롭고 진중히 생각하라.

208

행복과 자유에 이르는 지름길

> 마음이 맑고
> 투명해야 평온과 안정을 갖는다.
> 마음의 평화와 안정이야말로
> 행복과 자유에 이르는 지름길이다.
>
> 법정
>
> 〈마음은 하나〉

돈이 많아야 행복하고 자유롭다면 이 세상에 행복한 사람은 그리 많지 않을 것이다. 돈이 많은 사람보다는 그렇지 않은 사람이 다수를 차지하기 때문이다. 또 돈이 많은 사람들 중엔 자신을 행복하고 자유롭다고 말하는 이들도 있지만 그렇지 않은 이들이 더 많다.

돈은 많으면 좋겠지만 원한다고 해서 축적되는 게 아니다. 그렇게 본다면 행복은 돈보다는 그 사람의 마음가짐에 있다고 보는 것이 옳다. 마음이 평안한 사람, 마음이 안정적인 사람은 돈이 없어도 자신을 행복하다고 말한다. 이를 볼 때 행복과 자유로운 삶은 마음의 평안과 안정에서 온다는 것을 알 수 있다.

행복하고 싶은가. 그래서 하루를 백 년처럼 만족하며 살고 싶은가. 그렇다면 몸과 마음을 평안히 하라. 이것이야말로 행복과 자유로운 삶에 이르는 참 지혜인 것이다.

마음이 맑고 밝아야 삶의 평온과 안정감을 누리게 된다. 그렇다. 행복은 마음의 평온과 기쁨, 안정에서 온다. 마음을 맑고 밝게 하라.

209

열심히 일하되 그 일을 통해 자유롭게 하라

'일 없는 사람'은
하는 일 없이 빈둥거리는 사람이 아니다.
일을 열심히 하면서도 그 일에 빠져들지 않는 사람,
일에 눈멀지 않고
그 일을 통해 자유로워진 사람을 말한다.

법정

〈꽃에게서 배우라〉

사람들이 일하는 스타일을 보면 일에 묻혀 사는 사람이 있고, 일을 즐기면서 자신이 하고 싶은 것을 즐기는 사람이 있고, 일을 버거워하며 힘들어하는 사람이 있고, 일을 하는 둥 마는 둥 하는 사람이 있다.

여기서 일에 묻혀 사는 사람은 일을 열심히 하되 자신을 즐길 줄 모르는 사람이다. 일을 버거워하는 사람이나 일을 하는 둥 마는 둥 하는 사람은 일의 가치를 잘 모르는 사람이다.

그러나 일을 즐기면서 자신을 즐기는 사람이야말로 진정 일을 통해 자유로운 사람이다. 일은 이처럼 해야 능률도 오르고 자기만족에 이름으로써 진정 행복할 수 있기 때문이다.

그렇다. 열심히 일하되 그 일을 통해 자유롭게 사는 당신이 돼라.

삶의 자유를 느끼며 살기 위해서는 열심히 일하되, 일에 노예가 되지 않으면서 즐기는 사람이다. 그렇다. 열심히 일하되 그 일을 통해 몸과 마음을 자유롭게 하라.

210

우리는 물고
뜯고 싸우기 위해 태어난 것이 아니다.
서로 의지해
사랑하기 위해 만난 것이다.

법정

〈불교의 평화관〉

'너를 / 도저히 / 사랑하지 / 않을 수 없었다 // 너를 / 사랑할 수 밖에 / 없는 것은, // 나의 / 숙명이라는 것을 / 알았기 때문이다 // 우리가 태어나기 전에 / 이미 / 우리는 / 하나의 사랑이었으므로'

이는 나의 〈너〉라는 시이다. 이 시의 주제는 사랑하는 사람은 이미 태어나기 전부터 운명 지어졌다는 것을 말한다.

그런데 이렇게 만난 사랑하는 사람들이 서로 싸우고 미워하고 갈등하는 일이 많다. 이는 사랑에 대한 도리가 아니다. 우리가 이 세상에 태어난 것은 사랑하기 위해 그리고 행복하기 위해 태어난 것이다.

사랑하라, 이 세상을 다 가진 것처럼. 행복하라. 그리고 두 번 다시는 행복할 수 없는 것처럼 그렇게 사는 당신이 돼라.

세상의 모든 불화는 사랑을 잃어버렸기 때문이다. 우리는 사랑하기 위해 태어났다. 사랑함으로써 서로 의지하고 행복해야 한다.

211

나누는 일은 미루지 마라

> 나누는 일을
> 이다음으로 미루지 말라.
> 이다음은
> 기약할 수 없는 시간이다.
>
> 법정
>
> 〈삶의 종점에서〉

나눈다는 것은 그것이 물질이든, 음식이든, 그 무엇이든 참으로 가치 있는 일이다. 그것은 사랑하는 마음 없이는 할 수 없는 일이기 때문이다.

나눔을 상징하는 말 봉사奉仕는 그래서 더욱 가치성을 지닌다. 나눔의 의미에 대해《탈무드》에는 다음과 같은 말이 있다.

"한 개의 촛불로써 많은 촛불에 불을 붙여도 처음 촛불의 빛은 약해지지 않는다."

이 말에서 보듯 하나의 촛불이 수많은 촛불의 불을 붙여도 여전히 그 촛불이 빛나듯 나눔은 나누어줌으로써 더 많은 나눔을 낳는다.

그런데 여기서 분명히 할 것은 나눔이란 할 수만 있다면 지금 해야 한다는 것이다. 다음은 누구도 장담할 수 없는 시간일 수도 있기 때문이다.

그렇다. 시간은 사람을 기다려주지 않는다. 할 수 있다면 지금 하라.

무엇이든 지금이 중요하다. 베풀고 나누며 사는 것 또한 지금 해야 한다. 나중 일은 어떻게 될지 모르기 때문이다. 그렇다. 지금 나누고 지금 행복하라.

212

울림이 있는 너로 살아라

무엇인가 채워져 있으면
본마음이 아니다.
텅 비우고 있어야 거기 울림이 있다.
울림이 있어야 삶이 신선하고 활기차다.

법정

〈빈 마음〉

'구름 한 점 없이 맑다 / 푸르다 / 고요하다 // 아, 텅 비어서 더 장엄하고 / 아름다운 하늘 // 새들이 / 꽃처럼 날개를 활짝 펴고 / 무리지어 날아간다 // 아, 비어서 더 엄숙하고 / 고고한 하늘'

이는 나의 〈허공〉이란 시이다. 구름 한 점 없이 맑은 날 하늘을 보다 시적 영감을 얻어 쓴 시로, 구름 한 점 없는 하늘이 어찌도 장엄하고도 아름다운지 온몸과 마음이 맑아지는 느낌을 받았다.

비어서 더 엄숙하고 고고한 하늘을 보며, 인생의 깊은 경륜을 느끼게 하는 사람 역시 '허공'과 같은 사람이라는 생각이 들었다. 그런 사람에게는 인생의 깊은 울림이 있다. 그래서 그의 말을 들으면 마음이 충만해지는 걸 느끼게 된다. 그런 까닭에 울림이 있는 삶을 사는 것이야말로 참 좋은 인생이 되는 비결인 것이다.

채우려고만 하는 마음엔 울림이 없다. 마음을 비워야 울림이 있다. 이 울림이 깊어질수록 충만한 인생이 된다. 충만한 마음으로 사는 당신이 돼라.

213

한쪽만 보고 성급하게 판단하지 마라

누가 나를 추켜세운다고 해서 우쭐할 것도 없고
헐뜯는다고 해서 화를 낼 일도 못 된다.
그건 모두가 한쪽만을 보고
성급하게 판단한 오해이기 때문이다.

법정

〈오해〉

사람들 중엔 자신을 추어주면 한없이 우쭐거리다, 혹여 단점을 지적하면 불같이 화를 내며 다시는 안 볼 것처럼 구는 이들이 있다. 귀가 한없이 얇고 마음이 단단히 여물지 못해서다.

그러나 마음이 단단히 여문 사람은 자신을 추켜세우고 깎아내리는 말에 크게 동요하지 않는다. 그 아무리 성인군자라 해도 결점은 있는 법, 이를 잘 아는 까닭이다.

사람들을 대할 땐 한쪽 말만 들어서도 안 되고, 둘 다 들어보아야 한다. 그래야 그 말에 대한 진의를 제대로 알 수 있기 때문이다. 이를 지키지 않고 성급하게 판단하니까 오해가 생기는 것이다.

그렇다. 오해는 이해하지 못하는데서 오는 말의 오류이기에 말을 잘 새겨듣고 잘 헤아릴 때 오해로부터 자유로울 수 있음을 마음에 새겨 실천하라.

오해는 한쪽으로 치우치는 생각에서 생기는 불편한 마음이다. 그렇다. 오해를 하지 않기 위해서는 한쪽만 보고 성급하게 생각하지 마라.

214

과정을 중요시하는 삶의 기술

> 때로는 천천히 돌아가기도 하고
> 어정거리고 길 잃고 헤매면서
> 목적이 아니라 과정을 충실히 깨닫고 사는
> 삶의 기술이 필요하다.
>
> 법정
>
> 〈직선과 곡선〉

원주에서 서울을 가기 위해서는 단숨에 갈 수 없다. 정해진 길을 가되 그 과정에 충실해야 한다. 빨리 가기 위해 무리하게 속도를 높이면 자칫 어려움에 봉착하게 된다.

우리의 삶도 이와 같다. 한 번에 자신이 바라는 것을 이룰 수 없다. 그 과정을 반드시 거쳐야 한다. 그래서 그 과정마다 잘 지켜 행해야 자신이 바라는 것을 이룰 수 있다. 그 어떤 삶일지라도 모든 삶은 과정을 충실히 깨닫고 사는 삶의 기술이 필요하다.

그렇다. 성급하게 욕심 부리지 말아야 한다. 그것은 자칫 화를 부르는 요인이 된다. 이를 슬기롭게 잘 행하는 사람이야말로 삶을 행복하게 잘 산다는 것을 잊어서는 안 될 것이다.

결과만을 바라 성급하게 하는 것은 좋지 않다. 과정을 즐기면서 그러는 가운데 깨달음을 얻을 때 삶의 기술은 성숙해지는 것이다.

215

고통을 이겨내는 의지적인 노력을 길러라

오늘 우리가 겪는 온갖 고통과
그 고통을 이겨내기 위한 의지적인 노력은
다른 한편 이다음에 새로운 열매가 될 것이다.
이 어려움을 어떤 방법으로 극복하는가에 따라
미래의 우리 모습은 결정된다.

법정

〈모든 것은 지나간다〉

"길을 가다가 돌이 나타나면 약자는 그것을 걸림돌이라고 말하고, 강자는 그것을 디딤돌이라고 말한다."

이는 영국의 역사가 토머스 칼라일이 한 말이다. 이 말에서 보듯 같은 상황에서도 의지력의 중요성을 잘 알 수 있다. 약자와 강자의 차이는 의지가 약하나 강하냐에 달렸기 때문이다.

"상처 입은 굴이 진주를 만든다."

이는 미국의 시인이자 사상가인 랠프 왈도 에머슨이 한 말로 굴이 상처를 입고도 진주를 만들 듯 어려움을 극복하기 위해 그 어떤 노력도 마다하지 않을 때 좋은 결과를 이루게 된다는 것을 알 수 있다. 자신의 인생을 값지게 살고 싶은가. 그렇다면 문제는 간단하다. 그 어떤 고통도 이겨낼 수 있는 의지적인 노력을 길러야 한다는 것을 명심하라.

삶에 고난으로 고통을 느낄 땐 고통을 이겨내는 의지력을 키워야 한다. 의지력을 갖게 되면 그 어떤 고통도 이겨낼 수 있다.

216

나답게 살고 있는지를 순간순간 점검하라

> 내가 지금 순간순간
> 살고 있는 이 일이 인간의 삶인가,
> 지금 나답게 살고 있는가,
> 스스로 점검해야 한다.
>
> 법정
>
> 〈인간이라는 고독한 존재〉

나중에 잘 먹기 위해 지금 굶을 수는 없다. 그러다 보면 영양결핍증에 걸릴 수도 있어, 나중을 기약할 수 없다. 지금 자신의 건강을 지켜줄 수 있는 영양분을 섭취하면서 최대한 절제하고 절약해야 한다. 그래야 자신의 목적을 이루고 행복한 삶을 즐기게 된다.

이와 마찬가지로 풍요로운 인생의 열매를 맺기 위해서는 지금 이 순간 나는 과연 제대로 하고 있는가, 내가 바라는 대로 잘하고 있는가를 때때로 살펴야 한다. 그래서 잘하고 있으면 계속 그 상태를 유지해 나가면 되지만, 잘못하고 있는 게 있다면 반드시 고쳐 바로잡아야 한다. 그렇지 않으면 나중을 기약할 수 없기 때문이다.

지금 이 순간 나답게 잘 살고 있는지 순간순간 점검하라. 이것이야말로 나를 잘되게 하는 최상의 비법인 것이다.

살면서 순간순간 내가 잘하고 있는지를 살펴보아야 한다. 그래서 잘하는 것은 더 잘하고, 잘못하는 것은 바로 잡아야 한다. 그랬을 때 스스로를 알차게 할 수 있다.

217

행복과 절제의 뿌리

행복이란 말 자체가 사랑이란 표현처럼
범속한 것으로 전락한 세상이지만, 그렇다 하더라도
행복이란 가슴속에 사랑을 채움으로써 오고, 신뢰와
희망으로부터 오고, 따뜻한 마음을 나누는 데서 움이 튼다.

법정

〈하늘같은 사람〉

'행복도 넘치면 / 행복인 줄 모른다 // 당연히 여기는 마음이 / 마음에 차게 되면 / 아무리 좋은 것도 / 행복인 줄 모르는 까닭이다 // 조금 부족하다 싶을 때 / 더욱 행복을 바라게 되나니, // 행복은 절제함으로써 / 더욱 큰 행복에 이르느니라'

이는 나의 〈행복과 절제〉라는 시이다. 이 시에서 표현했듯 행복도 넘치면 행복인 줄 모른다. 행복이 넘치면 당연하다는 듯 여기는 마음이 마음에 차고 앉아 오만하게 굴기 때문이다. 그래서 조금 모자라다 싶은 게 좋다. 그래야 더욱 행복의 소중함을 알고 행복을 위해 노력하게 된다.

행복에도 절제가 필요함을 잊지 마라.

모든 문제의 원인은 절제할 줄 모르는 데서 온다. 행복 또한 절제에서 온다. 지나친 욕심은 행복을 무너뜨림을 잊지 마라.

218

말은 생각을 담는 그릇이다

> 말은 생각을 담는 그릇이다.
> 생각이 맑고
> 고요하면 말도 맑고 고요하게 나온다.
>
> 법정
>
> 〈존재의 집〉

한 마디 말은 세상을 움직이고 우주를 움직인다. 말은 힘들이지 않고도 세상을 휘어잡기도 하고, 세상을 띄우기도 하고, 세상을 파멸시키기도 한다.

이처럼 말의 위력은 상상을 초월한다. 이는 무엇을 의미하는가. 말은 신중히 잘 생각해서 해야 된다는 것을 말한다.

삼사일언三思一言이란 말이 있다. 말을 할 땐 세 번 생각하고 나서 하라는 말로 신중히 말해야 함을 뜻한다. 말은 어떤 생각을 하느냐에 따라 그 가치가 결정된다. 아무렇게나 생각하면 아무렇게 말하게 되고, 좋은 생각을 하면 좋은 말을 하게 된다.

이렇듯 생각은 말의 씨앗과 같다. 생각하는 대로 말을 하게 되기 때문이다. 말은 생각을 담는 그릇이란 의미는 그래서 더욱 의미가 있다.

말은 생각에서 온다. 생각이 맑으면 말도 맑고 정감이 있다. 생각을 맑고 바르게 하라.

219

자신이 치러야 할 몫만큼 삶은 주어진다

그 어떤 형태의 삶이건 간에
그 삶의 차지만큼 치러야 할 몫이 있는 법이다.
크면 클수록 많으면 많을수록
치러야 할 몫도 크고 많을 수밖에 없다.

법정

<장마철 이야기>

그 어떤 삶도 그 삶에 맞게 치러야 할 몫이 있다. 그래야 이루고자 하는 삶을 이뤄낼 수 있다. 이를 '삶의 값'이라고 말하고 싶다.

대개의 사람들이 크고 우뚝한 삶을 살기를 바란다. 하지만 그런 삶은 그저 주어지지 않는다. 크고 우뚝한 삶을 살기 위해서는 그것에 걸맞은 삶은 값을 치러야 한다.

그런데 사람들은 이를 도외시度外視 한다. 그래놓고 나에게는 왜 그런 삶이 찾아와 주지 않을까, 나는 왜 이렇게밖에 살 수 없는 걸까, 넋두리를 하며 불평불만을 쏟아놓는다. 참으로 무지하고 어리석기 짝이 없다.

자신이 바라는 삶이 있다면, 그에 맞게 삶의 값을 치러야 한다. 그래야 그 값에 맞는 삶을 살게 됨을 잊지 마라.

자신이 원하는 삶을 살고 싶다면 그에 맞는 삶의 값을 치러야 한다. 삶은 그 값을 치르는 만큼 주어지기 때문이다.

220

채우지만 말고, 미련 없이 놓아버려라

> 빗방울이 연잎에 고이면 연잎은 한동안
> 물방울의 유동으로 일렁이다가
> 어느만큼 고이면 수정처럼 투명한 물을
> 미련 없이 쏟아버린다.
>
> 법정
>
> 〈연잎의 지혜〉

옛이야기에 나오는 이야기 한 토막이다. 요술 맷돌이 있었다. 원하는 것은 무엇이든 얻을 수 있는 맷돌에 눈독을 들이던 도둑이 요술 맷돌을 훔치게 된다. 도둑은 배를 타고 가면서 소금이 나오기를 바랐다. 그러자 소금이 줄줄 흘러나왔다. 소금이 점점 더 많아지자 소금의 무게를 이기지 못하고 배가 기우뚱거렸다. 당황한 도둑은 어찌할 줄 몰라 쩔쩔맸지만 소금의 무게를 이기지 못하고 배는 가라앉고 말았다. 바다에 잠긴 요술 맷돌은 계속해서 소금을 만들어냈고 그 후 바닷물이 짜게 되었다는 이 이야기는 채우기에만 급급한 탐욕적인 사람들에게 큰 교훈을 준다.

옳은 말이다. 세상의 이치가 이러한즉 물방울이 어느만큼 고이면 미련 없이 쏟아버리는 연잎처럼 필요한 만큼만 취해야 탈이 없는 법이다.

채우려고만 하면 만족감을 모른다. 채우고 나면 더 채우고 싶은 마음이 발동하기 때문이다. 그러나 내려놓으면 홀가분한 행복을 느끼게 될 것이다.

221

최선의 삶

> 진달래는 진달래답게 피면 되고,
> 민들레는 민들레답게 피면 된다.
> 남과 비교하면 불행해진다.
> 이런 도리를 이 봄철 꽃에게서 배우라.
>
> 법정
>
> **<꽃에게서 배우라>**

진달래 씨앗에서 진달래가 피어나고, 민들레 씨앗에서는 민들레가 피어난다. 진달래가 예쁘다고 민들레가 진달래가 될 수 없듯, 민들레가 예쁘다고 진달래 또한 민들레가 될 수 없다.

진달래는 가장 진달래답게 필 때 진달래로서의 가치를 지니게 되고, 민들레는 가장 민들레답게 필 때 민들레로서의 가치를 인정받게 된다.

그런데 어떤 사람들은 이 평범한 진리를 잊은 채 남의 것을 부러워하며 제 것은 방치한 채 거들떠보지도 않는다.

세상에 존재하는 것은 그 무엇이든 자기만의 가치성이 있다. 그 가치성은 자기답게 제 몫을 다할 때 주어지는 이름값이다.

그렇다. 자기답게 살기 위해서는 자기답게 노력하며 사는 것, 그것이야말로 자기를 위한 최선의 삶인 것이다.

최선의 삶은 부와 명성을 누리는 삶이 아니다. 자신이 원하는 삶을 자신답게 사는 것이다. 자신답게 살고 자신답게 행복하라.

222

자신의 삶에 즐거움이 따르게 하라

> 즐거움은 밖에서 누가
> 가져다주는 것이 아니라 긍정적인
> 인생관을 지니고 스스로 만들어 가야 한다.
> 일상적인 사소한 일을 거치면서
> 고마움과 기쁨을 누릴 줄 알아야 한다.
>
> 법정
>
> 〈삶에는 즐거움이 따라야 한다〉

즐거움이 따르는 삶은 지루하지 않고 재밌고 행복하다.

그런데 여기서 한 가지 분명히 할 것은 누군가가 즐거움을 주기를 기다리지 말아야 한다는 것이다. 남이 주는 즐거움은 잠시 한때다. 그러면 어떻게 해야 할까.

오래가는 즐거움, 시시때때로의 즐거움은 스스로 만들어야 한다. 스스로를 즐겁게 하고 스스로를 기쁘게 해야 진정한 즐거움을 누릴 수 있다. 스스로를 즐겁게 하기 위해서는 매사를 긍정적으로 생각하고, 능동적으로 행해야 한다. 그래야 마음 깊은 곳에서 긍정의 에너지가 분출되어 몸과 마음을 역동적이게 한다.

그렇다. 스스로를 즐겁게 하는 것, 그것이야말로 즐겁게 사는 최선의 방법인 것이다.

즐거움이 따르지 않는 삶은 그것이 어떤 삶이든 행복하지 않다. 즐거움이 따르는 삶을 살기 원하는가. 그렇다면 스스로 즐거움을 만들어야 한다.

223

자신이 하는 대로 받는다

> 타인을
> 기쁘게 해줄 때 내 자신이 기쁘고,
> 타인을
> 괴롭게 하면 내 자신도 괴롭다.
>
> 법정
>
> 〈얼마나 사랑했는가〉

콩을 심으면 콩을 거두고 팥을 심으면 팥을 거둔다. 이와 같이 선을 심으면 선을 거두고 악을 심으면 악으로 거둔다. 행복을 심으면 행복으로 거두고, 분노를 심으면 분노로 거둔다. 세상의 모든 것은 심은 대로 거두는 법이다.

성경에도 이르기를 "스스로 속이지 말라 하나님은 업신여김을 받지 아니하시나니 사람이 무엇으로 심든지 그대로 거두리라"(갈라디아서 6장 7절) 라고 했다. 이는 참으로 진리 중에 진리라고 할 수 있다.

그렇다면 문제는 간단하다. 자신이 받고자 하는 대로 행할지니 기쁨을 누리며 살고 싶다면 기쁘게 행하고, 행복하고 싶다면 행복의 씨앗을 심고, 자신이 믿고자 하는 대로 살고 싶으면 믿음대로 살면 되나니 무릇 행하는 대로 됨을 믿고 행하면 된다.

당신은 당신이 원하는 대로 사는 현명한 자가 돼라.

자신이 살고 싶은 대로 타인에게 행하라. 행복을 주면 행복으로 돌아오고, 아픔을 주면 아픔으로 돌아온다. 자신이 원하는 대로 행하라.

224

자신의 철학과 사상을 가져라

> 자기 삶의 질서를 지니고 사는
> 자주적인 인간은 남의 말에 팔리지 않는다.
> 누가 귀에 거슬리는 비난을 하든 달콤한 칭찬을 하든,
> 그것은 그와는 상관이 없다.
>
> 법정
>
> 〈자신의 눈을 가진 사람〉

뿌리 깊은 나무가 폭풍에도 꿋꿋이 자리를 지키듯 중심이 반듯한 사람은 비난과 조롱, 공격과 엄포나 그 어떤 말에도 흔들리지 않는다.

또한 칭찬을 한다고 해도 거기에 빠지지 아니하고, 부화뇌동하지 않는다. 중심이 강한 사람은 자신만의 철학과 사상이 분명하고 강한 신념을 지니고 있기 때문이다.

그러나 자신만의 철학과 사상이 없고 신념이 부족한 사람은 뿌리가 옅은 나무가 작은 바람에도 쉽게 쓰러지듯 작은 비난이나 공격에도 견디지 못하고 안절부절 못 하며 어쩔 줄을 몰라 한다. 그런 까닭에 자기만의 철학과 사상을 지니고 강한 신념을 지녀야 하는 것이다.

그렇다. 자신만의 철학과 사상을 지닌 당신이 돼라.

철학과 사상은 삶을 탄탄하게 지탱시키는 삶의 뿌리이다. 그래서 그 어떤 말에도 흔들리지 않고 당당하게 자신의 길을 간다. 자기만의 철학과 사상을 길러라.

225

내 안에서 사랑의 능력이 자라는 법

> 말로 비난하는 버릇을 버려야
> 우리 안에서 사랑의 능력이 자란다.
> 이 사랑의 능력을 통해 생명과 행복의 싹이 움튼다.
>
> 법정
>
> 〈강물처럼 흐르는 존재〉

사랑과 배려심이 많은 사람은 타인을 이해하고 배려하는 마음이 뛰어나다. 그래서 이런 사람은 남을 비난하거나 업신여기거나 조롱하는 말을 하지 않는다.

반면에 사랑과 배려심이 부족한 사람은 타인을 이해하고 배려하는 마음이 부족하다. 그러다 보니 사사건건 아무것도 아닌 일에도 비난하고 조롱하기를 즐겨한다. 이는 매우 잘못된 일로 반드시 고쳐야 한다. 그러기 위해서는 타인을 존중하고 배려하는 마음을 길러야 한다.

또한 이해력을 높이고 타인의 입장에서 생각하는 마음을 길러야 한다. 그렇게 되면 마음에서 사랑이 자라나게 된다. 사랑이 마음에 꽃을 피우면 타인을 이해하고 배려하게 됨으로써 행복의 싹이 움트고 자라게 된다. 타인에 대한 배려와 이해는 곧 자신을 위한 사랑인 것이다.

자기 안에 사랑을 키우려면 비난하고 험담하는 말을 삼가야 한다. 사랑은 온유하고 따뜻한 마음에서 싹트고 자라기 때문이다. 그래서 사랑이 많은 사람이 더 행복한 것이다.

226

전력을 다해 살되 떠날 땐 미련 없이 떠나라

> 살 때는 삶에
> 전력을 기울여 빠근하게 살아야 하고,
> 일단 삶이 다하면
> 미련 없이 선뜻 버리고 떠나야 한다.
>
> 법정
>
> 〈죽으면 다시 태어나라〉

고대 그리스 시인 호라티우스는 "그날그날이 너에게 최후의 날이라고 생각하라. 그렇게 하면 뜻하지 않은 오늘을 얻어 기쁨을 갖게 될 것이다."라고 말했다. 이는 전력을 투구하여 살면 뜻하는 일을 이룸은 물론 뜻하지 않은 일까지도 얻게 되어 기쁘고 행복한 삶을 살게 된다는 것을 의미한다.

또한 만유인력의 법칙을 발견한 뉴턴은 "오늘 하는 일에 전심전력을 다하라. 그리하면 내일 한 단계 발전할 것이다."라고 말했다. 하지만 전심전력을 다하며 산다는 것은 쉽지 않다. 그러기 위해서는 많은 노력이 필요하기 때문이다.

그러나 자신의 인생을 멋지게 살기 위해서는 그렇게 해야 한다. 그리고 자신의 인생을 멋지게 살다 떠날 땐 후회 없이 떠나야 한다. 그것이야말로 자신을 최고로 사는 법임을 잊지 마라.

무엇을 하든 살 땐 최선을 다해 살아야 한다. 그리고 떠날 땐 미련두지 말고 산뜻하게 떠나야 한다. 그것은 자신의 인생에 대한 예의이다.

227

세상과 조화를 이루며 살기

만족할 줄 모르고
마음이 불안하다면 그것은
우리가 살고 있는 세상과
조화를 이루지 못하기 때문이다.

법정

〈무소유의 삶〉

만족할 줄 아는 사람은 늘 평안한 마음으로 살아간다. 만족이란 마음의 풍요가 그 사람의 삶을 포근히 감싸주기 때문이다. 그래서 이런 사람은 세상과 조화롭게 어울리며 사는 능력이 뛰어나다.

그러나 만족할 줄 모르는 사람은 늘 불안하고 초조한 마음으로 살아간다. 불만족이란 마음의 풍파가 그 사람의 삶을 흔들어대고 위태롭게 하기 때문이다. 그래서 이런 사람은 세상과 늘 불협화음을 일으키며 분란을 일으킨다. 자신을 만족하게 하기 위해서는 욕심의 키를 낮추고, 허영심을 버리고, 작은 것에도 행복해 하는 마음을 길러야 한다. 그렇게 되면 작은 것에 감사하게 되고, 만족하게 됨으로써 마음의 풍요를 느끼게 된다.

그렇다. 세상과 조화를 이루며 사는 것, 그것이 바로 자신을 만족하게 하는 지혜이다.

만족할 줄 모르는 삶은 자신을 불안하고 초조하게 만든다. 그런 까닭에 삶과 불화를 일으킨다. 세상과 조화를 이루며 살고 싶다면 스스로에게 만족하라.

228

자신의 지식과 인격에 맞는 사람이 돼라

> 지식이
> 인격과 단절될 때 그 지식인은
> 가짜요, 위선자이다.
>
> 법정
>
> 〈무학〉

조선시대 사림파의 거두이자 영남학파의 시조始祖로 성종의 총애를 한 몸에 받았던 김종직은 학행일치學行一致의 삶을 살았던 것으로 유명하다. 학행일치의 삶을 산다는 것은 성인군자와도 같아야 할 수 있다. 말하자면 지식과 인격이 일치되는 삶을 살았다. 그런 까닭에 그를 따르는 제자들이 조선팔도 어디에나 있었다.

이처럼 진정한 지식인은 자신의 지식과 행동이 일치하는 삶을 살아야 한다. 이를 지행일치知行一致라고 하는데, 이렇게 산다는 것 또한 학행일치와 같이 어려운 일이다. 그러기 위해서는 덕을 갖추고 매사에 절제함으로써 언행에 품위를 잃어서는 안 된다. 이를 지키지 못할 때 가짜 지식인으로 낙인이 찍히게 된다. 이를 마음에 새겨 실천하는 삶을 살 때 지식인으로서의 품격을 갖추게 되는 것이다.

자신의 지식에 맞게 인격을 갖춰야 참지식인이다. 지식은 뛰어난데 인격이 따르지 못한다면 참지식인이라 할 수 없다. 자신의 지식에 맞게 인격을 갖춰라.

229

실패와 좌절은 새로운 도약의 디딤돌이다

> 실패와 좌절은
> 새로운 도약과 전진을 가져오기 위해
> 딛고 일어서야 할 디딤돌이다.
>
> 법정
>
> 〈오두막편지〉

인생을 살다 보면 누구나 실패를 경험하게 된다. 실패의 원인은 분수를 넘는 행동을 할 때, 능력이 미치지 않는 일을 무리하게 강행할 때, 욕심을 부리는 등 여러 요인들이 있다. 실패는 그가 누구든 사람을 가리지 않는다.

이에 대해 러시아 국민시인 푸시킨은 "실패에는 영웅이 없다. 사람은 누구나 실패 앞에선 범인凡人일 뿐이다."라고 말했다. 그러기에 부끄러워하지 말고 실패를 딛고 일어서는 굳은 의지가 필요하다.

미국 프로농구 NBA황제로 추앙받는 마이클 조던 역시 수많은 실패를 했음을 자인하며 "나는 살면서 수많은 실패를 거듭했다. 그러나 바로 그것이 내가 성공할 수 있었던 이유다."라고 말했다.

이렇듯 실패에 좌절하지 말고 디딤돌로 삼아 노력할 때 성공은 웃으며 다가온다. 실패를 새로운 도약의 디딤돌로 삼는 당신이 돼라.

사람이니까 실패를 하고 좌절도 한다. 하지만 실패와 좌절에 갇히면 무너지고 만다. 실패와 좌절을 딛고 일어설 때 삶은 더 큰 축복을 내려준다.

230

밝은 것을 보는 지혜

밝은 것을 보려면 어두운 것도
동시에 볼 줄 알아야 한다.

법정

〈보이는 것과 보이지 않는 것〉

밝은 것을 보려면 밝은 것을 보면 된다. 그러나 밝은 것만 보면 밝음의 정도를 정확히 알 수 없다. 물론 밝기의 정도에 따라 분별은 할 수 있지만, 좀 더 실체감을 느끼기 위해서 밝음과 대비가 되는 대상인 어둠이 있다면 더 효과적이다. 밝음과 어둠이 함께 하면 밝음의 정도가 더 뚜렷하게 나타나기 때문이다.

세상의 모든 이치도 이러하다. 옳고 그름, 정도의 차이 등 그 무슨 일이든 그것과 대비되는 것이 함께 할 때 더 뚜렷이, 더 분명하게 알 수 있다. 한쪽만 보면 그것이 정도인 줄 아는 우를 범하게 된다. 그러기 때문에 생각의 폭을 넓히고, 그 대상을 넓혀 보는 것이 중요하다.

그렇다. 밝음은 어둠으로 인해 더욱 밝아지듯, 무엇인가를 분명히 알고자 할 때 그와 상반相反되는 것을 통해 안목을 키워야 하는 것이다. 그것이 삶의 진리임을 잊지 마라.

밝은 면만 보면 밝음의 진실을 온전히 알지 못한다. 어둠도 볼 수 있어야 밝음의 참 진실을 알게 된다. 삶도 그러하다. 삶의 밝음과 어둠을 함께 볼 수 있는 눈을 길러야 진실된 삶을 알게 된다.

231

미래를 두려워하지 않기

누가 미래를
두려워하면서 잠 못 이룬다면
그는 아직 오지 않는
시간을 가불해서 쓰고 있는 것이다.

법정

〈자기 자신답게 살자〉

처음 가는 길은 기대감으로 들뜨기도 하고, 신비로운 기운을 느끼기도 한다. 하지만 못 가본 길이라 두려움도 있고, 막연함도 있기 마련이다.

미국의 자연주의 시인 로버트 프로스트의 시 〈걸어보지 못한 길〉을 보면 어떤 길로 갈까, 망설이며 고민하는 시적화자가 나온다. 그는 생각 끝에 풀이 더 무성하고 사람의 발길을 기다리는 듯한 길을 택했다. 그리고 오랜 세월이 흐른 다음 그는 한숨지으며 이야기를 할 것이라고 말한다.

이 시에서 보듯 처음 가는 길은 누구에게나 망설이게 하고 설레게 하고 두려워하게 한다. 미래는 누구도 가보지 않은 길과 같다. 그래서 기대감과 두려움을 동시에 느낀다.

그러나 기대감은 갖되 두려워하지 마라. 그렇다고 달라지는 것은 없다. 그냥, 자신에게 충실하며 가면 된다.

미래에 대한 두려움은 정도의 차이일 뿐 누구에게나 있다. 하지만 정도가 지나치면 부정적으로 작용한다. 반가운 친구를 만나러 가듯 준비를 하고 미래를 향해 나아가라.

232

스스로를 살펴 그대만의 길을 가라

> 한눈팔지 말고, 딴생각하지 말고,
> 남의 말에 속지 말고, 스스로 살펴라.
> 이와 같이 하는 내 말에도
> 얽매이지 말고 그대의 길을 가라.
>
> 법정
>
> 〈지금 이 순간〉

자신의 길을 잘 가기 위해서는 수시로 자신을 살펴야 한다. 내가 지금 잘 가고 있는지, 내가 지금 잘못 가고 있는지를. 그래서 그 여부에 따라 적절하게 살펴 조절하면 된다.

그런데 여기서 마음에 새길 것은 한눈을 팔아서는 안 된다는 것이다. 그것은 이탈을 부르는 결과를 초래할 수 있다. 그리고 딴 생각을 해서도 안 된다. 또 남의 말에 속아서도 안 된다. 그렇게 되면 자신이 가는 길에서 이탈하게 된다. 그리고 한 가지 더 생각할 문제는 자신이 가는 길에 확신이 들 땐 그 어디에도 얽매여서는 안 된다. 그것은 자칫 걸림돌이 될 수도 있기 때문이다.

그렇다. 남의 조언을 참고하되 자신이 믿어야 할 사람은 오직 자신이다. 그런 까닭에 자신을 살피는 일은 매우 중요하다. 자신의 인생은 누구의 것도 아닌 자신의 것임을 늘 생각하고 생각하라.

자신만의 길을 가기 위해서는 어디에도 매이지 말고 한눈도 팔지 말아야 한다. 원하는 인생을 살고 싶다면 자신의 생각으로 오직 자신의 길을 가라.

233

오늘, 살아 있음을 감사하라

> 살아 있는 생명체는 살기 위해서 이 세상에 있다.
> 따로 이유나 목적이 있을 수 없다.
> 살아 있음 그 자체가 신성한 이유요, 목적이다.
>
> 법정
>
> 〈수선 다섯 뿌리〉

생명의 씨앗을 품고 이 땅에 온 / 모든 것들은 너나없이 다 소중한 존재이다 / 보라, 저기 환히 웃고 있는 저 사람도 / 나뭇가지 가득 탐스런 열매를 매달고 선 저 나무도, / 활짝 꽃피어 향기를 내뿜는 저 꽃도, / 마당을 힘차게 뛰어 노는 저 강아지도, / 맑고 푸른 하늘을 유유히 날아가는 저 새도, / 잔잔한 호수를 가르며 헤엄치는 저 물고기도 / 그 얼마나 활기차고 역동적인가 / 살아 있는 모든 것들은 살기 위해 저토록 빛나고 / 각자 제자리를 지키며 생명을 꽃 피우나니, / 그리하여 살아 있다는 것은 / 살아간다는 것은 그 얼마나 넘치는 은총인가 / 오늘도 살아 있음에 하늘을 우러러 감사하라

김옥림 _시 〈살아 있다는 것은〉

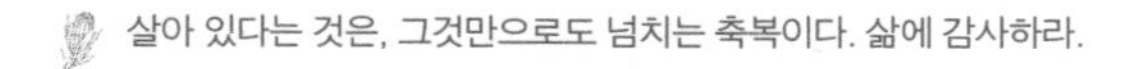

살아 있다는 것은, 그것만으로도 넘치는 축복이다. 삶에 감사하라.

234

가치 있는 삶을 결정하는 것의 기준

> 자신이 지니고 있는
> 지위나 돈, 재능이 중요한 것이 아니라,
> 어떤 일을 하며 어떻게 살고 있는가에
> 따라 삶의 가치가 결정된다.
>
> 법정
>
> 〈영원한 것은 없다〉

그 사람의 가치를 결정하는 것은 그 사람의 지위나 돈, 학벌, 배경, 재능이 아니다. 물론 이것은 한 부분으로 작용할 수는 있다. 하지만 그것은 어디까지나 가치성을 지닌 일이냐 아니냐에 따른 문제에서다. 정말로 중요한 것은 그 일이 어떤 일이며, 어떻게 작용하는지에 대한 문제이다. 그러니까 그 일이 개인의 영달을 위한 것이냐, 개인의 영달을 넘어 이웃과 사회에 어떤 영향을 미치는가 하는 데 있다.

가치 있는 삶에 대해 20세기 최고의 물리학자 아인슈타인은 "성공한 사람이 아니라 가치 있는 사람이 되려고 노력하라."라고 말했다. 그는 평화주의자로 히틀러가 원자폭탄을 만들려는 계획을 프랭클린 루스벨트 대통령에게 알림으로써 인류를 지켜냈다. 이렇듯 자신과 모두에게 유익이 되는 삶은 그 어떤 삶일지라도 가치 있는 삶이라고 할 수 있다.

어떤 일을 하며, 어떻게 사느냐는 것은 인생에서 참 중요하다. 그 사람의 삶의 가치를 결정짓는 일이기 때문이다. 어떻게 사느냐에 대해 진지하게 생각하고 실천하라.

235

억지로 꾸미려고 하지 마라

> 억지로 꾸미려 하지 말라.
> 아름다움이란 꾸며서 되는 것이 아니다.
> 본래 모습 그대로가
> 그만이 지닌 특성의 아름다움이다.
>
> 법정
>
> 〈꽃에게서 배우라〉

미美에는 크게 자연미와 인공미가 있다. 이는 사람이나 자연이나 마찬가지다. 자연미는 있는 그대로를 지닌 순수함을 말한다면, 인공미는 인위를 가해 미를 새롭게 꾸미는 것을 말한다. 성형 수술이 아름다워지고 싶은 사람들로부터 환영받는 것은 그들의 소망을 이룰 수 있는 수단이기 때문이다. 그래서 어떤 이들은 성형수술로 인해 긍정적인 삶을 살기도 한다. 하지만 본질적인 미를 말한다면 그것은 자연미를 말함이다.

내면이 아름다운 사람은 외모에 대해 별다른 신경을 쓰지 않는다. 그들은 내면의 아름다움이야말로 미의 본질이라고 여기는 까닭이다. 자신이 진정으로 자신 있는 것, 자신이 잘할 수 있는 것, 그 자체를 통해 자신의 아름다움을 보여주는 것이야말로 진정한 미라고 할 수 있다.

꽃은 그 자체만으로도 아름답다. 사람도 그렇다. 자신이 지니고 있는 내면 그대로를 잘 살릴 수 있다면 그 자체만으로도 충분히 아름답다.

사는 동안 그림자처럼 따르는 부수적인 것들

물질이든 명예든
본질적으로 내 차지일 수 없다.
내가 이곳에 잠시 머무는 동안
그림자처럼 따르는 부수적인 것들이다.

법정

〈삶의 종점에서〉

사람들은 제각각 추구하는 삶의 목적이 있다. 어떤 이는 부를 쌓는 일에 목숨을 걸고, 어떤 이는 명예를 쌓는 일에 목숨을 걸고, 어떤 이는 지위를 쌓는 일에 목숨을 걸고, 어떤 이는 유명해지기 위해 목숨을 걸고, 어떤 이는 건강을 위해 목숨을 건다. 이는 각자의 성격이나 지향하는 삶에 따른 것으로 무어라고 말할 수는 없다.

하지만 분명한 것은 인간의 본성을 잃지 않고 사람답게 사는 일이다. 그렇다고 해서 무슨 대단한 일을 하고 살아야 한다는 것은 아니다. 무엇을 하고 살든 그 일이 자신은 물론 다른 이들에게도 유익이 된다면 물질이나 명예나 지위 등이 따르지 않더라도 그것만으로도 충분히 가치가 있다. 물질이나 명예, 지위, 유명세, 건강 등은 단지 부수적인 일이기 때문이다.

그렇다. 우리가 살아가는 동안 정작 중요히 여겨야 할 것은 인간의 본성을 지니고 사람다운 품격을 잃지 않는 것이다.

물질만을 추구하면 물질에 빠지게 되고 명예만 추구하면 명예에 빠진다. 허나 이는 사는 동안에만 국한된다. 진실로 중요한 것은 본성을 지키며 사는 것이다.

237

귀 기울여 들을 줄 아는 사람

귀 기울여 들을 줄 아는 사람이
그 말에서 자기 존재를 발견한다.
그러나 자기 말만을 내세우는 사람은
자기 자신을 잊어버리기 일쑤이다.

법정
〈귀 기울여 듣는다는 것〉

자기계발 동기부여가이자《카네기 처세술》로 유명한 데일 카네기는 대화의 명수로도 유명하다. 그가 그렇게 된 데에는 다음과 같은 에피소드가 있다. 그가 어떤 모임에서 식물학자가 하는 말을 몇 시간이나 집중해서 들어주었다. 그리고 듣는 내내 추임새를 놓듯, 리액션을 취했다. 식물학자는 데일 카네기의 진지한 자세에 아주 만족해했다.

그 일이 있고 얼마 지나지 않아 데일 카네기는 대화의 명수라는 소문이 돌았다. 알고 보니 식물학자가 만나는 사람마다 데일 카네기에 대해 말했던 것이다. 여기서 우리는 중요한 사실을 알 필요가 있다. 경청은 상대방에게 좋은 이미지를 심어준다는 것이다.

왜 그럴까. 경청은 상대방을 존중하는 마음이 담겨 있는 예의이기 때문이다. 남의 말에 귀 기울여 들을 줄 아는 것, 이는 상대방을 내 편으로 만드는 가장 확실한 방법이다.

그 어떤 말도 귀 기울여 들을 줄 알아야 한다. 그래야 내게 맞는 말을 들음으로써 자신의 존재를 알게 되고, 가치 있는 삶을 살아가는 데 큰 도움이 된다.

238

남을 함부로 판단하거나 심판하지 마라

늘 변하고 있는 것이다.
날마다 똑같은 사람일 수가 없다.
그렇기 때문에 함부로
남을 판단할 수 없고 심판할 수가 없다.

법정

〈강물처럼 흐르는 존재〉

남을 함부로 판단하여 비판하는 것은 상대방의 분노를 사게 한다. 누구든 자신을 비판하는 것을 좋아하지 않기 때문이다.

에이브러햄 링컨도 한때 자신의 정적인 아일랜드 출신 정치가인 제임스 실드를 '얼빠진 정치가'라고 〈스프링필드 저널〉에 기고하여 강하게 비판했다. 그 기사를 보고 자존심이 상한 제임스 실드는 곧바로 자신의 비판에 대한 잘못된 점을 시정할 것을 링컨에게 요구했다. 하지만 링컨은 그의 요구를 한마디로 잘라 거절했다. 링컨의 비판이 자신의 정치생명에 치명적인 오류를 범할 수 있다고 판단했던 제임스 실드는 자신의 결백을 증명하기 위해 링컨에게 목숨을 걸고 도전장을 던졌다. 이 일은 다행히도 결투를 증명하는 입회인의 만류로 일단락되었으며, 링컨은 그 일이 있은 후 다시는 그 누구도 비판하지 않았다.

이처럼 비판은 무익한 것이다. 남을 함부로 판단하는 비판을 삼가라.

사람에 대해 함부로 판단하고 비판하는 것처럼 어리석은 일은 없다. 그것은 그 사람의 인격을 죽이는 일이다. 함부로 판단하고 비판함을 삼가라.

239

상대를 바르게 이해하는 법

> 어떤 대상을 바르게 이해하려면
> 먼저 그 대상을 사랑해야 한다.
> 이쪽에서 따뜻한 마음을
> 열어 보여야 저쪽 마음도 열린다.
>
> 법정
>
> 〈꽃과의 대화〉

사랑은 원수도 적도 친구로 만든다. 사랑을 주면 사랑이란 에너지가 그 사람의 마음을 따뜻하고 부드럽게 만들어 준다. 그래서 아무리 독하고 악한 마음을 가진 사람도 풀꽃처럼 부드럽게 변화한다.

왜 이런 현상이 나타나는 걸까. 자신이 누군가로부터 사랑받는다는 느낌이 들면(이성이든 동성이든) 마음의 경계심을 풀게 되고, 그 사람을 이해하려는 자세를 갖게 된다. 왜냐하면 그 사람이 먼저 자신을 이해하고 받아들였기 때문이라고 믿는 까닭이다.

이처럼 사랑은 상대방을 바르게 이해하는 데 도움을 준다. 내가 먼저 따뜻한 마음을 열어 보이고, 부드러운 자세를 취하면 상대방 역시 자신의 마음을 열어 보이고 부드럽게 다가온다.

이렇듯 무엇이든 상대적이다. 인간관계에서 이를 잘 적용한다면 사람들과 좋은 관계를 유지하는 데 큰 도움이 된다.

사람을 이해하는 가장 좋은 방법은 그 사람과 친해지는 것이다. 친해지다 보면 그 사람의 참 모습이 보인다. 그런 까닭에 그 사람에 본성에 대해 이해하게 된다.

240

소유로부터 자유로운 사람이 돼라

> 사람이든 물건이든
> 바라보는 것만으로도 충분한데
> 소유하려고 하기 때문에 고통이 따른다.
>
> 법정
>
> 〈소유로부터의 자유〉

사람이든 물건이든 소유하고 싶은 것은 인간의 본능이다. 그래서 사랑하는 사람이 생기면 자신만이 독차지하고 싶은 마음이 들고, 보석이나 옷, 물건 등을 보면 갖고 싶은 마음에 자꾸만 눈길이 가고 돈이 없으면 빌려서라도 소유하게 된다.

그런데 여기서 한 가지 분명한 사실은 자신의 뜻대로 안 되면 전전긍긍하며 고통스러워한다는 것이다. 소유하지 못하는 데서 오는 욕구불만이 자신을 처량하게 만들기 때문이다. 사랑하는 사람의 마음을 얻기 위해 갖은 노력을 다하지만, 자신의 사람이 됐다 싶으면 처음 마음이 사라지기 때문이다. 물건 또한 마찬가지다. 막상 소유하고 나면 소유하기 전보다 애착심이 사라진다.

소유욕은 고통을 주기도 하지만, 소유하고 나면 덤덤해지는 이중적인 면이 있다. 때문에 소유로부터 자유로워질 때 사람이든 물건이든 오래도록 소중히 여기게 되는 것이다.

모든 불행은 소유하려는 데서 온다. 뜻대로 되지 않으면 불행을 느끼게 되고 좌절하기 때문이다. 그렇다. 소유로부터 자유로울 때 행복도 커지는 법이다.

241

최선을 다하되 결과에 집착하지 마라

무슨 일에나 최선을 다하라.
그러나
그 결과에는 집착하지 마라.

법정

〈생활의 규칙〉

뮤지컬배우나 연극배우들은 연습하는 과정에서 더 즐겁게 즐기면서 연습을 한다고 한다. 연습을 잘해서 관객들 앞에서 멋진 공연을 하고픈 마음이 기대감으로 작용하기 때문이다. 그래서 힘들어도 참으며 묵묵히 그리고 즐겁게 연습에 임한다. 그때 분출되는 에너지가 최선을 다하게 동력이 되어주는 것이다.

그런데 결과에 너무 집착하게 되면 오버하게 되고 무리하게 되어 오히려 부정적으로 작용한다. 가령, 노래자랑에 나가 좋은 결과를 얻기 위해 무리하게 연습을 하다 보면 목에 무리가 가서 막상 실제 경연競演 때는 제 실력을 발휘하지 못해 좋은 결과를 내지 못하는 경우가 많다.

그렇다. 무슨 일이든 최선을 다하되 결과에 너무 집착하지 않는 것이 좋다. 집착은 욕심을 불러일으켜 오버하게 되고 무리하게 되는 요인으로 작용하기 때문이다.

어떤 일을 하든 결과에 집착하면 조급증에 시달리게 된다. 결과에 집착하지 말고 최선을 다하라. 그리하면 그에 대한 대가가 주어질 것이다.

242

자신을 만드는 것들

당신은 어떤
생활의 규칙을 세워 지키고 있는가.
당신을 만드는 것은
바로 당신 자신의 생활 습관이다.

법정

〈생활의 규칙〉

독일의 철학자로 서유럽 근세 철학의 대가인 임마누엘 칸트는 움직이는 시계였다. 그는 늘 시간에 맞춰 움직이다 보니 동네 사람들은 시계를 보지 않아도 시간을 알 정도였다. 그가 그렇게 된 데에는 어려서부터 규칙적인 생활을 몸소 실천했기 때문이다. 그의 그런 습관은 일생을 살아가는 동안 한 번도 흐트러져 본 적이 없다고 한다. 그의 철저한 규칙적인 생활은 자신을 강하게 강화시킴으로써 자연스럽게 몸에 밴 습관이다.

특히, 철학이라는 학문은 많은 책을 읽어야 하고, 거듭된 연구를 해야 하는데 그러기 위해서는 많은 인내가 요구된다. 칸트가 이룩한 철학자로서의 업적은 자신과의 싸움에서 이김으로써 이룰 수 있었으며, 그로 인해 자신을 인생의 승리자가 되게 했던 것이다. 인생을 성공적으로 살았거나 살고 있는 사람들의 공통점은 잘 들인 생활습관이었다.

사람에게 있어 습관은 매우 중요하다. 어떤 습관을 가지고 있느냐에 따라 인생이 결정될 만큼 습관은 힘이 세기 때문이다. 올바른 습관, 긍정적인 습관으로 자신을 무장하라.

243

장엄한 생명의 역동성

모든 생명이 살아서 수런거리는 이 힘을
우리는 봄이라고 부른다.
이렇듯 장엄한 생명의 용솟음을 누가 무슨 힘으로
막을 수 있겠는가. 얼었던 대지가 풀리고 마른 나무에
움이 트는 이 일을 누가 어떻게 막을 수 있단 말인가.

법정

〈봄 여름 가을 겨울〉

3월 초순 원주천으로 향했다. 그날은 어찌나 맑고 쾌청한지 눈이 부실 만큼 하늘이 파랬다. 아지랑이는 아롱아롱거리고, 바람마저도 그리 좋았다. 내딛는 걸음걸음마다 리듬을 타듯 가뿐했다. 사람들의 옷차림도 봄을 느낄 만큼 화사했다.

원주천에 도착하고 둔치에 조성된 산책길로 천천히 걸어갔다. 겨우내 침묵을 지키던 원주천은 봄이 왔음을 일깨우듯 소리를 내며 흘렀다. 시냇물 소리가 그처럼 정겹게 귓가를 적시는 것은 실로 오랜만이었다. 산책길 주변으로는 이제 막 눈을 뜨기 시작한 초록들의 수군거림으로 싱그럽기까지 했다. 말 그대로 봄, 초록빛 봄이었다.

지난겨울이 아무리 춥고 혹독해도 자연의 순리에 따라 봄은 어김없이 우리 곁으로 오듯, 우리의 삶 또한 역동적으로 일궈나가야겠다.

봄이 오면 산과 들, 강과 바다가 보이지 않는 기운에 들썩인다. 겨울잠에서 깬 생명들이 용트림을 하는 것이다. 이처럼 생명의 역동성은 장엄하다. 우리 삶도 역동적일 때 더 가치 있는 인생으로 살아가게 된다.

244

좋은 시절 부지런히 배우고 탐구하라

눈이 맑을 때 실컷 배워 두라.
젊음이 머무는 동안 괴로워하며 탐구하라.

법정

〈하루 한 생각〉

중국 남송시대의 시인이자 시 〈귀거래사〉로 널리 알려진 도연명은 시간을 소중히 하고 부지런히 배우고 힘씀에 대해 이렇게 표현했다.

'성년부중래盛年不重來 / 일일난재신一日難再晨 / 급시당면려及時當勉勵 / 세월부대인歲月不待人이라'. 이를 풀이하면 '청춘은 다시 돌아오지 않고, 새벽은 하루에 한 번뿐이니, 좋은 시절 부지런히 힘쓰라. 세월은 사람을 기다려 주지 않는다'라는 뜻이다.

예로부터 시간을 잘 쓰는 자가 자신이 원하는 것을 얻는 법이다. 시간은 자신을 잘 쓰는 자에게는 수고에 대한 대가를 지불하는 것을 좋아하기 때문이다. 하지만 시간은 자신을 홀대하는 자에게는 쌀쌀할 정도로 냉정하다.

그렇다. 눈이 밝을 때, 팔과 다리에 힘이 넘칠 때 부지런히 힘쓰는 것, 그것은 스스로를 위한 최대의 애정임을 잊지 마라.

총기가 넘칠 때 부지런히 배움에 힘써야 한다. '아는 것은 힘이다'라는 말처럼 지식은 인생의 소중한 자산이다. 그렇다. 축적된 지식으로 원하는 인생을 멋지게 살라.

245

자신의 그릇만큼만 채워라

사람은 저마다 자기 몫이 있다.
자신의 그릇만큼 채운다. 그리고 그 그릇에 차면 넘친다.
자신의 처지와 분수 안에서 만족할 줄 안다면
그는 진정한 부자이다.

법정

〈자신의 그릇만큼〉

분수를 아는 자는 자신의 그릇을 채우는 일에 열중한다. 그리고 그릇이 넘치지 않게 조심한다. 그릇이 넘치면 남의 그릇에 있는 것까지 갖고 싶은 욕심이 생긴다는 것을 잘 알기 때문이다.

그런데 분수를 모르는 자는 무조건 그릇에 넘치도록 채우려고 눈을 번뜩인다. 자신의 그릇을 채우고 나면 남의 것에 눈독을 들인다. 그리고 자신의 것으로 만들기 위해 수단과 방법을 가리지 않는다. 이처럼 탐욕을 부리다 문제를 야기시키게 됨으로써 그에 대한 대가를 혹독하게 치르게 된다.

이에 대해 프랑스 사상가 몽테뉴는 "탐욕은 일체를 얻고자 욕심 내어서 도리어 모든 것을 잃어버린다."라고 말했다. 분수를 모르게 되면 욕심을 부리게 되고, 욕심이 넘치면 죄가 잉태되어 있는 것까지 모두 잃고 만다.

사람은 저마다 자신의 삶의 그릇을 갖고 있다. 그 그릇에 자기 몫만큼 채워야 만족한 삶을 살게 된다. 그렇다. 자신의 그릇만큼 채우되 분수를 벗어나지 마라.

246

맑은 가난을 살아라

풍요 속에서는 사람이 타락하기 쉽다.
그러나 맑은 가난은 우리에게 마음의 평안을
가져다주고 올바른 정신을 지니게 한다.

법정

〈산에는 꽃이 피네〉

맑은 가난이란 가난을 가난이라 여기지 아니하고 그것마저도 행복하게 여기는 마음이다. 하지만 자신이 진정으로 행복하고 싶다면 가난을 가난이라 여기지 않고 자족할 줄 알아야 한다.

조선의 명재상 황희는 일인지하만인지상의 영의정이라는 자리에 있으면서도 재물을 탐하지 않았으며, 뇌물청탁을 일체 받아들이지 않았다. 조정에 나갈 때는 관복을 입고 집으로 돌아와서는 기운 옷으로 갈아입었다. 먹는 것도 소박하기 그지없었고, 하인들도 인격적으로 대해주었다. 그가 죽었을 때 집에는 돈 될 만한 변변한 물건 하나 없었다고 하니 그가 얼마나 청빈하고 청렴한 사람이었는지를 잘 알게 한다.

가난 속에서도 자족하는 것이야말로 얼마나 높고 우뚝한 삶인가. 맑은 가난을 산다는 것, 그것은 자신을 복되게 하는 품격 있는 삶인 것이다.

풍요는 사람의 마음을 자만하게 만든다. 그런 까닭에 때때로 정도에서 벗어나 빈축을 산다. 하지만 가난 속에서도 자족할 수 있다면 정도를 벗어나는 일은 없다. 가난 속에서 자족할 때 마음의 풍요를 누리게 된다.

247

믿음은 가슴에서 온다

믿음은 머리에서 나오지 않는다. 가슴에서 온다.
머리에서 오는 것은 지극히 추상적이고 관념적이다.
머리는 늘 따지고 의심한다.
그러나 가슴은 받아들인다. 열린 가슴으로 믿을 때
그 믿음은 진실한 것이고 또 살아 움직이는 것이다.

법정

〈산에는 꽃이 피네〉

믿음은 마음과 마음이 통할 때 그래서 마음과 마음이 하나가 될 때 단단한 나무뿌리처럼 서로의 가슴에 신뢰를 쌓게 한다. 믿음은 인간에 대한 것이든 종교적인 것이든 마음, 즉 가슴으로 믿어야 하는 것이다.

그런데 머리로 믿으려고 하면 자꾸만 계산하려는 생각이 든다. 나는 이렇게 하는데 저 사람은 왜 저렇게 할까, 하고는 자꾸만 의심하려고 한다. 의심하게 되면 불신이 생기게 되고 그것이 쌓이면 믿음은 멀어진다.

믿음은 의심을 버리고 대할 때 온전한 믿음이 형성되고, 내 믿음을 보여줄 때 상대방 역시 자신의 믿음을 내게로 전해준다.

이처럼 믿음은 머리에서 오는 것이 아니라, 온전히 가슴에서 오는 것이어야 한다. 그래야 계산하지 않고 온전히 믿어주게 되는 것이다.

믿음은 마음에서 온다. 마음과 마음이 서로 통할 때 믿음은 굳건해진다. 그래서 믿음이 함께 하면 서로에게 힘이 되고 의지가 되어주는 것이다.

248

누구에게나 고민은 있다

> 누구에게나 삶의 고민이 있다.
> 그것이 그 삶의 무게이다.
> 그것이 삶의 빛깔이다.
>
> 법정
>
> 〈산에는 꽃이 피네〉

아무리 행복하다고 말하는 사람도, 만인의 존경을 받는 현자에게도 그것이 무엇이든 고민은 있게 마련이다. 고민을 하니까 사람인 것이다.

그런데 문제는 행복한 사람과 현자는 그 고민에 휘둘리지 않는다는 것이다. 오히려 그 고민을 통해 자신의 문제가 무엇인지를 살피게 됨으로써 자신으로부터 고민을 떼어 놓는다.

'주여, 제게 평온한 마음을 내려주소서. / 바꿀 수 없는 일은 받아들이게 해 주시고 / 바꿀 수 있는 일은 바꿀 수 있도록 용기를 주소서. / 그리고 이 둘을 구별하는 / 지혜를 주소서.'

이는 미국 뉴욕 유니언신학교 라인홀드 니버 교수의 기도문인데, 이 기도문처럼 적극적으로 고민에 대처해야 한다. 그것이 최선의 법칙이기 때문이다.

고민 없는 사람은 없다. 고민을 하니까 사람인 것이다. 문제는 고민에 빠지지 않는 것이다. 긍정적인 마인드로 적극 대응하면 능히 고민을 물리칠 수 있다.

249

개체를 넘어서 전체를 생각하는 마음

> 개체를 넘어서 전체를 생각해야 한다.
> 소욕지족, 적은 것으로써 만족할 줄 알아야 한다.
> 그래야 넉넉해진다.
>
> 법정
>
> <산에는 꽃이 피네>

소인小人은 자신에게 매여 전전긍긍하지만, 대인大人은 자신을 떠나 타인과 사회에 대해 무엇을 할까 생각하고 행동한다. 소인은 하나의 객체인 자신을 우선하지만 대인은 자신을 넘어 전체를 생각한다. 이것이 소인과 대인의 차이이다.

이런 관점에서 볼 때 사람은 대개 소인일 수밖에 없다. 자신이 잘되고 행복한 것, 이것이 사람들에게는 최대의 관심사이자 삶의 목적이기 때문이다. 그러나 자신을 행복하게 하고 또한 자신으로 인해 타인과 사회가 행복할 수 있다면, 자신이 많은 것을 소유하기보다는 작은 것에 만족함으로써 자신에게 올 것을 타인에게로 돌릴 수 있어야 한다.

많은 것을 가진 사람들이 행복하리라는 것은 착각에 불과하다. 우리가 모르는 고민과 걱정에 매여 있는 경우가 많기 때문이다. 작은 것을 가지고도 행복하다면 그것이야말로 진정한 행복인 것이다.

자신만 안다면 이는 소인배에 지나지 않는다. 자신은 전체 속에 하나의 구성원이다. 그런 까닭에 전체를 생각할 줄 알아야 한다. 그래야 떳떳하고 긍지를 갖게 된다.

250

유심히 보라

> 건성으로 보지 말고 유심히 바라보라.
> 그러면 거기에서 자연이 지니고 있는,
> 생명이 지니고 있는
> 신비성과 아름다움을 캐낼 수가 있다.
>
> 법정
>
> 〈산에는 꽃이 피네〉

시詩를 잘 쓰기 위해서는 같은 사물을 보더라도 남들이 보지 못하는 것을 보는 눈이 탁월해야 한다. 그래야 그것을 통해 발견한 깨달음을 시로 써서 사람들에게 감동을 주고, 깨달음을 주게 된다. 시인은 보통 사람들이 보지 못하는 것을 보는 눈이 매우 밝다. 이는 비단 시인만이 아니다. 소설가도 그렇고, 음악가도 그렇고, 화가도 그렇다. 예술가는 보지 못하는 것을 보고 그것을 전해주는 사람이다.

보지 못하는 것을 보는 눈을 갖는다는 것은 매우 중요하다. 꽃과 나무, 한 포기의 풀, 맑고 시원한 샘물, 눈이 부시게 맑고 푸른 하늘 등 우리가 늘 대하는 자연도 어떤 눈으로 바라보느냐에 따라 느끼는 감정은 다 다르다. 무엇이든 아름다움과 그 아름다움 속의 진실을 느끼기 위해서는 자세히 보는 습관을 들여야 한다.

그렇다. 무엇이든 건성으로 보지 말고 자세히 보는 당신이 돼라.

꽃 한 송이, 풀꽃 하나도 유심히 보라. 거기에 생명이 있고 신비가 있음을 발견하게 된다. 그리고 그것을 통해 맑고 풋풋한 생명의 기운을 얻게 될 것이다.

251

삶은 부피보다 질이다

삶의 부피보다는
질을 문제 삼아야 한다.

법정

<산에는 꽃이 피네>

세상에서 제일 행복하다고 말하는 사람들은 하나같이 네팔, 부탄, 방글라데시 같은 가난한 나라 사람들이다. 이들은 없다는 것은 단지 조금 불편할 뿐 그것은 살아가는 데 전혀 문제가 되지 않는다고 생각한다. 그러다 보니 매사를 낙관적으로 생각하고 지극히 작은 것에도 감사하며 산다. 그런데 온갖 조건을 갖춘 사람들은 오히려 행복하지 않다고 하니 삶의 아이러니가 아닐 수 없다.

없는 사람들은 없음에 적응하여 아무렇지도 않게 생각한다. 소박한 음식을 먹고 남루한 옷을 입어도 전혀 부끄럽지 않고 부러운 것이 없다. 그러나 넘치도록 풍족한 사람은 더 많은 것을 갖기 위해 전전긍긍하고 자신의 뜻대로 되지 않으면 불행하다고 말한다. 삶의 행복은 물질의 부피에 있는 것이 아니라 삶의 질에 있다. 진정 행복하고 싶다면 삶의 질을 높이는 일에 힘써야 한다.

물질이 풍부하다고 해서 행복한 것은 아니다. 삶의 질이 풍부해야 행복한 것이다. 삶의 부피도 중요하지만, 그보다 더 중요한 것은 삶의 질을 높이는 것이다.

252

하루 한 가지 착한 일을 듣거나 행하라

> 우리가 세상을 살아가면서 하루 동안에
> 한 가지라도 착한 일을 듣거나 행할 수 있다면
> 그날 하루는 결코 헛되이 살지 않고 잘산 것이다.
> 이 말을 거듭 명심해야 한다.
>
> 법정
>
> 〈산에는 꽃이 피네〉

일일일선一日一善이라는 말이 있다. 하루에 한 가지 선한 일을 행한다는 뜻이다. 하루에 한 가지 선한 일을 한다면 그것은 자신의 삶에 덕을 쌓는 의미 있는 일이다. 덕을 쌓는 일은 스스로를 축복하는 아주 의미 있는 일이 아닐 수 없다.

이에 대해 사람들 중엔 "매일 어떻게 선한 일을 할 수 있지? 그건 너무 힘든 일이야."라고 말하는 이들도 있을 것이다. 하지만 너무 어렵게 생각하지 않아도 된다. 선한 일이라고 해서 너무 의미를 크게 부여할 필요는 없다. 가령, 길을 모르는 사람에게 성의껏 길을 가르쳐 준다든지, 무거운 짐을 갖고 계단을 오르는 사람을 도와준다든지, 구걸을 하는 사람에게 작은 돈을 기부한다든지 하는 것은 다 선한 일이라고 할 수 있다.

그렇다. 하루 한 가지 선한 일을 듣거나 할 수 있으면 직접 행하라. 그것이야말로 스스로를 행복하게 하는 멋진 일이다.

우리는 하루 동안에도 수많은 이야기를 듣고 본다. 그 이야기 속에서 한 가지라도 좋은 이야기를 듣고 또 행할 수 있다면 그날 하루는 생산적인 하루라고 할 수 있다.

253

비본질적인 것, 불필요한 것은 다 버려라

나뭇잎을 떨어뜨려야
내년에 새 잎을 피울 수 있다. 나무가 그대로
묵은 잎을 달고 있다면 새 잎도 피어나지 않는다.
사람도 마찬가지다. 매 순간 어떤 생각, 불필요한 요소들을
정리해야 새로워지고 맑은 바람이 불어온다.

법정

〈산에는 꽃이 피네〉

현대인들은 생각을 너무 많이 하고 산다. 삶이 복잡해지다 보니 자연스럽게 생겨난 현상이다. 허나, 문제는 생각이 많으면 스트레스가 된다는 데 있다. 생각하지 않아도 될 것을 사서 하다 보면 공연히 걱정거리가 생기기 때문이다. 또한 필요치 않은 물건을 계속 소유하다 보면 습관이 되고 물건에 대해 집착하게 된다.

그렇다면 어떻게 해야 할까. 생각을 안 할 수는 없겠지만, 불필요한 생각이나 쓸데없는 걱정거리는 비워내야 한다. 물건 역시 마찬가지다. 불필요한 것은 집안 공간만 차지하여 비좁게 하고 짐만 될 뿐이니 쓰지 않는 물건은 버려야 한다. 그리고 근본적인 것은 마음을 비우는 것이다.

그렇다. 마음을 비우면 불필요한 생각들로부터 자유로울 수 있고, 물건에 대한 소유욕도 줄일 수 있다.

불필요한 생각과 말, 탐욕과 거짓 등 비본질적인 것은 다 버려야 한다. 그래야 몸과 마음이 가벼워짐으로써 생산적인 삶을 살아가게 된다.

254

필요에 따라 살되 욕망에 따라 살지 않기

> 물건은 우리를 행복하게 해주지 못한다.
> 소유물은 오히려 우리를 소유해 버린다.
> 필요에 따라 살되 욕망에 따라 살면 안 된다.
>
> 법정
>
> <산에는 꽃이 피네>

요즘 쇼핑하는 재미로 산다는 사람들이 의외로 많다. 홈쇼핑 방송이 다양해지고 생활 수준이 나아지다 보니 눈에 띄는 대로 갖고 싶은 마음도 그만큼 더해진다. 그러다 보니 물건을 주문하고 택배 오는 날을 기다리는 즐거움으로 산다는 말이 나돌 정도다.

그런데 문제는 주문한 물건 중엔 손도 안 대는 것들도 많다는 것이다. 그저 물건 주문하는 재미와 택배 기다리는 즐거움에 흠뻑 빠져 반복적으로 행하는 일일 뿐이다.

이는 무엇을 말하는가? 그만큼 마음이 허하다는 방증이다. 마음이 허하다 보니 쇼핑하는 것으로 공허함을 채우려 하는 것이다. 이 또한 쓸데없는 욕망일 뿐이다. 이렇듯 그것이 무엇이든 욕망에 따라 살면 스스로를 도태시키고 심하면 파멸에 이르게 한다. 필요에 따라 살면 잘못되는 일이 없을뿐더러 삶의 즐거움을 느끼기 때문이다.

욕망에 따라 살면 소유욕에 빠지게 된다. 그러나 필요에 따라 살면 욕망으로부터 자유로울 수 있다. 그렇다. 욕망으로부터 자유로울 때 진실로 행복할 수 있다.

255

가끔은 외로움을 느껴보라

> 너무 외로움에 젖어 있어도 문제지만
> 때로는 옆구리께를 스쳐가는 외로움 같은 것을
> 통해서 자기 정화, 자기 삶을 밝힐 수 있다.
> 따라서 가끔은 시장기 같은 외로움을 느껴야 한다.
>
> 법정
>
> 〈산에는 꽃이 피네〉

외로움이란 감정은 인간이기에 느낄 수 있는 가장 원초적이고 근원적인 마음이다. 그러니까 외로움 또한 사랑의 감정에 뿌리를 두고 있다는 말이다. 그래서 사랑이 많은 사람일수록 더 외로움이 많다.

그런데 문제는 외로움이 너무 많으면 스스로를 주체할 수 없을 만큼 힘들게 된다. 그런 까닭에 외로움을 달래 줄 수 있는 대상이 필요하다. 이와 반대로 외로움이 없어도 문제다. 외로움을 느끼지 못한다는 것은 감성이 메말랐다는 방증이다.

사람은 외로울 때 자신의 본모습을 바라보게 된다. 그런 까닭에 외로움을 잘 느끼지 못하는 사람은 인간미가 없고, 거칠고 사악하기까지 하다.

외로울 땐 외로움을 피하지 말고 외로워하라. 적당한 외로움은 자신을 살필 수 있는 가장 좋은 기회이다.

사람은 가끔씩 외로울 필요가 있다. 그 시간을 통해 자신도 소중한 사람들도 진지하게 생각하게 되기 때문이다. 그렇다. 가끔씩은 외로움의 숲을 걸어보라.

256

마음이 황폐해지지 않게 하라

옛날보다는 훨씬 많이 갖고 있으면서도
마음들은 오히려 더 허전하고
갈피를 잡지 못한다.

법정

〈산에는 꽃이 피네〉

물질이 풍요롭고 편리할수록 상대적으로 마음은 메마르고 건조하다. 물질이란 사람의 마음을 외부적인 것에 관심을 두게 한다. 외부적인 것에 마음을 두게 되면 내면의 의식에서보다는 외적인 것에서 만족을 추구하려는 마음이 강하다.

돈이 있다는 것은 좋은 일이지만 돈을 잘 쓰지 못하는 사람들, 돈만 있으면 무엇이든 다 할 수 있다는 생각에 물든 사람들에게 돈은 마약과도 같다. 이렇듯 물질이란 없어도 문제지만 많아도 문제일 때가 더 많다. 물론 이는 사람에 따라 다르지만 사회적으로 물의를 일으키는 사람들 중엔 물질에 대해 잘못된 인식을 가진 사람들이 많다는 게 그에 대한 방증이다.

마음이 황폐하면 인간의 본질을 잃게 된다. 본질을 잃은 인간은 지탄의 대상이 되고, 스스로 불행을 자초하게 된다는 것을 잊어서는 안 될 것이다.

물질적인 욕망에 갇히면 마음이 황폐해지고 삶이 건조해진다. 물질의 욕망으로부터 벗어날 때 인간의 본질을 간직하게 되고 욕망으로부터 자유로울 수 있다.

257

묵은 데 갇히지 않기

> 사람은 어떤 묵은 데 갇혀 있으면 안 된다.
> 꽃처럼 늘 새롭게 피어날 수 있어야 한다.
> 살아 있는 꽃이라면 어제 핀 꽃하고
> 오늘 핀 꽃은 다르다.
> 새로운 향기와 새로운 빛을 발산하기 때문이다.
>
> 법정
>
> 〈산에는 꽃이 피네〉

고정관념固定觀念은 사람을 비생산적이고 비창의적인 사람으로 만드는 주요인이다. 고정관념에 깊이 물들면 그 틀에서 벗어나지 않으려고 한다. 새로운 변화를 따르면 더 좋은 여건을 만들어 더 나은 삶을 살 수 있는데도 마다하고 스스로를 아집에 매이게 한다.

고정관념에 매이면 마치 깊은 동굴에 갇혀 있는 것과 같아, 새로운 것을 볼 수도 없고 생각할 수도 없다. 무언가를 봐야만 느끼고 생각하게 되는데 그것이 가로막힌 까닭이다.

지금과 다른 나로 살고 싶다면 지금과는 다른 생각을 하고 시도해야 한다. 사람은 새로운 것을 볼 수 있어야 하고 그것을 통해 자아를 계발하고 더 나은 내가 됨으로써 행복한 나를 살게 되는 것이다. 당신은 오늘보다는 내일이, 내일보다는 그 다음날이 더 향기로운 삶이길 바란다.

낡고 고루한 생각에 빠져 있으면 몸과 마음이 거칠고 피폐해진다. 새로운 생각으로 자신을 새롭게 해야 한다. 그래야 몸과 마음이 산뜻해지고 윤택해진다.

258

마음의 메아리가 아름답게 울리도록 하라

누군가를 기쁘게 해주면 내 자신이 기뻐지고,
누군가를 언짢게 하거나 괴롭히면
내 자신이 괴로워진다.
이것이 바로 마음의 메아리이다.
마음의 뿌리는 하나이기 때문에 그렇다.

법정

<산에는 꽃이 피네>

세상의 모든 것은 상대적이다. 내가 누군가를 기쁘게 해주면 더 큰 기쁨이 되어 돌아오고, 내가 누군가를 사랑하면 더 큰 사랑이 되어 오고, 누군가를 어여삐 여기면 누군가도 나를 어여쁘게 대한다.

이와 마찬가지로 내가 누군가를 슬프게 하면 더 큰 슬픔이 되어 돌아오고, 누군가에게 아픔을 주면 더 큰 아픔이 되어 돌아오고, 누군가에게 마음의 상처를 주면 더 큰 마음의 상처를 받게 된다.

내가 하는 대로 나 또한 받게 되는 것이 세상의 이치이다. 그런데 무지한 사람들은 자신이 남에게 한 일은 생각지 않고, 자신이 당한 일에 대해 분노하고 불공평하다고 불평한다. 참으로 어처구니가 없을 뿐만 아니라 염치가 없다.

그렇다. 좋은 것을 받고 싶다면 당신이 먼저 좋은 것으로 주어라. 내가 하는 그대로 받게 되는 것이 세상의 진리인 것이다.

자신이 행복하고 싶다면 누군가를 행복하게 하고, 즐겁게 살고 싶다면 누군가를 즐겁게 하라. 이렇듯 메아리가 울리듯 자신이 받고 싶은 대로 행하라.

259

따뜻한 가슴에서 청빈한 덕이 자란다

따뜻한 가슴을 지녀야 청빈한 덕이 자란다.
우리가 불행한 것은 경제적인 결핍 때문이 아니다.
따뜻한 가슴이 없기 때문에 불행해지는 것이다.

법정

<산에는 꽃이 피네>

따뜻한 가슴을 지닌 사람은 사슴처럼 순한 눈을 지녔다. 얼굴엔 잔잔한 미소가 언제나 은은하고, 말투는 부드럽고 행동은 온화하다. 악의라고는 찾아볼 수 없다. 따뜻한 가슴엔 사랑이 샘물처럼 솟아나고, 어려운 사람들을 보면 지나치지 못하고, 콩 한쪽도 나눠 먹는 인정이 맑은 시냇물처럼 졸졸 흐른다.

그런 까닭에 따뜻한 가슴을 지닌 사람은 청빈한 덕을 지니는 것이다. 덕은 사람을 어질게 하는 근원이기에 덕이 있는 사람은 하나같이 가슴이 맑고 따뜻하다.

가난 속에서도 행복하다고 말하는 사람은 대개가 청빈한 덕을 지녀 스스로를 행복하게 하는 것이다.

당신이 진정으로 행복하고 싶다면 부자가 되기보다는, 청빈한 덕을 지닌 가슴이 따뜻한 사람이 되기 위해 노력하라.

가슴이 차가우면 덕을 지닐 수 없다. 덕은 따뜻한 가슴에서 싹트는 것이다. 덕을 쌓기 위해서는 가슴을 따뜻하게 하라.

260

욕망과 필요의 차이

욕망과 필요의 차이를 알아야 한다.
욕망은 분수 밖의 바람이고,
필요는 생활의 기본 조건이다.
하나가 필요할 땐 하나만 가져야지
둘을 갖게 되면 당초의 그 하나마저도 잃게 된다.

법정

〈산에는 꽃이 피네〉

보편적 욕망은 누구에게나 있다. 이는 태어날 때부터 갖고 태어나는 근원적인 마음이다. 하지만 보편적 욕망을 넘어서는 욕망은 탐욕에서 오는 그릇된 욕망이다. 그래서 욕망이 지나치다 보면 탐욕의 노예가 되는 것이다.

사람이 온전한 삶을 살기 위해서는 분수 안에서 살아가야 한다. 분수 안에서 살면 절대 잘못될 일이 없다. 분수 안에 있으면 자신의 처지를 스스로 통제하게 되기 때문이다.

모든 문제는 그릇된 욕망이 그 원인이다. 마음으로부터 그릇된 욕망이란 못을 빼내 버려야 한다. 그래야 욕구불만에서 오는 마음의 병을 치유할 수 있다.

지금 자신의 마음을 가만히 두드려 보라. 헛된 욕망으로 둔탁한 소리가 나는지를. 그렇다면 청아한 소리가 나도록 마음을 맑고 깨끗하게 하라.

불필요한 것을 탐내면 분수를 벗어난 욕망이지만, 필요에 따라 살면 분수 안에서의 삶이다. 그렇다. 욕망에 따르지 말고 필요에 따라 살아야 한다.

261

행복은 언제나 단순한 것에 있다

창호지를 바르면서 아무 방해받지 않고
창에 오후의 햇살이 비쳐들 때
얼마를 아늑하고 좋은가.
이것이 행복의 조건이다.

법정

〈산에는 꽃이 피네〉

사람들은 행복을 곁에 두고도 멀리서 찾으려고 한다. 가까이에 있는 행복을 보려고 하지 않는 것은 행복이 단순한 것에 있다는 것을 모르기 때문이다.

이에 대해 고대 그리스 시인 호라티우스는 "사람들은 행복을 찾아 세상을 헤맨다. 그런데 행복은 누구의 손에든지 잡힐 만한 곳에 있다. 그러나 마음속에 만족을 얻지 못하면 행복을 얻을 수 없다."고 말했다. 참으로 적확한 지적이 아닐 수 없다.

어리석은 사람들은 행복을 곁에 두고도 남의 것을 부러워하며 자신을 불행하다고 말하지만, 지혜로운 사람은 늘 자신 곁에서 행복을 찾으려고 노력한다.

가만히 생각해보라. 당신 가까이에 있는 행복이 무엇인지를. 그리고 명심하라. 당신 곁에 있는 행복을 두고도 멀리서 찾고자 한다면 곁에 있는 행복을 영원히 잃게 되리라는 것을.

행복을 화려하고 거창한 것에서 찾지 마라. 행복은 지극히 단순한 것에 있다. 그렇다. 크고 좋은 것에서 행복을 찾으면 행복은 저 멀리서 지켜본다. 단순한 것에서 행복을 찾으면 언제나 다정히 손을 잡아준다.

262

너 자신을 삶의 빛이 되게 하라

> 한 사람의 마음이 맑아지면
> 그 둘레가 점점 맑아져서 마침내는
> 온 세상이 다 맑아질 수 있다.
>
> 법정
>
> 〈산에는 꽃이 피네〉

"너 자신을 누군가에게 필요한 존재로 만들어라."

이는 미국의 사상가이자 시인인 랠프 왈도 에머슨의 말이다.

필요한 존재가 되기 위해서는 스스로 자신을 돕듯 남을 도와야 한다. 가령, 자신의 재능과 능력을 타인들과 공유한다는 것은 바로 누군가에게 필요한 존재가 되는 것을 말한다. 나아가 에머슨은 말하기를 "너 자신을 최대한 활용하라. 왜냐하면 그것이 너에게 주어진 전부이기 때문이다."라고 했다.

이 말에서 보듯 자신을 최대한 활용하는 것 중 가장 손쉬우면서 바람직한 것이 바로 자신의 재능과 능력을 나누는 것이다.

그렇다. 자신의 재능을 살려 사회에 도움이 되고 남에게 도움을 주든 자신의 사랑으로 헌신하는 것은 자신의 인생을 빛이 되게 하는 일이다. 이런 사람이 있음으로 해서 그 주변은 밝게 빛을 내고, 나아가 세상의 빛이 되는 것이다.

누군가에게 삶의 빛이 되어 준다면 그것은 참으로 복된 일이다. 그렇다. 삶의 빛이 되어 세상이 맑아지도록 노력하라.

263

학문의 본질을 잃지 않기

오늘날 학문하는 사람에게는 기상이 없다.
생각 자체가 삶의 기쁨이 되어야 하는데, 이다음에 써먹기
위한 수단으로, 과정으로, 출세 길을 위한 방편으로
학문을 하기 때문에 기상이나 기백이 돋아날 리 없다.

법정

〈산에는 꽃이 피네〉

학문의 본질은 이상을 구현하는 데 있다. 배우고 익힘으로써 사람답게 사는 것이 무엇인지, 그리고 어떻게 살아야 좀 더 삶을 잘 살 수 있는지에 대한 탐구가 바탕이 되어야 한다.

그런데 학문을 단지 좋은 직장에 취업하는 수단으로 삼는다든지, 출세 길의 수단으로 삼는다는 것은 학문의 본질을 벗어난 지극히 졸장부다운 일이 아닐 수 없다.

학문은 배움으로써 그 자체가 즐거움이 되어야 한다. 그리고 이 사회에 무언가 도움이 될 수 있는 근본이 될 때 학문으로써의 가치를 지니게 된다.

그렇다. 학문을 단지 좋은 직장에 취업하고, 출세의 수단으로 삼지 마라. 배움의 가치를 되살리고, 그로 인해 삶의 즐거움을 누리는 우리가 되어야겠다.

학문의 본질은 지식을 탐구하여 자신의 지식으로 만드는 것이다. 학문의 본질을 잃지 않기 위해서는 늘 학문을 익히고 탐구하라.

264

물건은 물건답게 써라

> 물건은 도구이다.
> 살아가면서 필요한 생활 도구이다.
> 생활 도구로 쓰지 않고 물건을 반닫이 위나
> 어디에 모셔 놓으면 그건 도구가 아니다.
>
> 법정
>
> <산에는 꽃이 피네>

예전에 어떤 집에 갔을 때 도자기를 비롯해 여러 가지 그림 등이 집안 곳곳에 장식되어 있었다. 마치 작은 박물관을 온 듯한 인상을 받았다. 그 모습만으로도 주인이 얼마나 도자기와 그림을 애지중지하는지를 알 것만 같았다. 마치 주인이 객客이고 도자기와 그림이 주인인 듯했다. 물론 값비싸고 가치가 있는 것은 소중히 간직해야 한다.

그런데 물건이 주인이라도 되는 듯 주객이 전도된 느낌을 버릴 수 없었다. 물건은 인간에게 유용하게 쓰라고 있는 것이다. 그래야 물건으로써의 가치를 지니게 된다.

그렇다. 물건은 물건답게 써야 한다. 물건을 모셔두는 장식품으로 여긴다면 사람이 물건의 그늘에 가리게 된다. 이 세상 그 어느 것도 사람보다 소중한 것은 없다.

물건은 물건답게 써야 한다. 쌓아두고 쓰지 않으면 그것은 도구로서의 의미가 없다. 사람이든 물건이든 의미가 있을 때 가치가 있는 것이다.

265

현대문명의 해독제

> 현대문명의
> 해독제는 자연밖에 없다.
>
> 법정
>
> 〈산에는 꽃이 피네〉

급격한 산업발달은 인간의 삶을 놀랍도록 변화시켰다. 편리함과 실용성은 물론 손 하나 까딱하지 않고도 온갖 것을 누릴 수 있는 시대가 되었다. 물질문명은 인간이 창조적인 존재라는 것을 새삼 느끼게 해주었다. 그런데 문제는 편리하고 실용적일수록 사람들의 마음은 건조하고 메말라간다. 그러다 보니 정서적으로도 불안하고 인간적인 교감 또한 적어지게 되었다.

이는 무엇을 말하는가. 물질문명의 편리함 이면에는 인간성이 사라져간다는 것을 의미한다. 사람은 생각하고 몸을 움직이고 때때로 자연을 찾아 지치고 메마른 마음을 정화시켜야 한다. 그래야 정서적인 순환작용이 이루어지는 것이다.

그렇다. 편리함을 추구하되 그것에 얽매여서는 안 된다. 되도록 몸을 움직이고 자연과 교감하도록 해야 한다. 자연이야말로 가장 효과적인 문명의 해독제이기 때문이다.

자연은 보는 것만으로도 마음을 맑게 한다. 그런데 인간의 이기로 전 세계적으로 자연이 훼손되고 있다. 문명의 해독제인 자연이 훼손되면 인류의 삶도 끝나고 만다.

266

행복의 씨앗

지극히 사소하고 일상적인 것 속에
행복의 씨앗이 들어 있다.
빈 마음으로 그걸 느낄 수 있어야 한다.

법정

<산에는 꽃이 피네>

일상에서 행복을 더 많이 느끼는 사람과 그렇지 않은 사람의 차이는 어디에서 오는가. 그것은 많은 것을 소유하거나 남들이 갖지 못한 보석을 지녔거나 높은 지위에 있거나, 좋은 집, 좋은 환경에 있지 않다. 누가 더 작고 소소한 것에서 더 즐거움을 느끼고 기뻐하는 데에 있다. 작은 것을 보고도 기뻐하고 즐거워하는 사람은 매사에 있어 감사해하고 행복해한다. 그러다 보니 그런 만큼 행복을 느끼는 속도가 빠르고 횟수 또한 더 많다.

그런데 많은 것, 좋은 것에서 행복을 느끼는 사람은 작고 사소한 것에는 관심조차 없다. 그러다 보니 행복을 느끼는 횟수가 적을 수밖에 없다.

더 많은 행복을 느끼고 즐겁고 기쁜 마음으로 살고 싶은가. 그렇다면 작고 사소한 것에 관심을 주고 즐거워하고 기뻐하라. 그런 만큼 많은 행복을 누리며 즐거운 마음으로 살아가게 될 것이다.

욕심이 적은 사람일수록 사소한 것에서도 행복을 잘 느낀다. 그러나 욕심이 많은 사람은 사소한 것에서는 행복을 잘 느끼지 못한다. 그렇다. 행복은 욕심 없는 마음에서 더 크게 더 많이 다가오는 것이다.

267

필요치 않은 것은 없다

> 모든 것이 다 필요한 존재이다.
> 이 우주에 존재하는 모든 것들은
> 다 필요한 것이다.
> 어떤 생물이 됐든 필요하기 때문에 생겨났다.
>
> 법정
>
> **〈산에는 꽃이 피네〉**

이 세상에 존재하는 것은 다 필요에 의해서다. 그런 측면에서 볼 때 살아 있는 것은 다 의미가 있는 만큼 소중하다. 물론 인간의 관점에서 볼 땐 없어도 좋을 것들이 있다. 하지만 그것 역시도 인간과 자연으로서의 밀접한 관계가 있기 때문에 함부로 훼손해서는 안 된다.

그런데 사람들은 자신들의 이익을 위해 나무를 베어내고, 바다와 강을 오염시키고, 맑은 공기를 더럽히고, 동물들을 사냥하는 등 마치 자신들이 지구의 주인이라도 되는 양 오만방자하게 군다. 그러다 보니 자연이 훼손되고, 장마로 인해 홍수가 나고, 빙하가 녹아내려 지구온난화가 심각할 정도로 이뤄지고 있다. 그로 인해 지구는 병들고 사람들은 온갖 질병으로부터 생명을 위협받고 있다.

이제는 우리가 함부로 훼손시킨 잘못에 대해 반성하고 망가진 지구를 깨끗하게 복원시켜야 한다. 그것만이 우리가 살 길인 것이다.

이 세상에 존재하는 모든 것은 다 필요에 의해서다. 그런 까닭에 중요하지 않은 것은 없다. 작은 것 하나라도 소중히 하라.

268

인간의 궁극적인 목표

인간의 궁극적인 목표는 자유에 있다.
자유에 이르기 위해서 인간의 청정한 본성인 사랑과
지혜에 가치 척도를 둬야 한다.
그리하여 모든 것으로부터 자유로워질 수 있어야 한다.

법정

〈산에는 꽃이 피네〉

인간은 자유라는 말을 참 좋아한다. 자유는 어디에도 얽매이지 않고 내게 주어진 권리와 의무를 다하는 데 있어 반드시 필요하기 때문이다. 그래서 자유를 억압을 당하면 목숨을 걸고 자유를 되찾는 일에 최선을 다한다.

법정 스님은 자유를 얻기 위해서는 인간의 청정한 본성인 사랑과 지혜에 가치 척도를 둬야 한다고 말한다. 인간의 본성이 맑고 온유해야 사랑의 맑은 기운을 받게 되고, 그로 인해 자유를 누리며 행복하게 살아가기 때문이다.

그런데 자신의 욕망을 위해 타인의 자유를 억압하고 구속하는 이들로 인해 세계 곳곳에서 사람들이 생명을 위협받고 있다. 이는 인간의 본성을 잃고 사랑의 가치를 잃어버려 사악하고 추악한 인간으로 변질되었기 때문이다.

인간의 본성을 잃지 않도록 해야 한다.

인간은 몸과 마음이 자유로울 때 더욱 인간다움을 느낀다. 자유는 인간에게 있어 본성이기 때문이다. 모든 억압으로부터 벗어나도록 몸과 마음을 맑게 하라.

269

내가 하고 싶은 일을 하라

진정으로
하고 싶은 일을 하라.

법정
<진정으로 하고 싶은 일을 하라>

어떤 부모들은 자식을 자신들이 바라는 대로 가르치기 위해 자식의 의견은 안중에도 없고 자신들이 짜놓은 인생 프로그램대로 따라주길 바란다. 하나에서부터 열까지 자식을 관리하며 "내가 너를 얼마나 사랑하는 줄 아니?"라는 달콤한 말로 자식들이 거부하지 않도록 파이를 건넨다.

이런 일이 비일비재 한 것은 내가 낳았으니 내 맘대로 할 수 있다는 비뚤어진 생각이 자식을 자신의 소유물로 여기게 하는 까닭이다. 그로 인해 마음의 상처를 입고 자식들이 잘못되는 일들이 곳곳에서 일어나고 있다. 진정으로 자식을 위한다면 자식이 하고 싶어 하는 일을 하게 해야 한다. 그래야 활기찬 삶을 살아가게 된다.

또한 누가 됐든 자신이 하고 싶은 일을 해야 한다. 그래야 자신이 하는 일에 보람을 느끼게 되고, 삶을 가치 있게 살아가게 된다.

사람은 자신이 하고 싶은 일을 해야 삶의 만족도가 커지고, 행복 또한 깊어진다. 무엇이 됐던 남 눈치 보지 말고 자신이 좋아서 하는 일을 하라.

270

반가운 손님, 행복

행복이란, 가슴속에 사랑을
채움으로써 오는 것이고,
신뢰와 희망으로부터 오고,
따뜻한 마음을 나누는 데서 움이 튼다.

법정

〈사람과 사람 사이〉

행복하고 싶다면 / 너의 가슴을 사랑으로 가득 채워라. / 그 사랑을 나눠주는 일에 힘쓰라. / 사랑을 나눔은 내 마음을 나눔이며 / 꿈과 희망을 심어주는 일이다. / 행복이 저절로 찾아오길 바라지 마라. / 그것은 나무에서 물고기를 구하는 거와 같나니, / 행복하고 싶다면 행복한 일을 하라. / 행복은 행복할 만한 일을 할 때 찾아오는 / 인생의 반가운 손님인 것이다.

김옥림 _시 〈반가운 손님〉

행복은 사랑에서 오고, 희망으로부터 오고, 믿음으로부터 온다. 인생의 반가운 손님인 행복을 맞고 싶다면 희망과 믿음으로써 사랑하라.

271

삶의 흐름이 멈추지 않게 하라

> 흐름이 멈추어
> 한 곳에 고이게 되면 부패한다.
> 이것은 우주 생명의 원리다.
>
> 법정
>
> **<새벽 달빛 아래에서>**

물이 흐름을 멈추어 고이게 되면 썩는다. 썩은 물은 생명이 자라지 못한다. 벌레가 끼고 악취가 날 뿐이다. 멈춤과 고임은 부패를 뜻한다.

사람 또한 마찬가지다. 한 사람이 오랫동안 한 자리에 있으면 부패할 가능성이 크다. 생각 또한 마찬가지다. 새로운 변화를 따르지 않으면 생각도 낡고 안일하게 된다.

강물은 흘러갈 때 강답고, 밤하늘엔 초롱초롱한 별들이 빛을 내며 반짝일 때 밤하늘답다. 이렇듯 강도 밤하늘도 강다워야 하고 밤하늘다워야 살아 있다는 증거이다.

우리의 삶 역시 정체되면 신선함을 잃게 되고, 활기를 잃은 삶은 꿈도 행복도 떠나게 된다. 삶을 역동적이게 해야 꿈도 행복도 찾아오는 법이다.

그렇다. 당신의 삶을 사시사철 유유히 흐르는 강물이 되게 하라.

물이 고이면 썩듯 삶 또한 흐르지 않고 고여 있으면 썩는다. 썩은 삶은 죽은 삶이다. 삶이 썩지 않게 늘 부지런히 작동시켜 흐르게 하라.

272

물러날 땐 스스로 알아서 물러나라

> 누가 시키거나 참견하지 않아도
> 스스로 알아서 물러설 줄 아는 이 오묘한 질서,
> 이게 바로 어김없는 자연의 조화다.
> 대립하거나 어긋남이 없이
> 서로 균형을 잘 이루는 우주의 조화다.
>
> 법정
>
> 〈모두 다 사라진 것은 아닌 달에〉

자연이 아름다운 것은 그 실체에도 있지만 순리를 벗어나지 않은 그 질서에 있다. 꽃은 때가 되면 꽃을 피워 한껏 향기를 발하다, 질 때가 되면 스스로 물러간다. 나무 또한 잎을 피우고, 꽃을 피우고, 열매를 맺고 때가 되면 본래의 모습으로 되돌아간다. 모든 자연은 순리를 거스르는 법이 없다.

그러나 만물의 영장이라는 사람은 어떠한가. 만물의 으뜸이란 이름이 무색하리만치 사람들 중엔 탐욕으로 인해 손가락질을 받고 제 얼굴에 침 뱉는 이들이 의외로 많다. 자리 욕심에 물러날 때가 되도 물러나지 않으려고 갖은 수를 쓰는 이들을 보면 환멸을 느낀다.

진실한 사람은 자리에 있을 땐 최선을 다하고 물러날 땐 말없이 물러난다. 이것이 제대로 된 사람의 인격인 것이다.

어떤 자리에 있든 물러날 때가 되면 조용히 물러나라. 미련스럽게 어기적거리는 것처럼 꼴불견은 없다. 물러날 때를 알고 물러나는 것이야말로 유종의 미를 맺는 삶인 것이다.

273

우리가 만나야 할 사람

우리가
진정으로 만나야 할 사람은
그리운 사람이다.

법정

〈화전민의 오두막에서〉

사람들을 보면 여러 유형이 있다. 첫째, 보고 또 봐도 자꾸만 보고 싶은 사람 둘째, 다시는 보고 싶지 않은 사람 셋째, 봐도 그만 안 봐도 그만인 사람이 있다.

둘째 유형의 사람은 참으로 불행한 사람이 아닐 수 없다. 인생을 잘못 살고 있기 때문이다. 셋째 유형의 사람은 욕 안 먹고 사는 정도의 사람으로 보편적인 사람들이 여기에 속한다.

하지만 첫 번째 유형의 사람은 삶을 잘 살고 있는 사람으로 본인은 물론 상대에게도 행복을 주는 사람이다. 이런 사람은 안 보면 그리워지는 사람이다. 그래서 자꾸만 연락을 취하게 되고, 매일 만나도 반갑고 살갑다.

우리가 만나야 할 사람은 그가 무엇을 하든 이런 유형의 사람이다. 당신은 누군가가 그리워하는 사람이 돼라. 그것은 당신이 사람답게 잘 살고 있다는 것을 스스로 증명하는 거와 같기 때문이다.

그리움을 느끼지 못하는 사람에겐 애착이 가지 않는다. 마음이 통하지 않기 때문이다. 그리움을 느끼는 사람을 만나라. 그가 만나야 할 사람이기 때문이다.

274

꽃이 꿀을 품듯 삶의 품격을 갖춰라

꽃이 꿀을 품고 있으면
소리쳐 부르지 않더라도
벌들은 저절로 찾아간다.

법정

<그대가 곁에 있어도>

향기가 있는 꽃은 가만히 있어도 벌과 나비가 몰려든다. 하지만 향기가 없는 꽃은 거들떠도 안 본다. 꽃에게 향기는 꽃의 품격과 같다.

사람 중에도 그 주변에 사람들이 몰려드는 이가 있다. 그는 사람 됨됨이가 제대로 된 사람이다. 이에 대해 영국의 희곡작가 윌리엄 셰익스피어는 다음과 같이 말했다.

"꽃에 향기가 있듯 사람에겐 품격이 있다. 꽃은 싱싱할 때에는 향기가 신선하듯이 사람도 마음이 맑지 못하면 품격을 보전하기 어렵다. 썩은 백합꽃은 잡초보다 오히려 그 냄새가 고약하다."

셰익스피어의 말의 의미는 품격은 그 사람만의 향기를 뜻한다. 그래서 그 주변에는 사람들이 몰려드는 것이다.

그렇다. 사람은 품격을 갖춰야 한다. 그렇게 될 때 존경받고 오래도록 인격자로 기억되어지기 때문이다.

품격 있는 사람 주변엔 사람들이 많다. 삶의 향기를 전해주기 때문이다. 품격을 갖춰 자신의 삶을 맘껏 구가하라.

275

세월이 스며들지 못하게 하라

> 젊고 늙음은 육신의 나이와는
> 별로 상관이 없을 것 같다. 사실 깨어 있는
> 영혼에는 세월이 스며들지 못한다.
>
> 법정
>
> 〈묵은 편지 속에서〉

현대경영학의 권위자인 피터 드러커는 75세의 늦은 나이에 정년을 맞아《자본주의 이후의 세계》,《방관자의 모험》등 100여 권이 넘는 책을 집필했다. 그는 아흔여섯 해를 사는 동안 "60세 이후 30여 년 동안이 내 인생의 황금기였다."고 말했다. 피터 드러커가 은퇴 후 100여 권이 넘는 책을 썼다는 것은 자신을 사랑하고 헌신할 때만 가능하다. 책을 쓰기란 그리 만만치 않은 까닭이다. 이는 피터 드러커의 가슴이 뜨겁게 불타올랐기에 가능하다.

가슴이 푸른 에너지로 가득 차 있도록 해야 한다. 푸른 에너지가 있는 한 나이가 칠십이 되고, 팔십이 되고, 구십이 되고, 백 세가 되어도 청춘의 마음으로 살아갈 수 있다. 그래서 자신이 무언가를 해야 한다고 끊임없이 생각하고 그것을 실행에 옮긴다. 그런 까닭에 세월이 스며들지 못하게 영혼을 푸르게 가꿔야 한다. 그리고 자신이 하고 싶은 것을 맘껏 행하라.

영혼이 깨어 있으면 세월이 스며들지 못한다. 그런 까닭에 젊고 푸르게 사는 것이다. 영혼이 깨어 있음에 세월이 스며들지 못하게 하라.

276

비어서 더 충만하다

텅 비어 있기 때문에
가득 찼을 때보다
오히려 더 충만하다.

법정

<빈 방에 홀로>

바쁘게 지내다 등산을 하거나 한적한 오솔길을 걷다 보면 몸과 마음이 맑아오는 것을 느끼게 된다. 그리고 몸과 마음이 날아갈 듯 경쾌하다. 하지만 이상하게도 마음은 꽉 찬 충만감으로 가득 넘친다.

또한 평안함과 안온함으로 가슴이 뿌듯해지며 행복감이 밀려온다. 그 순간만큼은 모든 것을 다 잊고 자연과 하나로 동화된다.

바쁘게 지낼 땐 경쟁으로 신경을 집중해야 하고, 성과를 내야 한다는 심적 고충으로 스트레스가 쌓이게 된다. 그러다 보니 가슴이 답답하고 몸과 마음이 무거울 수밖에 없다.

그런데 한적하고 고요한 자연에 몸을 담그자 마음이 한없이 맑아지면서 스트레스가 풀리고, 한없는 충만감으로 가득 차는 것이다.

그렇다. 몸과 마음이 무거울 땐 마음을 비우고 텅 빈 충만감에 잠겨보라. 새로운 힘이 솟아나는 것을 느끼게 될 것이다.

마음이 비어 있으면 충만함을 느끼게 된다. 그러나 마음이 꽉 차면 충만함을 잘 느끼지 못한다. 충만한 삶을 살고 싶다면 마음을 깨끗이 비워야 한다.

277

꽃 한 송이도 결코 함부로 하지 마라

개울가에 산목련이
잔뜩 꽃망울을 부풀리고 있다.
한 가지 꺾어다 식탁 위에 놓을까 하다 그만두었다.
갓 피어나는 꽃에게 차마 못 할 일 같아서였다.

법정
<봄 여름 가을 겨울>

인간은 꽃 한 송이, 풀 한 포기, 나뭇가지 하나 함부로 꺾을 권리가 없다. 이는 인간이 지구상에 태어나기 전에 이미 존재했던 것으로 창조주로부터 먼저 선택 받은 귀한 존재이다.

그런데 인간이 무슨 권리로 꽃을 꺾고, 풀을 꺾고, 나무를 베어낼 수 있단 말인가. 이는 인간의 무지와 오만이 아닐 수 없다.

지금 지구는 혹독한 아픔을 겪고 있다. 인간에게 먹을 것을 주고, 입을 것을 주고, 따뜻한 집을 준 자연이 인간에 의해 고난을 겪고 있다. 인간의 탐욕이 만든 결과로 인해 인간 또한 자연으로부터 역습을 당해 위기에 처해 있다. 은혜를 원수로 갚았으니 자연인들 어찌 화가 나지 않을까.

우리가 사는 길은 한 송이 꽃, 한 포기의 풀, 한 그루의 나무도 함부로 여겨서는 안 된다. 자연이 풍성해야 인간 역시 풍요롭게 되는 것이다.

들에 아무렇게나 피어있는 들꽃도 함부로 해서는 안 된다. 들꽃도 생명이며, 자연을 아름답게 가꾸는 하나의 주체이기 때문이다.

278

뒤끝이 산뜻해야 한다

개나리나 옥매 같은 꽃은 필 때는 고운데 잎이 퍼렇게
나와 있는데도 질 줄 모르고 누렇게 빛이 바래지도록
가지에 매달려 있다. 그러나 모란이나 벚꽃은
필 만큼 피었다가 자신의 때가 다하면 미련 없이
훈풍에 흩날려 뒤끝이 산뜻하고 깨끗하다.

법정

〈봄 여름 가을 겨울〉

사람은 처음 만날 때도 좋은 인상을 주어야 하지만, 헤어질 땐 더욱 좋은 인상을 남겨야 한다. 처음엔 좋았는데 나중에 나쁜 인상을 준다면 그것은 자신에게도 상대에게도 씁쓸한 기분을 남기게 된다.

사람들 중엔 이런 사람들이 의외로 많다. 처음엔 간과 쓸개를 다 줄듯 하다 자신의 욕구를 충족하면 언제 그랬느냐는 듯 매몰차게 뒤돌아서 간다. 이는 자신의 인생을 마이너스가 되게 하는 추악한 일일 뿐이다. "그는 정말 한결같은 사람이야. 그를 만난 건 행운과도 같은 일이었지."라는 말을 들을 수 있다면 인생을 참 잘 살았다고 해도 과언이 아니다.

그렇다. 처음 만남도 중요하지만, 뒤끝이 산뜻한 사람이 되어야 한다. 그것은 스스로를 축복하는 생산적인 일이기 때문이다.

꽃이 활짝 피어 즐거움을 주고 말없이 지듯, 떠날 때 뒤끝이 산뜻해야 한다. 그것은 인생을 잘 살았다는 방증이기 때문이다.

279

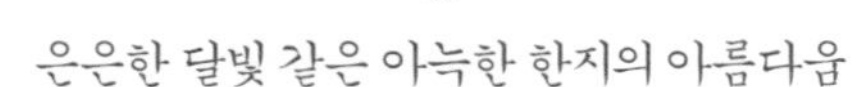

한지의 아름다움은 창호에서 느낄 수 있다.
양지의 반들반들한 매끄러움과 달리
푸근하고 아늑하고 말할 수 없이 부드럽다.
양지가 햇빛이라면 우리한지는 은은한 달빛일 것이다.
달빛의 이 은은함이 우리 마음을 편하게 감싸준다.

법정

〈봄 여름 가을 겨울〉

한지는 보면 볼수록 매력적인 종이이다. 그림이든 서예든 공예든 그 어떤 것도 잘 받아들이고 조화롭게 어우러진다. 그 멋스러움은 가히 서양의 그 어떤 종이도 따르지 못한다.

60년대, 70년대만 해도 우리나라 주택의 문은 대개가 문살로 되어 있어 한지를 발라 인테리어를 했다. 뽀얀 한지는 아기의 볼처럼 우유빛깔을 띠고, 새색시 옥색 치마저고리의 은은함과 대비가 되어 예술적인 가치를 느끼게 했다. 특히, 보름달이 뜨는 날 불을 끄고 자리에 누우면 달빛이 한지를 뚫고 방 안을 은은하게 비출 땐 마치 영화 속의 한 장면 같은 멋스러운 분위기를 연출하곤 했다.

달빛을 받으며 잠이 드는 모습을 상상해보라. 그 순간은 누구나 왕자와 공주가 되었다. 우리의 보물, 한지를 아끼고 잘 보존해야겠다.

화려한 것은 순간적으로 사람들의 눈을 확 잡아끈다. 그러나 시간이 지나면 곧 싫증이 난다. 달빛 같은 은은함은 시선을 단숨에 잡아끌지 못하지만, 오래도록 싫증이 나지 않는다. 우리의 삶도 은은한 달빛 같은 삶이 더 아름답고 은혜롭다.

280

인간은 우주의 한 지체이다

> 우리가 사람이기 때문에
> 모든 것을 우리 기준으로 속단하기 쉬운데,
> 인간은 무변광대한 우주의 큰 생명체에서 나누어진
> 한 지체라는 사실을 상기해야 한다.
>
> 법정
>
> 〈봄 여름 가을 겨울〉

인간의 무지와 오만은 마치 자신들이 우주의 주인행세를 하며 지배하려고 한다는 데 있다. 인간은 무변광대한 우주에 비하면 지극히 작고 낮고 마치 이름 없는 한 마리 벌레만도 못한 존재이다.

그런데 이를 알지 못하고 주인행세를 하며 제 맘대로 하려고 하니 우주의 입장에서는 가소롭기 짝을 없을 게 빤하다. 우리가 인간으로서 잘 살아가기 위해서는 우주의 한 부분 그것도 지극히 작고 낮은 한 지체라는 것을 잊지 말아야 한다. 그것을 잊고 무분별하게 행동하는 한 인간은 지리멸렬支離滅裂을 금치 못할 것이기 때문이다.

그렇다. 인간으로 태어난 것에 너도 나도 감사하며 살되, 우주의 일원으로서의 의무와 책임을 다해야 한다. 그것이야말로 우리가 우주에서 대대로 이어가며 살아가는 지혜인 까닭이다.

인간은 만물의 으뜸이라지만 우주의 먼지 티끌 같은 존재에 불과하다. 그런 까닭에 겸손히 삶에 임해야 한다. 그렇다. 우주의 한 지체임을 잊지 마라.

281

청소의 의미와 묘리

빗자루와 걸레를 들고 하는 청소란 단순히 뜰에 쌓인
티끌이나 방바닥과 마룻장에 낀 때만을 쓸고
닦아내는 일만은 아니다. 쓸고 닦아내는 그 과정을 통해서
우리들 마음속에 묻어 있는 티끌과 얼룩도 함께 쓸고
닦아내는 데에 청소의 또 다른 의미와 묘리가 있을 것이다.

법정

〈봄 여름 가을 겨울〉

'오랜만에 집안을 정리하면서 / 책을 비롯해 묵혀두었던 안 쓰는 물건을 / 두 수레분 넘게 갖다 버렸다 // 훤하게 드러난 자리를 보자 / 묵은 체증이 뻥 뚫린 듯 속이 후련했다 // 필요 없는 물건을 버린다는 것은 / 늘어난 체중을 줄이듯 / 날아갈 듯 몸과 마음을 가볍게 한다 // 불필요한 생각, 미움과 탐욕, / 시기와 불만을 수거해서 버릴지니, / 아, 생각만으로도 / 그 얼마나 유쾌한 일이련가 // 물건이든 마음이든/ 불필요한 것을 버린다는 것은 / 거룩한 의식과 같나니/ 버릴 것은 미련 두지 말고 버려야 한다'

이는 나의 〈거룩한 의식〉이란 시이다. 오랜만에 두 수레분의 책과 안 쓰는 물건을 버리고 나서(청소) 쓴 시이다. 불필요한 것을 버린다는 것은, 그것이 낡은 의식이든, 탐욕이든, 미움이든, 시기든 마음을 가볍게 한다. 불필요한 것은 생각이든 물건이든 미련 두지 말고 버려라.

청소를 하고 나면 몸과 마음이 깨끗해짐을 느낀다. 청소하는 동안 깨끗해지는 것을 보며 희열을 느꼈기 때문이다. 이렇듯 몸도 마음도 깨끗이 하라.

282

겨울나무의 아름다운 기상氣像

> 나는 겨울 숲을 사랑한다.
> 신록이 날마다 새롭게 번지는 초여름 숲도 좋지만,
> 걸치적거리는 것을 훨훨 벗어 버리고
> 알몸으로 겨울하늘 아래 우뚝 서 있는
> 나무들의 당당한 기상에는 미칠 수 없다.
>
> 법정
>
> 〈봄 여름 가을 겨울〉

겨울나무는 순박하고 겸손하다 / 겨울나무는 서로를 품어 주므로 / 한겨울을 이겨낸다, 어리석고 탐욕스러운 / 구석이라고는 그 어디에도 없다 / 겨울나무를 바라보는 피곤에 지친 내 눈빛 사이로 / 파란 겨울 하늘이 웃고 있다 / 겨울 산은 겨울나무로 둘러싸여 행복하고 / 겨울나무는 겨울 산이 품어 주어 따뜻하다 / 창백한 시간 속에서도 끊임없이 꿈을 엮어 / 빈 들판을 따뜻하게 하는 겨울나무처럼 / 우리는 사랑하는 이에게 그 무엇이 되어야 한다

김옥림 _시 〈겨울나무〉

겨울나무를 보면 잎이 없는데도 충만함을 느낀다. 가지만 남은 앙상한 모습에서 성자의 모습이 보이기 때문이다. 비우고도 충만한 당신이 돼라.

283

스스로 행복하라

자기 스스로 행복하다고 생각하는 사람은 행복하다.
마찬가지로 자기 스스로 불행하다고
생각하는 사람은 불행하다. 그러므로 행복과 불행은
밖에서 주어지는 것이 아니라
내 스스로 만들고 찾는 것이다.

법정

〈스스로 행복한 사람〉

행복도 행복해지기 위해 열정을 바치는 자를 좋아한다. 그런 까닭에 행복해지기 위해서는 스스로 행복을 찾고, 구하고, 두드려야 한다. 봉사활동을 좋아하는 사람은 봉사활동을 통해, 자신이 좋아하는 일로 만족해하는 사람은 자신이 좋아하는 일을 통해, 나눔과 베풂을 좋아하는 사람은 나눔과 베풂을 통해 행복을 찾아야 한다. 여기서 한 가지 분명히 할 것은 행복은 사람을 속이지 않는다는 것이다. 행복은 행복해지고 싶은 만큼 찾고, 구하고, 두드려야 한다. 즉 자신이 행복해지고 싶은 만큼 힘쓰고 노력해야 한다. 이에 대해 에이브러햄 링컨Abraham Lincoln은 이렇게 말했다.

"대부분의 사람은 자신이 마음먹은 만큼만 행복하다."

링컨의 말처럼 자신이 노력하는 만큼만 행복해진다. 진실로 행복하길 바란다면, 행복이 찾아오길 앉아서 기다리지 말고 행복을 찾는 일에 힘써야 한다.

행복해지고 싶다면 앉아서 행복을 기다리지 마라. 행복을 찾고, 구하고, 두드릴 때 행복도 웃으며 찾아오는 법이다.

284

갈증을 해소하는 물처럼

> 한참을 장작을 팼더니 목이 말랐다.
> 개울가에 나가 물을 한 바가지 떠 마셨다.
> 이내 갈증이 가시고 새 기운이 돋았다.
> 목이 마를 때 마시는 생수는 갈증을
> 달래줄 뿐 아니라 소모된 기운을 북돋아 준다.
>
> 법정
>
> 〈봄 여름 가을 겨울〉

무더운 여름날 산을 오르고 나서 마시는 물은 시원하기가 그지없다. 땀을 흘리며 마시는 물 역시 꿀처럼 달콤하다.

이렇듯 목마를 때 마시는 물은 물이 아니라 꿀보다도 더 달다.

아주 오래전 치악산을 힘들게 오른 적이 있다. 그전에 두 번이나 치악산 정상을 오른 적이 있어 이번에도 가볍게 오를 거라 생각했는데 그게 아니었다. 나이도 예전에 비해 많았고, 자동차를 갖다 보니 가까운 거리도 차로 움직이는 것이 습관이 되어 있던 터였다.

그런데 그것을 생각지 못하고 예전에 올랐던 때를 생각하고 올랐으니 무척이나 힘들었다. 가까스로 정상에 오르고 나니 몸을 가눌 수 없을 만큼 힘들었다. 그때 마신 물은 그동안 내가 마신 물 중 가장 시원하고 맛있었다.

우리의 삶도 갈증을 해소하는 물처럼 시원하고 맛있는 삶이어야 한다.

갈증이 났을 때 마시는 물은 꿀보다도 더 달다. 우리의 삶 또한 목마름을 풀어주는 시원한 물과 같아야 한다.

285

가랑잎 하나도 밟지 않게 조심하라

> 가랑잎 밟기가 조금은 조심스럽다.
> 아무렇게나 흩어져 누워 있는
> 가랑잎 하나에도 존재의 의미가 있을 것 같다.
> 우리가 넘어다 볼 수 없는
> 그들만의 질서와 세계가 있을 법하다.
>
> 법정
>
> **〈봄 여름 가을 겨울〉**

어느 해 가을 공원에 간 적이 있다. 그때 공원마당을 가득 덮고 있는 은행잎을 보았다. 마치 샛노란 물감을 흩뿌려 놓은 것 같아 지금도 그때의 모습이 뚜렷하다.

그때 나는 은행잎을 밟기가 미안해 까치발을 들고 걸었다. 나는 그때 그 모습을 디지털 카메라 담았다. 지금도 컴퓨터에 그 사진이 보관되어 있다.

내가 그때 은행잎을 밟지 않은 것은 너무 예뻐서 그대로 두고 싶었기 때문이다. 그러면 다른 누군가도 그것을 보고 내가 느꼈던 감정을 느끼리라 생각했던 것이다.

멋지고 예쁜 것을 누구나 공유할 수 있어야 한다. 그래야 같은 마음으로 공감함으로써 자연의 멋을 느끼고 고마움을 갖게 되는 까닭이다.

그렇다. 나뭇잎 하나에도 멋을 느끼고 감사하라.

꽃 한 송이, 나무 이파리 하나도 함부로 해서는 안 된다. 그것들도 다 소중한 우주의 지체이기 때문이다. 우리와 존재하는 것들은 그것이 무엇이든 다 소중히 하라.

286

모든 것은 조화 속에 존재한다

> 산상의 맑은 햇살과
> 툭 트인 전망을 내려다보려면
> 오늘 같은 폭풍우도 또한 받아들여야 한다.
> 햇볕과 온기를 받아들이려면
> 천둥과 번개도 함께 받아들여야 하는 법이니까.
>
> 법정
>
> 〈봄 여름 가을 겨울〉

삼라만상은 우주의 법칙에 따라 준행된다. 그것은 우주의 조화이며 그래야 아무 탈 없이 세상이 자연스럽게 돌아가기 때문이다. 조화가 깨지거나 막히거나 흐트러지면 우주는 멈추게 되고 세상 또한 멈추게 된다.

세상에는 맑은 날이 있으면 흐린 날도 있고, 비가 오고 눈이 오기도 한다. 마찬가지로 좋은 것도 있고 그렇지 않은 것도 있다.

이 모두가 우주의 법칙에 따라 조화롭게 어우러질 때 세상은 순조롭게 돌아가고, 인간도 자연도 더불어 조화를 이루게 되는 것이다.

그렇다. 우리는 자연의 순리와 우주의 조화로움을 어지럽히고 깨뜨려서는 안 된다. 그것은 자연과 우주에 대한 도전이며 그로 인해 우리는 혹독한 대가를 치르게 되기 때문이다.

자연에 순응하고 우주의 조화에 따르는 현명한 우리가 되어야겠다.

세상의 모든 것들은 우주의 조화 속에 존재한다. 그런 까닭에 모든 것들은 질서를 유지하며 존재하는 것이다. 자연의 조화에 순응하라.

287

아무렇게나 사는 것을 경계하라

> 가을의 문턱에서
> 지난여름을 되돌아본다.
> 우리가 겪는 일들은 우리 삶의 내용이 된다.
> 그러니 아무렇게나 살아서는 안 된다.
>
> 법정
>
> <봄 여름 가을 겨울>

인생을 여러 번 살 수 있다면 이렇게도 살아보고 저렇게도 살아볼 텐데 인생은 딱 한 번밖에는 살 수 없다. 그렇기 때문에 인생을 대충 살거나 함부로 살아서는 안 된다. 그것은 자신의 인생에 대한 모독이기 때문이다.

인생을 잘 살기 위해서는 자신의 능력과 환경에 맞게 생각하고 계획하고 일을 해 나가야 한다. 그래야 자신이 원하는 인생을 살게 됨으로써 스스로를 행복하게 할 수 있다.

그런데 되는 대로 산다면 어떻게 될까? 그것은 스스로를 멸시하고 박대하는 행위이다. 자신이 원하는 인생을 살기 위해서는 생각하는 대로 계획에 맞게 전력투구해야 한다. 그래야 자신이 원하는 인생을 사는 데 큰 도움이 된다.

그렇다. 생각하는 대로 살면 후회 없는 삶을 살게 될 것이다.

삶을 대충 살거나 스스로를 함부로 여기는 것은 자신의 인생에 대한 모독이자 죄악이다.
자신을 소중히 여기고 자신의 인생에 최선을 다하라.

288

자연이 들려주는 감미로운 음악

> 가뭄 끝에 내리는 빗소리,
> 그것은 감미로운 음악이다.
>
> 법정
>
> 〈봄 여름 가을 겨울〉

자연은 하나의 거대한 오케스트라이다. 나무와 풀, 물과 바람, 새, 개와 고양이, 시냇물과 강물과 바다 등이 한데 어우러져 멋진 하모니를 이룬다. 어느 것 하나 흐트러짐이 없다.

특히 비 오는 날 방에 누워 듣는 빗소리는 어머니의 포근한 자장가처럼 들린다. 그래서 빗소리를 듣다 보면 마음이 환히 열리며 머리가 맑아진다.

인위를 가하다 보면 자칫 잘못될 수도 있지만, 일찍이 도교 창시자인 노자는 이르기를 무위자연無爲自然이라 했느니, 자연을 그대로 둔다면 절대로 잘못될 리가 없다. 손을 대니까 잘못되고, 문제가 생기는 것이다.

그렇다. 마음이 답답하고 울적하거나, 지친 몸과 마음을 풀어주기 위해서는 자연으로 가라. 그곳에서 감미로운 자연의 연주를 듣다 보면 몸과 마음은 새털처럼 가벼워지며 새 힘을 얻게 될 것이다.

물소리도, 새소리도, 바람소리도, 빗소리도 다 자연이 연주하는 음악이다. 그 소리를 듣고 있으면 마음이 포근해진다. 그렇다. 때때로 자연이 들려주는 음악에 귀 기울여라.

289

참된 인간의 참모습

> 겨울비 소리에 귀를 모으고 있으니
> 더욱 가난해지고 싶다.
> 온갖 소유의 얽힘에서 벗어나
> 내 본래의 모습을 통째로 드러내고 싶다.
>
> 법정
>
> 〈봄 여름 가을 겨울〉

'산비둘기 두 마리가 / 수숫대 꼭대기에 앉아 / 맛있게 수수열매를 쪼아 먹는다 // 수수는 제 몸을 / 다 내어주고도 / 마냥 행복한 얼굴이다 // 그 모습이 / 아가를 가슴에 꼭 품어 안고 / 젖을 먹이는 엄마 같다'

이는 〈산비둘기와 수수〉라는 동시인데, 수수를 쪼아 먹는 산비둘기를 보고 쓴 작품이다.

수수의 모습에서 모든 것을 다 주고도 마냥 행복해하는 어머니의 모습이 떠올랐다. 어머니는 자식을 위해 모든 것을 다 내어준다. 그러고도 행복해한다. 그런 어머니의 모습에서 진정한 무소유의 행복을 보게 된다.

소유욕에 빠지면 인간의 참모습은 사라진다. 마치 탐욕에 물든 돼지와 같은 형상이다. 진정한 행복이 무엇인지, 참된 인간의 모습이 무엇인지 알고 싶다면 소유의 얽힘에서 벗어나야 한다.

자신의 것을 아낌없이 베푸는 사람에겐 인간의 참모습이 보인다. 그것은 자신의 사랑을 온전히 주는 것이기 때문이다. 참되게 베풀고 참되게 살라.

290

달빛을 맞는 데도 격格과 예의가 필요하다

달빛을 맞으려면 눈부신 전등불을 끄고
촛불이나 등잔을 밝히는 것이
달에 대한 예절이고 또한 제격일 것이다.

법정

〈봄 여름 가을 겨울〉

이화에 월백하고 은한은 삼경인제
일지춘심을 자규야 알랴마는
다정도 병인 양하여 잠 못 들어 하노라

이는 고려시대 학자 이조년의 한시 〈다정가〉로 달빛이 고고한 봄밤의 애상을 담은 뛰어난 작품으로 평가받고 있다.

이 한시에서 보듯 옛날 학자나 선비들은 달빛에 잠겨 시를 쓰고 시를 읊었다. 달빛이 주는 은은한 빛은 멋스럽고 예술藝術적인 까닭이다. 이때의 달빛은 그냥 달빛이 아니다. 하나의 격格을 갖춘 자연의 품격이다.

이처럼 자연을 맞을 때도 그에 맞는 예를 갖추는 것이 도리이다. 그랬을 때 더욱 자연의 미적 감각에 행복을 느끼게 될 것이다.

한 송이 꽃도 사랑스럽게 보면 더 예뻐 보이고, 한 그루 나무도 더 멋져 보인다. 그렇다. 자연도 예의를 갖춰 보면 더 돋보이고 보는 눈도 더 즐거운 것이다.

291

자연에는 투명한 영혼이 있다

> 개울물 소리에 실려 풀벌레소리가 요란하다.
> 흐르는 물소리는 늘 들어도 싫지 않다.
> 자연의 소리와 빛 가운데 평안이 있다.
> 투명한 영혼이 깃들어 있다.
>
> 법정
>
> 〈봄 여름 가을 겨울〉

예전에 강릉 사천에 있는 지인의 팬션에서 2박 3일을 지낸 적이 있다. 그곳은 산으로 둘러싸인 전형적인 농촌이었다. 팬션 주변엔 산골짜기에서 흘러나온 물이 시내를 이루었는데 물이 참 맑고 시원했다.

때는 무더위가 심한 여름이라 물을 보는 것만으로도 시원함을 느낄 정도였다. 더구나 그 주변엔 숲이 우거진 넓은 운동장이 있고, 캠핑장도 갖춰져 있는 그야말로 최적에 피서지였다.

즐거운 하루를 보내고 잠자리에 들었을 때 들려오는 시냇물소리가 얼마나 우렁찬지 잠을 이루지 못할 정도였다. 소리만으로도 몸에서 열기가 내리는 것 같았다. 거기에 새소리 풀벌레소리까지 함께 하니 마치 파라다이스가 따로 없을 정도였다.

자연이 주는 맑고 투명한 평안으로 지금도 귓가엔 밤공기를 뒤흔들어대며 흐르던 물소리가 들리는 듯하다.

자연의 소리는 싫증이 나지 않는다. 인위적이 아니라 무위자연無爲自然이기 때문이다. 몸과 마음이 지쳤을 땐 자연에 의지해 새 힘을 얻으라.

292

용서란 흐트러지려는 나 자신을 거두는 일이다

> 용서란 타인에게 베푸는 자비심이라기보다,
> 흐트러지려는 나를 나 자신이
> 거두어들이는 일이 아닐까 싶었다.
>
> 법정
>
> 〈탁상시계 이야기〉

용서는 사랑에서 오는 아름다운 행위이다. 사랑이 없다면 그 어느 순간에도 절대 용서할 수 없기 때문이다.

사람은 누구나 잘못을 한다. 자신 또한 누군가에 잘못함으로써 용서를 구하는 일이 있을 수 있다. 이때 상대방이 용서를 해주면 마음의 묵은 짐이 사라지는 가벼움을 얻겠지만, 그렇지 않으면 마음을 짐을 갖고 가야 한다. 이는 매우 곤혹스럽고 고통스러운 일이 아닐 수 없다.

용서함에 대해 영국의 신학자이자 설교가인 토머스 퓰러는 "타인을 용서하지 않겠다는 것은 자기가 건너갈 다리를 부수는 것과 같다. 왜냐하면 우리 각자는 용서받아야 할 필요가 있기 때문이다."라고 말했다.

사람은 누구나 용서를 받아야 할 때가 있다. 용서하는 일에 망설이지 마라.

용서의 또 다른 이름은 사랑이다. 그래서 용서를 하면 마음이 평안해진다. 그렇다. 용서는 자신을 사랑함으로써 평안을 얻는 일이다.

293

근원적인 나로 돌아가라

고뇌 속에서 우리는
근원적인 '나'로 돌아가는 것이다.
인간의 밑천은
선의善意와 성실 이것뿐이다.

법정

〈너는 성장하고 있다〉

선의가 있고 성실한 사람은 어디를 가든지, 누구를 만나든지 좋은 이미지를 준다. 선의는 사랑하는 마음으로 행하는 착한 행위이며, 성실은 진실하고 진정성 있는 마음의 행위이기 때문이다.

미국 기부 문화 1세대인 앤드류 카네기는 스코틀랜드 미국 이민자로서 어린 시절 아르바이트를 하며 어렵게 지냈다. 때때로 힘들고 고통스러웠지만 그는 언제나 자신이 맡은 일을 성실히 해냄으로써 좋은 이미지를 심어주었다. 어린 나이에 방적공장에서 일할 때도, 전보통신원으로 일할 때도 늘 자신이 맡은 일에 최선을 다했다.

그가 철강제조법을 배워 철강회사를 세우고 성공하는 데에는 선의와 성실로써 사람들로부터 인정받았기 때문이다. 그는 인간의 근원인 선의와 성실로 써 자신을 성공의 주인공이 되게 했다.

카네기가 그랬듯이 근원적인 나로 돌아가 선의와 성실로써 자신의 인생을 리드하라.

인간은 고뇌함으로써 삶을 재발견하고 자신의 인생을 더욱 공고히 하게 된다. 고뇌는 고통이 아니라, 근원적인 나로 돌아가는 인생의 수련인 것이다.

294

너무 가까이도 말고 너무 멀리도 하지 마라

너무
가까이 서지 말기를,
너무
멀리도 있지 말기를.

법정
〈적정처寂靜處〉

예로부터 불가근불가원不可近不可遠이라 했다. 너무 가까이도 말고 너무 멀리도 하지 말라는 말이다. 너무 가까이 하면 속이 다 드러나 허점을 보이게 됨으로써 자신을 욕되게 할 수 있고, 너무 멀리 하면 서먹서먹하여 소통을 하는 데 있어 문제가 있기 때문이다.

'적당히'란 말이 있듯 언제나 상황에 맞게 행동하는 지혜가 필요하다. 넘치지도 않게 모자라지도 않게 적당히 자신을 맞춘다면 어디를 가든 누구를 만나든 잘못되는 일이 없다.

그런데 문제는 이를 행하기란 쉽지 않다는 데 있다. 이를 행하기 위해서는 절제력이 있어야 한다. 그래야만 가까이 하려고 하면 막아주고, 너무 멀리하려고 해도 막아주기 때문이다.

그렇다. 당신이 인간관계를 잘하기 위해서는 이를 철칙으로 삼아 실천하라.

사람 사이에는 적당한 거리가 필요하다. 너무 속을 내보여도 그렇고, 너무 속을 닫고 있어도 문제가 있다. 그렇다. 가까이 하되 지킬 것은 지키는 적당한 거리를 유지하라.

295

일하지 않고 먹지 말라

일하지 않고서도 먹고살 수 있는 세상이 있다면
그 사회구조는 어딘가 잘못된 데가 있을 것이다.
일하지 않는 사람을 먹이기 위해 어느 누군가가
그 대신 피땀을 흘리고 있는 것이다. 불합리한 원인은
불합리한 결과를 낳기 마련이다.

법정

〈놀고먹지 않기〉

신약성경(데살로니가 후서 3장 10절)에 "우리가 너희와 함께 있을 때에도 너희에게 명하기를 누구든지 일하기 싫어하거든 먹지도 말게 하라"라는 말씀이 있다. 또 예수가 제자들에게 일러 말한 달란트 비유를 보면 주인이 여행을 떠나면서 한 종에게는 다섯 달란트를 주고, 한 종에게는 두 달란트를 주고, 또 한 종에게는 한 달란트를 주었다. 주인이 여행에서 돌아와 셈할 때 다섯 달란트, 두 달란트 받은 종은 각각 열 달란트, 네 달란트로 늘려 칭찬을 받았지만, 한 달란트 받은 종은 아무런 이익을 남기지 않아 악하고 게으른 종이라 꾸중을 받았다. 이는 불합리적이며 매우 잘못된 일이다.

이렇듯 열심히 일하며 사는 것, 그것은 합리적인 일이며 인간의 의무이다. 맡은 일에 열심을 다하는 당신이 돼라.

열심히 일하고 먹는 밥이 더 맛있는 것은, 땀방울이 밥맛을 돋우기 때문이다. 맛있게 밥을 먹고 싶다면 열심히 일하라.

296

우리는 같은 배를 탄 동승자들이다

우리는 같은 배를 타고 가는 승객들이다.
그 내릴 항구는 저마다 다를지라도
일단 같은 배를 탄 동승자들이다. 따라서 우리는
항시 고락과 생사의 운명을 같이하고 있다.

법정

〈공동운명체〉

우리는 지구라는 배를 타고 우주라는 원대한 바다를 항해하는 공동운명체이다. 허나, 자기만 잘 살려고 이기적으로 행동하거나 타인이야 어떻게 되든 무관심하다면 이는 같은 배를 탄 동승자로서의 예의가 아니다.

지구라는 배를 타고 가다 보면 고난이라는 암초를 만나기도 하고, 폭풍을 만기도 하고, 지진을 만나기도 한다. 이때 함께 힘을 모으면 그 어떤 고난도 능히 이겨내고 앞으로 나갈 수 있다. 하지만 협력하여 힘을 모으지 않으면 모두가 불행을 면치 못할 것이다.

지금 세계는 코로나 바이러스와 전쟁을 벌이고 있다. 최첨단 과학을 자랑하는 최강국인 미국을 비롯한 그 어느 나라도 눈에 보이지 않는 코로나 바이러스에 맞서는 데 한계를 느끼고 백신을 만드는 등 공동으로 대처하고 있다. 머잖아 코로나바이러스를 종식시키고 일상의 평안을 회복하리라 믿는다.

우리는 한 시대라는 배를 타고 항해하는 승객이다. 어려울 때 함께 하고, 좋을 때도 함께 하며 가야 한다. 그것은 우리에게 주어진 운명이란 공동체이기 때문이다.

297

생명의 꽃을 피우는 원동력

만약 이 세상 모든 일이 무엇이고 우리들 뜻대로만
술술 풀려나간다면, 세상살이가 싱거워질지 모른다.
온갖 시련에 부딪치면서도, 운명의 흐름을 거스르면서도
꺾이지 않고 꿋꿋하게 성장할 때에,
비로소 '생명의 꽃'은 피는 것이 아니겠는가?

법정

〈너는 성장하고 있다〉

고난과 시련을 겪지 않고 산다면 더 좋을 것 같지만, 우리 인류는 지구에 등장한 그때부터 수많은 시련과 고난을 겪으며 지금에 이르렀다. 고난과 시련을 겪을 때마다 인류는 지혜를 모아 극복했고, 그로 인해 한 단계씩 발전에 발전을 거듭해왔다.

왜 그럴까. 고난과 시련을 겪음으로써 그것을 극복하려는 의지를 키우고, 창의력을 키워 새로운 에너지를 만들어 냈기 때문이다.

고난과 시련은 인간에게 있어서는 피할 수 없는 운명과도 같은 일이다.

그렇다. 고난과 시련은 나에게 축복을 주기 위한 시험이라고 생각하라. 그러면 능히 고난과 시련을 이겨냄으로써 기쁨의 꽃을 활짝 피우게 될 것이다.

고난을 고난으로 여기면 앞으로 나아갈 수 없다. 고난에 맞서 이겨낼 때 자신을 활짝 꽃 피울 수 있다. 고난은 생명의 꽃을 피우는 원동력이다.

298

침묵을 배경으로 하지 않는 말

> 한 마디 말이 나오기 위해서는
> 그 배후에 깊은 침묵이 깔려 있어야 합니다.
> 침묵을 배경으로 하지 않는 말은
> 인간의 말이라고 할 수 없습니다.
>
> 법정
>
> 〈사랑하지 않으면 사랑할 수 없습니다〉

요즘처럼 말이 넘치는 시대는 일찍이 없었다. 인터넷의 발달로 인해 어린아이부터 80대에 이르기까지 다양한 연령층에서 SNS을 통해 적극 자신을 알리는 일에 열중한다.

그런데 문제는 남의 일에 사사건건 개입해 댓글을 달아 비판과 비난을 일삼는다. 표현의 자유라는 그럴듯한 구실을 내세우는 까닭이다. 물론, 표현의 자유는 민주국가의 가장 핵심이 되는 기본권이다. 하지만 침묵을 통해 잘 정제된 말을 해야 한다. 그렇게 될 때 실수를 줄이고, 민주시민으로서의 자기표현을 맘껏 할 수 있기 때문이다.

그렇다. 말은 입에서 나오는 순간, 더 이상 자기만의 말이 아니다. 그것은 원고原稿가 활자화되어, 많은 사람에게 읽히는 책과 같다. 즉, 그 말을 듣는 사람들은 그 말을 공유하게 된다. 그런 까닭에 비난과 비판을 삼가고, 한 마디의 말도 신중히 해야겠다.

말은 침묵을 통할 때 생명을 품게 된다. 침묵을 통해 생각을 숙성시켜 말하라.

299

하나의 밧줄과 같은 존재

한 인간이 살다
돌아갈 곳도 바로 그 생명의 뿌리입니다.
우리는 이렇게 모두가 연결된 전체의 한 부분입니다.
우리가 의식하든 못 하든 근원적으로 인간들은
하나의 밧줄과도 같은 존재들입니다.

법정

〈사랑하지 않으면 사랑할 수 없습니다〉

태초의 인간으로부터 현재에 이르기까지 인간은 지속적으로 이어져 왔다. 말이 다르고 생김새가 달라도 결국 인간은 하나의 생명체인 것이다. 인간적 DNA가 같고, 혈액형도 인간만의 혈액형을 갖고 있다.

이는 무엇을 말하는가. 인간은 하나의 창조물이라는 방증인 것이다. 즉, 모든 인간은 하나인 생명의 뿌리라는 것을 알 수 있다.

그런 까닭에 인간은 서로가 서로에게 살갑게 대해주어야 한다. 그것은 곧 자신의 일이자 모두의 일이기 때문이다.

그렇다. 우리 모두는 눈에 보이지 않는 하나의 끈으로 연결되어 있음을 알 수 있다. 그런 까닭에 우리는 서로에게 감사해야 한다. 그래야 인간은 기본 도리를 다함으로써 거듭나게 될 것이다.

생명의 연속성이란 생명은 생명을 낳고, 또 그 생명은 또 다른 생명을 낳음을 말한다. 이렇듯 인간은 생명의 연속성의 존재인 것이다. 그런 까닭에 인간은 서로를 사랑하고 존중해야 하는 것이다.

300

인생은 되풀이되지 않는다

어제와 내일을 이야기할 수는 있을지라도
예측할 수는 없습니다. 우리는 늘 '지금'을
살고 있을 뿐입니다. 지금 내가 내 삶을
어떻게 살고 있는 이것이 문제입니다.

법정

〈사랑하지 않으면 사랑할 수 없습니다〉

인생은 시간의 흐름을 타고 흘러가는 존재이다. 우리가 흔히 하는 말로 인생은 돌고 도는 것도 아니고, 매일매일 같은 일상처럼 여겨지지만 매번 다른 일이 기다리고 있다.

만일 인생이 되풀이된다고 하면 인생은 때론 지루하고 재미없을 수도 있다. 하나, 인생은 매일 같은 것 같지만 다른 새로움이 기다리고 있다. 그 새로움이 지금은 힘들고 고통스러워도 내일을 향해 나아가게 하는 원동력이 된다. 그런 까닭에 우리는 날마다 새로운 현재를 살고 있다. 그래서 우리는 지금을 열심히 살아야 하고 행복하게 잘 살도록 노력해야 한다. 그래야 한 번뿐인 인생을 창조주의 선물처럼 기쁨으로 살게 될 것이다.

우리는 어제도 내일도 아닌 지금을 살고 있다. 지금이 가장 중요하다. 그렇다. 지금을 잘 살아야 진정 잘 사는 것이다.

301

사랑은 실천할 때 빛을 발한다

> 사랑에 대한 말들이 우리 주변에는 무수히 많습니다.
> 기막히게 아름답고 의미심장하게 표현된
> 종교적이고 철학적인 말도 있습니다.
> 하지만 그것에 현혹되어서는 안 됩니다.
> 사랑은 실천할 때 비로소 빛을 발합니다.
>
> 법정
>
> 〈사랑하지 않으면 사랑할 수 없습니다〉

사랑은 멋진 말, 감동을 주는 말, 예쁜 말로 해야 더욱 사랑의 감정을 느끼게 됨으로써 사랑의 묘미를 한껏 느끼게 된다. 그리고 더 깊이 사랑하는 데 도움이 된다. 하지만 그건 어디까지나 진실되고 아름다운 사랑을 위한 수단적 요소일 뿐이다. 진정으로 아름답고 감동적인 사랑을 하기 위해서는 실천이 따라야 한다. 말이 아닌 실천적인 사랑이 깊은 감동을 주고 끈끈하고 애절한 사랑으로 이끌어주기 때문이다.

그렇다. 백언불여일행百言不如一行이라, 아무리 백 마디 멋진 사랑의 말을 할지라도 단 한 번의 실천적인 감동의 사랑을 이기지 못한다. 예쁘고 멋진 사랑을 원하는가. 그렇다면 실천적인 사랑을 하라.

실천이 따르지 않는 사랑은 진정한 사랑이 아니다. 실천함으로써 사랑은 사랑이 된다.

우리가 입은 은혜는 반드시 되돌려져야 한다

우리가 입은 은혜는 반드시 되돌려져야 합니다.
그래야 우리의 자손들이 다시 그 은혜를 입으며
삶을 이어갈 수 있습니다. 우리 조상들이 그렇게
대대로 자기들이 입은 은혜들을 되돌렸기에
오늘의 우리가 있을 수 있는 것입니다.

법정

〈사랑하지 않으면 사랑할 수 없습니다〉

우리는 자연으로부터 수많은 은혜를 받으며 살고 있다. 때가 되면 꽃을 피워 우리를 감동으로 이끌고, 우리가 살아가는 데 필요한 온갖 먹을 것, 입을 것을 아낌없이 베풀어준다.

자연은 인간에게는 영원한 어머니이자 아버지이다. 우리의 선조들은 자연을 소중히 여기고 때가 되면 그 고마움에 예를 다했다. 그렇게 해서 지금 우리들에게 소중한 자연을 물려주었다.

그러나 우리는 오만하게도 자연을 훼손하며 은혜를 저버렸다. 그 결과 우리는 생명을 위협받으며 혹독한 위기를 겪고 있다. 지금부터라도 자연을 잘 보존하여 후손들에게 물려줌으로써 인간의 도리를 다해야겠다.

은혜를 입었으면 반드시 은혜를 갚는 것이 인간의 도리이다. 우리가 선조로부터 은혜를 입었듯이 후손들에게 은혜로 갚아주어야 한다.

303

자기 자리에 맞게 행동하라

사람이 세상에 하나밖에 없는 얼굴을 지니고 있다는 것은,
우리가 자기의 특색을 실현하고 일깨우며 자기만의 특성을
내보이라고 이 지구상에 불려 나온 존재라는 사실을
의미합니다. 그렇게 때문에 각자는 자기 분수와 자기 틀,
자기 자리에 맞게끔 행동해야 합니다.

법정

〈사람의 얼굴은 어떻게 만들어지는가〉

사람은 저마다 자신의 얼굴을 가지고 있듯, 자신만의 재능과 역량을 가지고 있다. 그런 까닭에 자신에게 잘 맞게 하고 싶은 것을 하고, 자신을 발전시켜 나가야 한다.

그런데 남의 떡이 더 커 보인다고 자신의 것을 버려두고 남의 것을 따르려고 한다면 그것은 자기다움을 잃는 인생을 사는 것이다. 남의 것이 부러우면 남의 것을 따르지 말고 자기가 지닌 능력으로 자기다운 삶을 살아야 한다. 그것이 자신의 인생에 대한 도리이자 예의인 것이다.

그렇다. 자기만의 색깔로 자신의 인생을 사는 당신이 돼라.

자신만의 얼굴이 있듯 남의 자리를 탐내지 말고 자신의 자리에 맞게 행동하라.

304

울고 싶을 때 울고 웃고 싶을 때는 웃어라

우리에게 웃음과 눈물이 있다는 것은 그 자체가
하나의 구원입니다. 몹시 괴롭고 슬플 때 울 수 없다면
사람은 미칩니다. 즐거울 때는 당연히 웃음이 나오지요.
또 어처구니가 없을 때는 너털웃음이라도 터뜨려야 합니다.
울고 싶을 때 울 수 있고 웃고 싶을 때 웃을 수 있어야 돼요.

법정

〈사람의 얼굴은 어떻게 만들어지는가〉

사람은 감정의 동물이다. 즐거울 땐 웃게 되고, 슬플 땐 울게 되는 것이 인간의 감정이다. 웃음이 나올 때 웃지 못하고, 눈물이 나오는데 울지 않으면 그것은 자연스러운 감정표현을 가로막는 일이다.

그런데 문제는 억지로 감정표현을 막는다면, 그것은 스트레스가 되어 건강에 악영향을 주게 된다. 그래서 심리학자들이나 정신과 의사들은 자연스럽게 감정을 표현하라고 말한다.

기쁘고 좋은 일이 있을 땐 맘껏 웃어라. 맘껏 웃고 나면 속이 후련해져 몸과 마음이 가벼워짐을 느낀다. 속상하고 괴로워서 눈물이 날 땐 참지 말고 맘껏 울어야 한다. 눈물은 찌들고 지친 마음을 맑게 정화함으로써 건강한 마음을 갖도록 도와준다.

그렇다. 자신의 감정을 속이지 말고, 감정표현에 솔직하라.

울고 싶을 땐 울고 웃고 싶을 땐 웃어야 한다. 그것은 감정의 언어이기 때문이다. 굳이 감정을 숨기지 마라. 그래야 건강에도 좋다.

305

베푼다는 말의 참의미

베푼다는 말에 저는 저항을 느낍니다.
베푼다는 말에는 수직적인 주종 관계가 끼어듭니다.
시혜자와 수혜자, 곧 은혜를 베푸는 사람과
그 은혜를 받는 사람이 설정됩니다.
진정한 은혜는 수직적이지 않고 수평적이어야 합니다.

법정

〈맑고 향기롭게 10년을 돌아보며〉

베풀다의 사전적 의미는 '받아 누리게 하다'이다. 그러니까 누군가에게 줌으로써 그가 사정이 좋아지게 하는 것을 뜻한다.

그런데 베푼다는 말은 참 좋고 은혜로운 말인데도 말이 품고 있는 의미는 더 나은 자가 못한 자에게 행하는 수직적인 관계를 뜻하기에 부정적인 뜻을 내포하고 있다.

그런 까닭에 주는 자와 받는 자가 서로 평등관계로 놓일 때 주는 자는 주어서 좋고 받는 자는 받아서 좋은 마음을 갖게 된다.

이처럼 말이 주는 의미에서 수직과 수평은 많은 차이를 드러낸다. 그래서 베푸는 입장에 있는 사람은 베풂을 준 자로서의 겸허한 자세를 보여야 한다. 그래야 받는 자의 입장에서 더욱 감사한 마음을 갖게 되는 것이다.

베푼다는 의미를 나누고 받는다는 것으로 보아야 한다. 즉 나는 주고, 받는 사람은 마음을 내게 준다고 생각하라.

306

지혜로운 사람

사랑과 덕은 지혜에서 나오지, 지식에서 나오지 않습니다.
사람을 편하게 해 주고 포근하게 감싸주는 것은 지혜이지
결코 지식에 아닙니다. 지혜로운 사람은 밖으로
쳐다보려고만 하지 않고 안을 들여다볼
여유를 가지고 있습니다.

법정

〈사람의 얼굴은 어떻게 만들어지는가〉

지식은 배움을 통해 길러지지만, 지혜는 스스로 경험함으로써 터득하게 된다. 지식은 학습을 바탕으로 하지만, 지혜는 경험을 바탕으로 하는 까닭이다. 지식이 이론적이고 평면적이라면, 지혜는 실제적이고 실체(입체)적이다. 학문적으로 배움(지식)이 없는 어르신들이 삶을 슬기롭게 사는 것은, 경험에서 우러난 지혜가 바탕이 된다는 것이 그에 대한 방증이다.

삶을 잘 살아가기 위해서는 지식도 필요하지만, 그보다는 지혜로워야 한다. 지혜는 자신의 삶을 원하는 길로 인도하는, 참 좋은 '인생의 내비게이션'이기 때문이다.

왜 그럴까? 지혜는 모든 삶의 근본이 되기 때문이다. 그런 까닭에 자신이 지혜롭고 행복하게 살고 싶다면, 되도록 많은 경험을 해야 한다.

그렇다. 경험하라. 더 많이 경험하고, 더 많은 지혜를 구하라.

지혜는 지식이 아니라 경험의 산물이다. 그래서 지혜로운 사람은 임기응변에 능하다. 지혜를 길러라. 지혜는 삶의 소금이다.

307

아름다운 얼굴

아름다운 얼굴은 굳어 있지 않습니다.
항상 미소를 머금고 온화함을 지니고 있어요.
닫혀 있는 얼굴이 아니라 활짝 열린 얼굴입니다.
아름다운 얼굴이란 탐욕에 들뜬 얼굴이 아니라
너그럽고 덕스러운 얼굴입니다. 사람은 덕스러워야 돼요.

법정

〈사람의 얼굴은 어떻게 만들어지는가〉

우리는 흔히 이목구비가 또렷하고 예뻐야 아름다운 얼굴이라고 말한다. 이는 외모를 기준으로 한 아름다움이다. 하지만 아름다운 얼굴은 외모에만 있지 않다. 하얀 치아를 드러내며 남도 따라 웃게 할 만큼 활짝 웃는 얼굴, 웃는 모습을 보는 것만으로도 마음에 평안을 주는 얼굴, 안 보면 자꾸만 보고 싶게 만드는 얼굴, 온화하고 다정함을 느끼게 하는 얼굴, 보면 볼수록 기분을 좋아지게 하는 덕스러운 얼굴 등은 그 자체만으로도 아름다움을 느끼기에 충분하다.

그렇다. 만나는 사람들이나 주변 사람들이 보는 것만으로도 즐거움을 주는 얼굴, 그런 얼굴이야말로 진정 아름다운 얼굴이다.

웃음은 친근감을 주고 분위기를 따뜻하게 만드는 묘약이다. 또한 건강을 증진시키는 명약이다. 항상 웃으며 살아야겠다.

308

해야 할 말과 하지 말아야 할 말

> 내가 입 벌려 하는 말이 나 자신에게도
> 덕이 되지 않고, 또 그 말을 듣는 상대방에게도
> 덕이 되지 않고, 그 말을 전해 듣는 제삼자에게도
> 덕이 되지 않는 말, 그것은 말이 아니기 때문에
> 하지 말아야 합니다.
>
> 법정
>
> 〈침묵하라 그리고 말하라〉

말은 해서 좋은 말이 있고, 해서는 안 되는 말이 있다. 해서 되는 말은 용기가 필요한 사람에게 용기를 주는 말, 마음이 좋지 않은 사람에게 기분을 좋게 해주는 말, 꿈을 주고 힘을 주는 긍정적인 말, 마음을 평안하게 해주는 덕이 넘치는 말 등은 얼마든지 해도 좋다. 이런 말은 듣는 사람의 마음속에 따뜻한 에너지를 심어준다.

그러나 분노하게 하는 말, 용기를 꺾어 버리는 말, 희망을 빼앗아 버리는 말, 마음을 불안하게 하는 부정적인 말 등은 절대 해서는 안 된다. 이런 말은 사람들의 기를 꺾어버리는 나쁜 말이기 때문이다.

그렇다. 해야 할 말과 해서는 안 되는 말을 구별해서 하는 지혜로운 당신이 돼라.

긍정적인 말은 자신에게도 남에게도 덕이 된다. 부정적인 말은 자신에게도 남에게도 악덕이다. 덕이 되는 말은 하되, 악덕이 되는 말은 하지 마라.

309

비도덕적이고 예의 없는 일

인간은 강물처럼 흐르는 존재입니다.
우리는 이렇게 지금 이 자리에 있으면서도
끊임없이 흘러가고 있습니다. 늘 변하고 있는 거예요.
날마다 똑같은 사람일 수가 없습니다.
그렇기 때문에 함부로 남을 판단할 수가 없습니다.

법정

〈날마다 피어나는 꽃처럼 새롭게 시작되는 삶〉

처음 본 사람을 보고 판단할 때 대개 그 사람의 외모나 행동거지를 보는 경우가 많다. 생긴 거는 듬직한데 하는 짓은 촉새 같다거나 하고, 눈이 옆으로 째진 게 성깔께나 있겠다 하고, 입술이 얇으면 말이 많겠다 하고, 몸에 살집이 많으면 몸이 굼뜨겠다 하고, 키가 작으면 키가 작다 뭐라 하고, 키가 그면 싱겁다고 하는 등 그 사람의 겉모습을 보고 판단하는 경우가 많다. 이는 지극히 잘못된 판단이 아닐 수 없다.

이처럼 함부로 사람을 판단하는 것은 상대방의 인격을 훼손함은 물론 기분을 불쾌하게 만드는 비도덕적이고 예의 없는 일이다. 그러기 때문에 우리는 남을 함부로 판단하는 말을 삼가야 하는 것이다.

남을 함부로 판단하여 말하지 마라. 그것은 비도덕적이고 예의 없는 일일 뿐만 아니라 스스로를 패악悖惡되게 하는 일이다.

310

행복은 가까이에 있다

> 행복의 조건은 우리 주변에 널려 있습니다.
> 들길을 가다가 청초하게 피어난 한 송이
> 들국화를 통해서도 우리는 얼마든지 행복할 수 있어요.
> 시장 골목을 지나다가도, 회사 앞을 지나치더라도
> 환하게 웃는 미소를 통해서 하루의 행복이 고양됩니다.
>
> 법정
>
> 〈날마다 피어나는 꽃처럼 새롭게 시작되는 삶〉

자신을 행복하다고 말하는 사람은 별것 아닌 것에도 행복을 느낀다. 길가에 피어 있는 이름 없는 들꽃에서도 행복을 느끼고, 작은 선물에도 행복을 느끼고, 해맑게 웃는 아가의 얼굴에서도 행복을 느끼고, 기분 좋은 뉴스를 보고도 행복을 느끼고, 소박한 음식을 먹으면서도 행복을 느낀다. 마치 행복을 만드는 행복디자이너 같다.

그러나 자신을 불행하다고 말하는 사람은 웬만한 것에는 행복해하지 않는다. 행복의 의미를 잘 모르기 때문이다.

진정 행복하고 싶다면 행복해지기 위해 힘써야 한다. 행복해할 수 있는 일들은 우리 주변 가까이에 얼마든지 있기 때문이다.

행복을 크고, 먼 데서 찾지 마라. 행복은 가까이에 있고, 작고 소소한 곳에 있다.

311

원래 내 것은 없다

탐욕을 극복하려면 나누어 가질 수 있어야 돼요.
다른 사람한테 준다고 생각하지 마세요.
베푼다고 생각하는 것이 얼마나 오만한 생각입니까?
내 것이 어디 있습니까? 원래 내 것은 없습니다.
잠시 맡아서 가지고 있는 겁니다.

법정

<날마다 피어나는 꽃처럼 새롭게 시작되는 삶>

사람은 이 세상에 올 때 빈손으로 온다. 그리고 떠날 때도 빈손으로 간다. 이는 무엇을 말하는가. 원래부터 사람은 자기 것이 없음을 뜻한다. 그런데도 어떤 사람은 창고가 가득해도 남에게 나눠 줄 줄도 모른다. 남에게 돌아갈 몫까지 제 것으로 만들기 위해 편법을 쓰고, 악행도 불사한다. 탐욕에 눈이 어두워 그것이 얼마나 사악한 일인지조차 모른다.

반면에 어떤 사람은 어려운 형편에도 자신의 것을 나누는 일에 열심이다. 얼굴에는 행복한 미소가 끊이질 않는다.

그렇다면 어떻게 살아야 할까. 원래부터 제 것이 아니기에 세상을 떠날 때 그 누구도 동전 한 푼 가지고 갈 수 없다. 사는 동안 자신에게 있는 것을 나누며 사는 것, 이것이야말로 최선의 삶이 아닐까 한다.

원래 내 것은 없다. 사는 동안만 내 것이다. 그러니 사는 동안 나누면서 사는 것, 그것이 최선의 삶이다.

312

자제력을 길러라

사람을 가리켜 이성의 동물이라고 하는 것은
사람이 사람일 수 있는 자제력이 있기 때문입니다.
이것은 갑자기 되는 것이 아니에요.
머리로는 다 알죠. 하지만 평소에 훈련해야 됩니다.

법정

〈날마다 피어나는 꽃처럼 새롭게 시작되는 삶〉

사람은 스스로 자신을 통제할 수 있는 능력을 갖고 있다. 이를 자제력이라고 한다. 자제력은 이성의 산물로 이성적일수록 자제력이 강하다. 일의 옳고 그름과 해서 될 일과 해서는 안 될 일 등을 분별하게 하여 통제하기에 이성적인 사람은 잘못되는 경우가 없다.

그러나 이성적이지 못한 사람은 자신의 감정에 따라 말하고 행동한다. 그러다 보니 자제력이 약하거나 부족해 스스로를 통제하지 못하고 그릇된 일도 서슴지 않는다. 그런 까닭에 자제력을 길러야 한다. 자제력을 기르기 위해서는 사색하는 힘을 기르고, 독서를 통해 내면을 탄탄하게 하고, 묵상을 통해 심력心力을 길러야 한다. 그러면 충분히 자신을 통제하게 된다.

자제력은 감정적이거나 우발적인 것을 통제하는 힘이다. 자제력을 길러 실수를 줄이고 이성적으로 행동하라.

313

날마다 피어나는 꽃처럼 새롭게 시작하라

변함이 없는 구태의연한 생활 태도에서 탈피해야 됩니다.
인생을 거듭거듭 시작할 수 있어야 돼요. 선 자리에서,
앉은 자리에서라도 거듭거듭 새롭게
시작할 수 있어야 돼요. 내 인생을 한없이 향상시키고
심화시키는 일에 마음을 두어야 합니다.

법정

〈날마다 피어나는 꽃처럼 새롭게 시작되는 삶〉

변화가 없는 삶은 고인 물과 같아 스스로를 썩게 하고 위기에 처하게 만든다. 이런 삶은 죽은 삶과 같다.

그러나 변화하기 위해 노력하는 삶은 언제나 윤기가 흐른다. 그 사람의 눈은 총명하고, 걸음걸이는 힘차고 경쾌하다. 사람들과의 사이에 자신감이 넘치고, 그 어떤 것에도 거리낌이 없다. 그래서 이런 사람들 중엔 리더가 많고, 언제나 삶의 탄력이 넘친다.

변화의 중요성에 대해 미국 기업가 레이노다는 "변화를 유도하면 리더가 되고, 변화를 받아들이면 생존자가 되지만, 변화를 거부하면 죽음을 맞게 된다."고 말했다. 활짝 웃는 꽃처럼 날마다 새롭게 시작하라.

신선하고 행복한 삶을 살고 싶다면 산뜻하게 피어나는 꽃처럼 자신을 새롭게 하라.

314

자연의 질서와 삶의 원리

> 만신창이가 되어 앓고 있는 자연은 곧
> 우리가 병을 앓는 것이요, 자연의 신음소리는
> 우리의 신음소리임을 알아야 합니다.
> 왜냐하면 나 자신이, 우리 자신이
> 자연의 일부이기 때문입니다.
>
> 법정
>
> 〈지혜의 길과 자비의 길〉

만물의 으뜸인 사람은 질서를 어지럽히고 함부로 대하지만, 자연은 한 번도 순리를 거스르는 법이 없다. 사람은 인위적인 것에 역점을 두지만, 자연의 본래의 것을 따르는 까닭이다.

물을 보라. 물은 물길을 거스르는 법이 없다. 꽃을 보라. 때가 되면 피고, 때가 되면 진다. 갈대를 보라. 바람이 부는 방향으로 몸을 움직여, 강한 바람에도 꺾이지 않는다. 태양을 보라, 아침이 되면 동쪽에서 떠오르고, 저녁이 되면 서쪽으로 진다. 이렇듯 자연은 질서를 따르고, 순응하기에 언제나 변함이 없다.

우리가 대대손손 이 땅에서 행복하게 살아가기 위해서는, 자연의 질서를 따르고 잘 가꾸어서 보존해야 한다. 이는 우리가 해야 할 책임과 의무임을 잊어서는 안 될 것이다.

 자연의 질서를 따르는 삶을 살라. 그것은 자연과 삶에 대한 예의이다.

315

거룩한 가난의 의미

거룩한 가난은 무엇일까요?
자기 자신을 텅 비우는 일입니다.
온갖 집착으로부터 해방되는 것을 뜻해요.
안팎으로 벗어 버릴 것은 다 벗어 버리고, 놓아 버릴 것
놓아 버렸을 때의 홀가분함, 이것이 청빈이에요.

법정

〈지혜의 길과 자비의 길〉

사람이 마음을 비우고 살기란 쉽지 않다. 사람에겐 정도의 차이가 있을 뿐 누구나 근본적으로 물욕이 있기 때문이다. 물욕이 지나치면 탐욕이 되어 문제지만 절제할 줄 안다면 자신이 취할 만큼만 취할 뿐 그 이상은 욕심을 부리지 않는다.

그런데 이렇게 하기란 쉽지 않다는 데 있다. 그렇게 하기 위해서는 마음을 비울 줄 알아야 한다. 마음을 비우기 위해서는 절제력이 필요하다. 절제력만 지닐 수 있다면 넘치는 마음을 붙잡아줄 수 있는 까닭이다.

고려 말 최영 장군이 황금 보기를 돌 같이 하라 했는데, 물욕을 경계하여 이름이다. 참되게 살고 싶다면 마음을 가난하게 하라.

가난에 흔들리지 않고 사람의 본분을 지킬 때 그 삶은 진정 아름답고 고귀하다.

316

자유롭게 사는 법

우리의 삶에 무엇이 중요한가를 알아야 합니다.
어디에 가치를 부여할 것인가 생각하면서
어디에도 얽매이지 않고
자유롭게 사는 법을 배워야 됩니다.

법정

〈지혜의 길과 자비의 길〉

자유롭게 산다는 것은 인간에게 있어 가장 이상적인 삶이라고 할 수 있다. 몸과 마음을 자신이 원하는 대로 조절할 수 있음을 의미하기 때문이다. 우리는 이를 가리켜 '영혼의 자유'라고 말한다.

물론, 가정을 꾸리고 이렇게 산다는 것은 쉽지 않다. 많은 제약이 따르기 때문이다. 하지만 자신의 책임을 다하면 못할 것도 없다. 자유는 책임을 수반隨伴하기 때문이다. 이에 대해 영국의 극작가이자, 노벨문학상 수상자인 조지 버나드 쇼George Bernard Shaw는 다음과 같이 말했다.

"자유란 책임을 의미한다."

버나드 쇼의 말에서 보듯, 자유롭게 살기 위해서는 책임을 다하고, 진정으로 자유로워지는 법을 배우면 된다.

진정, 자유롭게 살고 싶은가. 그렇다면 질서를 지키는 가운데, 자신의 본분을 다하라.

자유롭게 산다는 것은 책임을 다하고 거칠 것 없이 원하는 삶을 사는 것이다. 그러기 위해서는 삶의 질서를 철저히 지켜야 한다.

317

욕심을 경계하라

무엇이든 마음에 든다고 해서 그 자리에서
성급하게 움켜잡지 마세요. 성급하게 움켜쥐면
곧 후회가 따릅니다. 꼭 내 것으로 만들어야
직성이 풀린다면 그건 욕심이에요.

법정

〈지혜의 길과 자비의 길〉

인간의 삶에서 가장 문제가 되는 것은 욕심에 사로잡혀 있다는 것이다. 욕심에 사로잡히면 부정을 저지르게 된다. 국민의 공복이라는 사람들이 뇌물청탁으로 영어囹圄의 몸이 되고, 정치 잘하라고 뽑아 주니 비리를 일삼는 정치인을 비롯한 사회 각계각층에서는 부정과 비리가 끊이질 않는다. 욕심의 지배를 받는 까닭이다.

욕심은 언제나 위험성을 안고 있는 폭탄과 같다. 욕심은 원하는 것을 갖게도 하지만 명예도, 재산도, 친구도, 모든 것을 다 잃게 만들기 때문이다. 욕심의 위험성에 대해 프랑스 사상가 미셸 몽테뉴 Michel Montaigne는 이렇게 말했다.

"탐욕은 일체를 얻고자 욕심내어서, 도리어 모든 것을 잃어버린다."

그렇다. 욕심을 완전히 버릴 수는 없지만, 욕심이 고개를 들 때마다 제어할 수 있어야 한다. 욕심으로부터 자신을 지켜내는 것, 이것이야말로 최선의 삶이다.

무엇이든 욕심이 시키는 대로 따르다 보면 부작용이 따른다. 과욕을 금하고 경계하라.

318

때때로 내 시간의 잔고를 헤아려 보라

시간이라는 선물은 단 한 번밖에 주어지지 않습니다.
한번 헛되이 보내고 나면 다시는 되찾을 수가 없는
그런 선물입니다. 그렇기 때문에 때때로
내 시간의 잔고를 한 번씩 헤아려야 돼요. 나에게 주어진
시간의 잔고가 얼마 남았는지 한 번씩 헤아리세요.

법정

〈진달래가 진달래답게 피어나듯 그대도 그대답게 피어나라〉

사람은 태어나는 순간부터 이 세상에서 주어진 삶의 시간은 각 사람마다 다 다르다. 그것은 창조주로부터 각자에게 주어진 자기만의 삶의 시간이기 때문이다. 그것은 내가 원한다고 해서 내 맘대로 되는 것이 아닌 절대자의 권한이다. 그러기 때문에 자신에게 주어진 시간을 알차게 써야 한다.

그런데 게으르고 나태해서 시간을 낭비한다면 자신의 인생을 소멸시키는 거와 같다. 그런 까닭에 자신에게 주어진 시간을 알차게 써서 시간에게 미안해하지 않도록 해야 한다.

그렇다. 시간을 잘 쓰는 사람은 만족한 삶을 보내게 되고, 시간을 낭비하는 사람은 불만족스런 삶을 살게 된다. 시간은 금과 같다. 자신에게 주어진 시간을 아낌없이 쓰는 당신이 돼라.

가끔씩 자신의 시간관리법을 점검해보라. 시간을 잘 쓰면 다행이지만 그렇지 않으면 시간을 잘 쓰도록 관리하라.

319

남을 돕되 해는 끼치지 마라

모든 성자들의 가르침은 크게 나누어 두 가지로
요약할 수 있습니다. 첫째는 남을 도우라는 것입니다.
이웃과 나누라는 겁니다.
둘째는 남을 도울 수 없다면 그에게
해를 끼치지 말라는 것입니다.

법정

〈맑은 가난을 살라〉

이 세상에서 가장 좋은 사람은 남을 이롭게 하는 사람이다. 가난한 사람에게 후원을 하고, 도움이 필요한 사람에게 도움을 주는 등 자신을 헌신하는 사람이다. 남을 돕는다는 것은 결국 스스로를 돕는 일이다. 그래서 남을 도우며 사는 사람들은 행복하다고 말한다.

"이 세상의 참다운 행복은 남에게서 받는 것이 아니라 내가 남에게 주는 것이다. 그것이 물질적인 것이든, 정신적인 것이든, 인간에게 있어서 가장 아름다운 행동이기 때문이다."

이는 프랑스 작가이자 비평가인 아나톨 프랑스Anatole France가 한 말로 남을 이롭게 하는 사람이 행복하다는 것을 잘 알게 한다. 그러나 세상에서 가장 나쁜 사람은 남에게 아픔을 주고, 고통을 주는 등 해악을 끼치는 사람이다. 이런 사람은 철저하게 대가를 치르게 된다. 남을 이롭게 하는 일엔 적극 나서되, 해를 끼치는 일은 금하라.

남을 돕지 못하면서 남을 해롭게는 하지 마라. 그것은 해악害惡이며 자신을 죄에 이르게 하는 일이다.

320

나눔의 비밀

남을 도우면 도움을 주는 쪽이나
받는 쪽이 다 같이 충만해집니다.
받는 쪽보다 주는 쪽이 더욱 충만해집니다.
이것이 나눔의 비밀입니다.

법정

〈맑은 가난을 살라〉

미국 기부문화 1세대인 데이비슨 록펠러는 석유 왕으로 불리며 일생을 풍미했다. 그는 미국인의 존경을 받는 대표적 인물 중 하나다.

그런 그도 석유회사를 차리고 석유판매업자들에게 시쳇말로 갑질로 유명했다. 그가 쌓은 재산은 모진 갑질의 결과물이다. 그는 부의 축적이야말로 인생의 즐거움이라고 여겼던 것이다.

그런데 갑자기 찾아 온 병으로, 의사로부터 살날이 얼마 남지 않았다는 판정을 받고 인생의 허무를 느끼며 절망했다. 그러던 어느 날 돈이 없어 수술을 하지 못하는 소녀의 이야기를 듣고 후원하여 수술을 해주었다. 그때 그는 남을 돕는 일이 돈을 버는 일보다 더 큰 행복이라는 것을 알았다. 그 후 그는 자신의 재산을 사회를 위해 아낌없이 후원했다. 그러자 그의 삶은 완전히 변화했고 기적처럼 병이 나았다. 나눔의 비밀은 그를 최고의 인생이 되게 했다.

나누는 일은 주는 자나 받는 자 모두를 행복하게 한다. 나눔의 즐거움을 즐겨라. 그것이 행복이다.

321

스스로 만족하는 삶

만족할 줄 모르면 늘 갈증 상태에 있는 거예요.
만족할 줄 알면 가진 것이 없더라도 부자나 다름없고,
가질 만큼 가지고 있으면서도
만족할 줄 모르고 욕심을 부린다면
그런 사람이야말로 진짜 가난한 사람입니다.

법정

<모자라고 부족한 데서 오는 행복>

영국의 시인 셸리는 "인생의 봄은 오직 한 번밖에는 꽃피지 않는다. 다시 피지 않는다."라고 말했다. 그리고 독일의 소설가 장 파울은 "인생은 한 권의 책과 같다. 어리석은 사람은 아무렇게나 책장을 넘기지만 현명한 사람은 공들여 읽는다. 왜냐하면 그들은 단 한 번밖에 그것을 읽지 못한다는 것을 알고 있기 때문이다."라고 말했다.

셸리와 장 파울의 말은 만족한 삶을 살기 위해서는 자신의 인생에 최선을 다하라는 의미이다. 자신에게 만족하면 가난해도 행복함을 느끼지만, 만족하지 못하면 가진 게 많아도 행복함을 느끼지 못하기 때문이다. 삶은 누구에게나 단 한 번밖에 주어지지 않는다. 그런 까닭에 삶을 만족하게 산다는 것은 당연한 일이다.

그렇다. 자기 인생을 만족해하며 다시는 행복하지 못할 것처럼 사는 당신이 돼라.

스스로를 만족하게 하는 일에 힘쓰라. 그것은 자신이 자신에게 주는 최선의 행복이다.

322

행복의 척도

행복의 척도는 얼마나 많이 가지고 있느냐에 있지 않습니다.
불필요한 것으로부터 얼마나 자유로워졌느냐에 있어요.
행복은 배부른 상태가 아닙니다.
홀가분한 상태예요. 모든 굴레로부터 벗어나
홀가분한 상태, 이것이 행복입니다.

법정

〈모자라고 부족한 데서 오는 행복〉

많은 것을 가진 사람도 불행을 느끼는 것은 많이 가짐으로써 부담을 느끼기 때문이다. '혹시 내 재산을 누가 가져가지나 않을까, 혹은 내가 잘못되면 저 많은 재산은 어떻게 될까'라는 생각에서 자유롭지 못하다. 진정으로 행복하기 위해서는 스스로 평안을 느끼고 홀가분해야 한다. 그러기 위해서는 도덕적으로 얽매이지 않아야 한다.

이에 대해 《채근담》엔 "인생에 있어 무엇이 행복하다고 가르치는 것이 많지만 도덕적으로 안정을 얻은 사람이 가장 행복한 사람이다. 도덕적으로 안정을 얻은 사람은 늘 마음이 따스한 온기로 차 있다. 그러므로 내 마음을 따스하게 보전할 수 있도록 행동하는 것이 행복한 일인 것이다."라고 나와 있다. 이 말처럼 도덕적으로 얽매이지 않고 평안한 것이야말로 행복의 척도라고 할 수 있다.

물질과 자리, 명성은 행복의 척도가 아니다. 무엇이 되었든 자신이 행복할 수 있다면 그것이 바로 행복의 척도이다.

323

단순한 삶을 살기

> 복잡한 현대 산업 사회에서 살고 있는 우리에게
> 가장 아쉬운 것이 단순한 삶입니다.
> 이 사회 자체가 너무 복잡하기 때문입니다.
> 단순하다는 것은 본질적인 것입니다.
>
> 법정
>
> **〈불필요한 것으로부터 자유로워질 때 행복이 찾아온다〉**

삶이 복잡할수록 더 단순하게 살아야 한다. 나날이 빨라지는 초스피드시대에 이게 무슨 말도 안 되는 소리냐고 할지 몰라도 이럴 때일수록 한 템포 삶의 속도를 늦출 필요가 있다. 그렇지 않으면 시대의 흐름 속에 갇힐 수 있다. 그렇게 되면 자신이 삶을 리드하는 것이 아니라 삶에 끌려가게 된다.

작가이자 시민운동가로서 《조화로운 삶》, 《헬렌 니어링의 소박한 밥상》의 저자인 헬렌 니어링 부부의 삶은 단순 소박함 그 자체였다. 그들은 단순하고 소박한 삶에서 진정한 삶의 의미를 발견하고 행복을 추구한 대표적인 인물이다. 이들이 지향했던 삶을 살기란 쉽지 않다. 하지만 그들이 보여준 삶을 따라하면서 자신에게 맞는 삶을 선택하면 된다.

그렇다. 나이가 들수록 생각도 단순히, 삶도 단순히 살아간다면 보다 더 깊은 행복감을 느끼며 살게 될 것이다.

삶이 복잡해질수록 행복을 느끼는 빈도가 낮다. 복잡한 삶을 따르다 보니 스트레스가 그만큼 크기 때문이다. 삶을 단순화시켜라. 단순할수록 행복은 커진다.

324

보편적인 이상理想이란

봉사란 건 우리의 일상생활 속에서
어려운 처지에 있는 이웃을, 한 뿌리에서
나뉜 가지들을 보살피고 거드는 일이에요.
이게 자비심이에요. 이것은 전체를
생각하는 일입니다.

법정

<하루에 한 가지씩 선한 일을 행하라>

인간은 아무리 잘나고 똑똑해도 혼자서는 절대 살아갈 수 없는 존재다. 우리 사회구조는 서로 협력하고 도우며 살아가게 되어 있다. 힘들고 어려운 일이 생겼을 때 누군가의 도움이 함께 하면 얼마든지 극복할 수 있다.

봉사활동이라든가 누구를 후원한다든가 하는 것은 내 사랑과 내가 가진 것으로 나누는 따뜻하고 아름다운 일이다. 그로 인해 나눔을 받는 사람은 용기와 희망을 갖게 되고, 나눔을 준 사람 또한 행복을 선물 받게 된다.

이렇듯 인간의 보편적 이상이란 누군가를 도와주고 협력함으로써 모두가 행복해지는 삶을 사는 것이다.

말이 아닌 실천을 통해 도움을 줄 때 이상적인 삶은 실현된다. 그것은 삶을 공유함으로써 사랑을 완성하는 일이기 때문이다.

325

하루에 한 가지씩 선한 일을 행하라

> 작은 선이라도 좋으니까 이웃을 위해
> 하루에 한 가지씩이라도 행하십시오.
> 그렇게 되면 내 정진력이 그만큼 자라게 됩니다.
> 내 안에 있는 자비심의 싹이 그렇게 움트는 거예요.
> 이것이 진정한 해방이고 해탈입니다.
>
> 법정
>
> **〈하루에 한 가지씩 선한 일을 행하라〉**

하루에 한 가지씩 선을 행한다는 것은 쉽지 않다. 하지만 할 수만 있다면 하는 것이 좋다. 선을 행함으로써 스스로를 행복하게 하고, 삶을 아름답고 긍정적으로 살아가게 되기 때문이다.

여기서 한 가지 생각할 것은 선을 행함을 거창한 일로 생각지 말아야 한다. 작은 선을 행하는 것도 마음에 없으면 절대 할 수 없는 일이기에 작은 선을 행한다는 것은 매우 중요하다. 또 그렇게 하다 보면 크게 선을 행할 수도 있게 된다.

그렇다. 선을 행하면 가장 행복한 사람은 자기 자신이다. 주는 것이 받는 것보다 훨씬 크기 때문이다. 하루에 한 가지씩 선을 행할 수만 있다면 그런 당신이 돼라.

무엇이 되었든 하루에 한 가지씩 선을 행하라. 그것은 자신의 덕을 쌓는 생산적인 일이다.

326

과거, 현재, 미래는 지금 이 순간에 함께 있다

> 지금 당하고 있는 일, 또 이미 지나간 일을
> 오래 마음에 담아 두어서는 안 됩니다.
> 저절로 오도록 맡겨 두고,
> 저절로 가도록 내버려 두세요.
>
> 법정
>
> 〈이웃을 구할 때 나 자신도 구제된다〉

우리에게 가장 중요한 시간은 어제도 아니고, 내일도 아니며, 바로 지금 이 순간이다. 지금 이 순간을 어쩌면 내일은 맞이할 수 없을지도 모른다. 그런데 어떤 사람은 과거에 집착해서 지금 이 순간을 무의미하게 보낸다. 과거는 이미 흘러 가버린 시간이기에, 아무리 잘나갔다 하더라도 집착해서는 안 된다. 그것은 자신을 퇴보시키고, 망상에 사로잡히게 하는 비생산적인 일이기 때문이다.

또한 미래는 아직 오지 않은 시간이기에, 너무 크게 바라지 않는 것이 좋다. 지금 이 순간을 열심히 일하며 즐겁게 살면, 풍요로운 미래를 기쁨으로 맞게 되기 때문이다.

지금 이 순간은 단지 이 순간일 뿐, 지나고 나면 그 또한 과거일 뿐이다. 그러기에 지금 이 순간을 잘 보내야 하는 것이다.

어제는 오늘의 과거이고, 미래는 어제의 오늘이다. 결국 과거, 현재, 미래는 하나인 것이다. 시간의 순리에 따라 참되게 살라.

327

생각의 틀에 갇히지 마라

> 무한한 잠재력을 지닌 인생을 한정된 틀에
> 끼워 맞추려고 해서는 안 됩니다. 그러니 자라나는
> 자식들을 어떤 틀에 가두려고 하지 마세요.
> 보다 넓은 시야로 바라볼 수 있어야 됩니다.
>
> 법정
>
> **〈이웃을 구할 때 나 자신도 구제된다〉**

생각에도 틀이 있다. 문제는 틀에 한 번 갇히면 빠져나오기 힘들다는 것이다. 틀은 사람의 생각을 제 마음대로 하려고 하기 때문이다. 자신이 원하는 인생을 살기 위해서는 생각을 틀에서 벗어나야 한다. 그렇다면 이 생각의 틀은 어디에서 오는 걸까.

그것은 고정관념과 낡은 사고방식 그리고 사회적 통념에 있다. 이를 깨뜨려야 신선한 생각을 받아들이고, 새로운 생각에 눈을 뜨게 된다. 이에 대해 영국의 경제학자 존 메이너드 케인스John Maynard Keynes는 이렇게 말했다.

"변화에서 가장 힘든 것은 새로운 것을 생각해내는 것이 아니라, 이전에 가지고 있던 틀에서 벗어나는 것이다."

지금 자신을 한번 돌아보라. 나는 생각의 틀에 갇힌 사람인지를. 그렇지 않다면 다행이지만, 그렇다면 과감하게 생각의 틀을 깨뜨려 버려야 한다.

생각의 틀에 갇히면 새로운 내가 될 수 없다. 생각의 틀을 깨고 나와야 새로운 내가 될 수 있다.

328

생각하는 대로 이루어진다

좋은 생각을 하면 좋은 일이 생깁니다.
착한 마음이 있으면 착한 일이 내 앞에 닥쳐요.
반대로 내가 심술을 부린다든지
언짢은 생각을 하게 되면 그게 메아리가 되어
내 앞에 심술궂고 언짢은 일만 생깁니다.

법정

〈간절한 마음으로 소원하는 것은 반드시 열매를 맺느니〉

지금 우리가 물질문명의 혜택을 누리는 것은 '생각의 힘'에서 왔다. 생각을 어떻게 하느냐에 따라 그 결과가 그대로 나타나기 때문이다. 전구를 발명한 토머스 에디슨을 비롯해, 전화기를 발명한 알렉산더 그레이엄 벨, 비행기를 발명한 라이트형제 등은 자신의 생각한 대로 노력한 끝에 역사적인 발명품을 만들어냈다.

시인, 작가를 비롯해 작곡가 화가 등의 예술가들도 자신들이 생각하는 대로 작품을 탄생시켰다. 이는 무엇을 만들고 작품을 탄생시키는 일뿐만 아니라 생각하는 대로 좋은 일이 생기고, 나쁜 일이 생기기도 하고, 짜증나는 일이 생기기도 한다.

그렇다. 그것이 무엇이든 생각하는 대로 이루어진다. 좋은 일로 행복하고 싶다면 매사를 긍정적이고 생산적으로 생각하라.

자기가 바라는 대로 생각하라. 그리고 그대로 행하라. 바라는 것을 얻게 될 것이다.

329

마음에 벽을 쌓아두지 않기

내 마음이 편해지면 상대방의 마음도 편해져요.
맺힌 것이 있거나 서운한 것, 맞선 것이 있다면
오늘 회향을 기점으로 풀어야 됩니다.
그것이 기도의 공덕 가운데 하나입니다.

법정

〈간절한 마음으로 소원하는 것은 반드시 열매를 맺느니〉

미국 건국의 아버지 중 한 사람인 벤저민 프랭클린은 초등교육 4년을 받은 게 전부였지만, 다방면에서 뛰어난 업적을 남겨 미국인들의 존경을 받는 인물이다. 그런 그도 정치활동을 하면서 정적과 사이가 좋지 않았다.

그러던 어느 날 프랭클린은 마음의 벽을 허물기 위한 방편으로 정적에게 편지를 보내 책을 빌려달라고 했다. 그 일로 두 사람은 화해를 하게 되었다. 프랭클린이 먼저 다가가자 정적 또한 마음의 벽을 허물고 그와 좋은 친구가 되었다. 누군가와 벽을 쌓고 있다면 허물라. 벽이 없어지는 순간 몸도 마음도 가볍게 변하고 즐거운 에너지로 가득 차게 될 것이다.

마음의 벽을 쌓아두면 그것이 매듭이 되어 하는 일이 막히고 만다. 벽을 허물라. 긍정의 에너지가 넘치게 되리라.

330

그것이 인생이다

어려움을 통해서 그걸 딛고 일어서는
새로운 창의력과 의지력을 계발하라는
우주의 소식으로 받아들일 수 있다면,
그래도 이 세상이 살아갈 만한 곳이 됩니다.

법정

<보왕삼매론에 대하여>

사람은 누구나 살아가면서 어려움을 맞게 된다. 이것은 사람이기에 피할 수 없는 일이다. 그것이 인생이기 때문이다.

그런데 어려운 일에 부딪치면 자꾸만 피하려고 하는 사람이 있다. 그렇게 되면 그 어떤 것도 의지대로 해 나갈 수 없다. 어려운 일이 있으면 맞서 극복해야 한다. 그것은 피한다고 될 문제가 아니다. 이미 자신에게 주어진 숙제와 같은 것이다. 그러기 때문에 맞서 해결해야 한다.

그렇다. 지금 자신을 돌아보라. 지금 내게 직면해 있는 것이 무엇인지를. 그래서 그것으로 인해 고통을 받는다고 생각하면 맞서 해결하라. 그래야만 문제를 해결할 수 있다.

사람은 저마다 주어진 인생의 과제가 있다. 과제가 어렵더라도 행하라. 그것은 자신이 해결해야 할 인생의 과제인 것이다.

331

일이 쉽게 되기를 원하지 마라

이 세상은 고해입니다. 참고 견뎌야 할 사바세계예요.
이 풍진 세상을 살아가려면 면역력을 높여야 해요.
일이 쉽게 되기를 원하지 마세요.
모든 것에는 차례가 있는 겁니다.

법정

〈보왕삼매론에 대하여〉

오래전 어떤 젊은이가 한강에서 뛰어내린 일이 있다. 사는 것이 너무 고달픈 게 이유였다. 하는 일마다 되지 않자, 생명의 끈을 놓은 것이다. 참으로 안타까운 일이 아닐 수 없다.

사는 일은 쉬운 것 같기도 하지만, 어떤 삶이든 그에 맞는 대가를 치러야 한다. 그래야 내가 원하는 것을 얻게 된다. 몇 번 해보다 안 되면 포기하고 비관한다면, 그 어떤 일도 제대로 해낼 수 없다.

"승자가 즐겨 쓰는 말은 '다시 한번 더 해보자'이고, 패자가 즐겨 쓰는 말은 '해봐야 별수 없다'이다."

이는 《탈무드》에 나오는 말로 자신이 원하는 삶을 사는 이들은 몇 번이고, 될 때까지 끈질기게 해냈기 때문이다.

그렇다. 쉽게 무언가를 이루려고 하지 마라. 모든 것을 진지하게 생각하고 끈기 있게 해야 한다. 그래야 내가 원하는 것을 이룰 수 있고, 그로 인해 행복한 웃음을 짓게 되는 것이다.

무엇이든 쉽게 하려고 하지 마라. 그러면 약은 꾀를 부리고, 편법을 쓰게 된다. 어떤 일이든 그 일에 맞는 공을 들여야 한다.

332

전체적인 조화를 이루라

돌담을 쌓을 때는 똑같은 모양의 돌은 필요 없습니다.
우리 사회와 세상도 마찬가지예요.
자기 개성을 마음껏 발휘하면서도
전체적인 조화를 이루는 사회가 건강한 사회입니다.

법정

〈보왕삼매론에 대하여〉

이 세상에 똑같은 것은 없다. 똑같은 것 같아도 어딘지 모르게 다 다르다. 일란성 쌍둥이도 자세히 보면 다른 데가 있다.

이 사회는 서로 다른 객체인 사람들이 모여 이룬 공간이다. 배움도 다르고, 생활환경도 다르고, 성격도 다르고, 외모도 다르고, 종교도 다르고, 지위도 다르고, 하는 일도 다르다. 서로 다른 객체가 모여 잘 사는 사회, 행복한 사회가 되기 위해서는 전체적인 조화를 잘 이루어야 한다. 조화를 이루기 위해서는 배려와 양보와 이해와 공감이 필요하다.

그렇다. 이런 것들이 함께 잘 어우러질 때 전체적인 조화를 이루어 우리 모두는 행복하게 살아가게 된다.

혼자만 사는 사회가 아니다. 내가 잘 되고 싶다면 전체에 맞춰 조화를 이뤄야 한다. 그 조화 속에서 내가 잘 되는 것이다.

333

이웃과 함께 나눠라

> 기쁜 일이나 어려운 일을
> 이웃과 함께 나누어 가짐으로써
> 보다 성숙한 인간이 됩니다.
> 국지적인 개인이 전체적인 인간으로 바뀝니다.
>
> 법정
>
> 〈맑고 향기롭게 10년을 돌아보며〉

이웃이란 말은 따뜻함을 품고 있다. 이웃의 사전적 의미는 '서로 가까이 인접하여 사는 집'이다. 서로 가까이라는 말이 이를 잘 알게 한다.

이웃을 가까이함에 대해 예수그리스도는 "네 이웃을 네 몸과 같이 사랑하라"고 했다.(마태복음 22장 39절) 네 이웃을 네 몸과 같이 사랑하라는 말은, 나와 이웃은 결국 하나일 만큼 소중한 존재임을 의미한다.

우리 민족은 예로부터 이웃을 자신과 같이 생각했다. 힘든 농사일은 품앗이를 통해 서로가 해결하고, 이웃에 기쁜 일이 있을 땐 함께 기뻐하고, 어려움이 있을 땐 내 일처럼 발 벗고 나서서 도와주었다.

현대사회는 더더욱 이웃에 관심을 가질 필요가 있다. 기쁜 일은 함께 기뻐하고, 어려운 일은 함께 나눌 때 인간은 보다 성숙하게 된다. 그리고 그것은 인간이기에 할 수 있는 일인 것이다.

나눔의 법칙은 나누면 나눌수록 점점 더 많아진다. 나눔이 이자를 붙여 데리고 오기 때문이다. 나누는 일에 동참하라.

334

평화는 한 사람 한사람

> 평화는 우리 한 사람 한 사람의 내부에서 싹이 틉니다. 우리 가슴속에 이웃에 대한 사랑이 싹트면 그 마음이 메아리가 되어 나와 이웃과 우리를 평화롭게 해줍니다.
>
> 법정
>
> 〈사랑하지 않으면 사랑할 수 없습니다〉

사람은 본질적으로 선하고 맹자孟子는 말했으며, 사람은 본질적으로 악하다고 순자荀子는 말했다. 둘 다 맞는 말 같기도 하고, 둘 다 틀린 말이기도 하다. 허나, 인생을 살다 보니 사람은 상황에 따라 선을 행하기도 하고, 악을 행하기도 한다는 것을 알게 되었다.

왜일까. 그것은 자신의 입장에 따라 좌지우지되기 때문이다. 즉, 선을 행할 땐 선을 행함으로써 자신을 이롭게 하지만, 악을 행하는 것도 자신을 이롭게 하기 위해서이다. 특히, 자신을 이롭게 하기 위해서 행하는 악행은 절대 자신을 행복하게 하지 않는다는 것을 알아야 한다.

그런 까닭에 어떤 경우에도 반드시 선을 행해야 하고, 악을 행해서는 안 된다는 것이다. 선을 행하면 자신은 물론 모두가 행복하지만, 악을 행하면 자신은 물론 자신의 가족도, 자신의 주변 사람들도 모두가 불행해질 수 있기 때문임을 명심하라.

마음의 평화가 싹트기 위해서는 사랑을 실천하라. 사랑이 씨앗이 되어 선이 되고 평화를 이루는 것이다.

335

사랑한다는 것은

사랑을 한다는 것은 자기가 지니고 있는 가장 지극하고
가장 착하고 가장 아름답고 가장 복스러운
내면을 내뿜는 현상이기 때문에 그러한 정신의 꼴이,
얼의 꼴이 나타난 얼굴은 아름답지 않을 수가 없는 거죠.
당연한 거예요.

법정

〈사람의 얼굴은 어떻게 만들어지는가〉

사랑한다는 것은 나를 내려놓는 일이다. / 사랑한다는 것은 아픔을 함께 하는 일이다. / 사랑한다는 것은 미움을 걷어내는 일이다. / 사랑한다는 것은 고통을 나누는 일이다. / 사랑한다는 것은 사랑하는 이를 받쳐주는 일이다. / 사랑한다는 것은 욕심을 비우는 일이다. / 사랑한다는 것은 마음을 나누는 일이다. / 사랑한다는 것은 나를 비우는 일이다. / 사랑한다는 것은 행복을 꽃 피우는 일이다. / 사랑한다는 것은 무를 유로 만드는 일이다.

김옥림 _시 〈사랑한다는 것은〉

사랑은 물질이든 사랑이든 자신을 내어주는 것이다. 그런 까닭에 사랑한다는 것은 나를 비우고 행복을 꽃피우는 일이다.

336

영혼이 빠져나간 얼굴

> 맑은 영혼이 빠져나간 얼굴,
> 그것은 껍데기예요.
> 혼이 없는 얼굴은 빈껍데기에 불과합니다.
> 맑은 영혼이 깃들지 않은
> 미모는 마치 유리로 만든 눈과 같습니다.
>
> 법정
>
> 〈사람의 얼굴은 어떻게 만들어지는가〉

맑고 생동감 넘치는 사람을 보면 기분이 참 좋다. 그 사람의 맑고 풋풋한 영혼이 가슴에 스미는 것 같다. 맑고 싱그러운 사람은 맑은 영혼을 품고 있는 까닭이다. 그래서 그 사람과는 오래도록 함께 하고 싶어진다.

그러나 어둡고 푸시시한 사람을 보면 기분이 축 처진다. 그 사람의 어둡고 칙칙한 영혼이 가슴을 어둡게 만들기 때문이다. 어둡고 푸시시한 사람은 어둡고 칙칙한 영혼을 품고 있는 까닭이다. 그래서 그 사람과는 한시도 같이 있고 싶은 마음이 없어진다.

그렇다. 맑은 영혼을 가진 얼굴은 사람들에게 생동감을 준다. 언제나 맑고 풋풋한 우리가 되어야겠다.

맑고 생동감 넘치는 풋풋한 얼굴은 사람들을 기분 좋게 한다. 맑고 생기 있는 얼굴이 되게 하라.

337

과장하고 남용하지 마라

> 과장하고 남용하면
> 본래의 아름다움이 소멸됩니다.
> 아름다운 것은 좋습니다.
>
> 법정
>
> 〈사람의 얼굴은 어떻게 만들어지는가〉

사람들 중엔 과장誇張이 심하고 허풍이 심한 사람이 있다. 그래서 그런 사람을 보면 믿음이 가지 않는다. 무슨 말을 하더라도 다 거짓으로 여겨지기 때문이다. 물론 때에 따라서는 선의의 과장이 필요할 때가 있다. 하지만 그것은 어디까지나 필요에 의해서다. 과장을 남용하다 보면 제 발등 제 손으로 찍는 일이 생기게 된다.

그렇다면 왜 그런 일이 생기는 걸까. 과장은 글자 그대로 사실보다 지나치게 부풀리다 보니 어디까지가 참인지 알 길이 없다. 그리고 지속적으로 이어지면 절대로 믿을 수 없게 된다. 그래서 진실은 아름답지만 과장은 추하고 역겹다.

그렇다. 어떤 상황에서도 과장하지 말고, 남용해서는 안 된다. 그것은 자신을 스스로 못 믿게 만드는 그릇된 일인 것이다.

사실보다 과장하고 허세를 부리면 믿음이 가지 않는다. 그것엔 나다움이 없다. 진실을 말하고 진실되게 행하라.

338

새로운 가능성을 계발하기

> 순간순간 새롭게 피어날 수 있어야 돼요.
> 꽃처럼 순간순간 새롭게 피어날 수 있어야 사람이지,
> 똑같이 되풀이하고 틀에 박혀서 벗어날 줄 모르면
> 사람이라고 할 수 없어요.
>
> 법정
>
> <사람의 얼굴은 어떻게 만들어지는가>

사람은 누구나 지금과 다른 나로 살아갈 수 있는 능력을 지니고 있다. 다만 그것을 잘 알지 못하고 알아도 행하지 않기 때문에 못하는 것이다.

새로운 나로 거듭나기 위해서는 새로워지기 위한 노력을 다해야 한다. 매 순간 새로운 자신의 모습을 상상하면서 낡고 진부한 생각을 버리고, 지금까지 해왔던 삶의 틀에서 벗어나야 한다. 그렇게 하지 않으면 절대 새로운 나로 거듭날 수 없다.

왜 그럴까. 낡고 비본질적인 생각은 새로움과는 전혀 맞지 않는 비생산적인 마인드이기 때문이다. 새로운 나로 살고 싶다면 새로운 가능성을 계발하라. 그렇다. 새로운 가능성은 새로운 나를 살게 하는 삶의 요소인 것이다.

틀에 박힌 낡은 생각으로는 새로운 가능성을 계발할 수 없다. 틀에 박힌 낡은 생각에서 빠져나올 때 비로소 계발할 수 있다.

339

안정적인 마음을 지니는 법

> 될 수 있는 한 적게 보세요. 많은 것을 보게 되면
> 마음의 안정을 찾을 수 없습니다.
> 안 보는 것도 있어야 되고, 안 볼 수 있어야 돼요.
> TV 얘기만이 아닙니다. 뭐든지 그래요.
> 적게 봐야 마음이 덜 물듭니다. 덜 흩어져요.
>
> 법정
>
> <사람의 얼굴은 어떻게 만들어지는가>

현대 사회는 현실주의를 넘어 초현실주의로 향하고 있다. 인공지능AI 이라든가 사이버세계라든가 하는 것은 사람들의 생각을 더욱 복잡하게 하고 그로 인한 스트레스로 사람들은 항상 심리적으로 불안정하다. 그런 까닭에 마음을 안정시키는 노력이 필요하다.

마음을 편안하게 하고 안정시키기 위해서는 될 수 있는 한 많은 것을 보지 말아야 한다. 많은 것을 보게 되면 많은 생각을 하게 되고, 많은 것을 생각하면 심리적으로 복잡해지기 때문이다. 그래서 단순한 사람은 생각이 많고 복잡한 사람보다 더 안정적이고 더 많이 행복해하며 살아간다.

그렇다. 될 수 있는 한 적게 보라. 그리고 생각을 단순화시켜야 한다.

볼거리가 많은 세상이다 보니 볼거리가 넘쳐난다. 그러다 보니 몸도 마음도 복잡하다. 볼거리를 줄이고 사색하라. 그래야 마음의 안정을 찾아 평안할 수 있다.

340

자기주체성을 가져라

> 가정을 이루건 홀로 살건, 독야청청하건 간에
> 삶의 질서를 가지고 진짜 자기답게
> 살 수 있으면 됩니다.
> 하지만 그렇게 되려면 노력을 해야 돼요.
>
> 법정
>
> 〈침묵하라 그리고 말하라〉

주체성이 강한 사람은 누구의 것을 마냥 따라 하지 않는다. 그것은 자기다운 것이 아니라는 것을 잘 알기 때문이다. 그래서 자기답게 사는 것에 대해 항상 몰두하고 노력한다. 자기답게 살기 위해서는 자기 행위를 스스로 조율할 수 있어야 한다.

이에 대해 미국의 사상가이자 시인인 랠프 왈도 에머슨은 "사람은 자기의 행위를 자신이 지배할 수 있는 것이다. 자기 자신에게서 발견하고 자기가 살고 있는 동안 발전시켜 나가지 않으면 안 된다. 그것 이외에 선이 있다고는 생각하지 마라."고 말했다.

그렇다. 자기답게 사는 것이야말로 가장 자기다운 인생이다. 그러기 위해서는 자신의 의지대로 자신을 지배할 수 있도록 내적인 힘을 강화시켜야 한다. 그것이 최선의 선임을 잊지 마라.

주체성이 없는 사람은 이리저리 쏠려 자기다움이 없다. 자기다움이 있어야 진정 자신인 것이다. 자기다움을 위해 주체성을 길러라.

341

말의 무게를 지녀라

말의 무게가 없는 언어에는 메아리가 없습니다.
깊이 전달되지 않습니다.
오늘날 인간의 말이 소음으로 전락한 것도
침묵을 배경으로 하지 않기 때문입니다. 그래서
인간의 말이 소음과 다름없이 여겨지고 있는 것입니다.

법정

<날마다 피어나는 꽃처럼 새롭게 시작되는 삶>

사람의 가치성은 그 사람이 하는 말에 따라 영향을 받는다. 예의 있고 격식 있게 말하는 사람은 예의가 바른 사람으로 인식하게 되고, 할 말은 하되 불필요한 말을 하지 않는 사람은 입이 무거운 사람으로 인식하게 되고, 논리가 정연해서 공감력이 뛰어난 사람은 논리적이고 주관이 분명한 사람으로 인식하게 된다.

그러나 말이 많고 행동이 따르지 않는 사람은 가볍고 책임감이 없는 사람으로 인식하게 되고, 앞뒤가 맞지 않는 말을 하는 사람은 두서가 없는 사람이라고 인식하게 된다. 그래서 말을 어떻게 하느냐는 것은 매우 중요하다.

그렇다. 한 마디 말도 말의 무게를 담아 논리 있고 분명하게 말해야 한다. 말은 곧 그 사람과 같기 때문임을 명심하라.

할 말 안 할 말 다 하면 말의 무게가 없어 가벼워 보인다. 말수를 줄여라. 말의 무게를 지녀야 믿음과 신뢰를 주게 된다.

342

너를 비워라

우리의 목표는 풍부하게 소유하는 것이 아니라,
풍요하게 존재하는 데 있습니다.
삶의 부피보다 질을 문제 삼아야 합니다.
채우려고 하지 말고 텅텅 비울 수 있어야 합니다.

법정

〈날마다 피어나는 꽃처럼 새롭게 시작되는 삶〉

기업을 경영하든 가게를 운영하든 무엇을 하든 간에 탐욕을 부려서는 안 된다. 탐욕의 지배를 받으면 앞뒤 생각지 않고 자꾸만 채우려고 하기 때문이다. 그러다 보니 과욕을 부려 무리를 하게 되고, 넘지 말아야 할 선을 넘게 되는 것이다.

재물이든, 명예든, 권세든 그 무엇이든 소유하기 위해 정도程度를 넘게 되면 오히려 아니함만 못하게 된다. 그러기 때문에 절제가 필요하고, 스스로 자신의 마음을 풍요롭게 해야 한다.

그렇다. 재물이 풍족해도 마음이 풍요롭지 않으면 늘 삶의 허기를 느낀다. 그러나 가난해도 마음이 풍요로우면 삶의 허기를 느끼지 않는다. 채우지 않아도 진정 풍요로운 삶이 무엇인지 잘 아는 까닭이다.

풍요로운 삶은 물질, 즉 부피에 있는 것이 아니라 삶의 질에 있다. 마음을 비우면 삶의 질이 좋아진다.

343

어려운 판단을 할 땐 조용히 심사숙고하라

우리가 어떤 어려운 판단을 할 때는
조용히 생각해야 돼요.
파도가 가라앉도록 조용히 생각하고
마음의 안정을 가진 다음 마음 내키는 대로
하는 것은 좋은 일입니다.

법정

<날마다 피어나는 꽃처럼 새롭게 시작되는 삶>

이순신 장군은 중요한 결정을 할 땐 늘 조용히 생각에 잠겼다. 과연 이번 전투에서 어떻게 하면 우리의 피해를 최소화하고 승리할 수 있을까, 생각에 생각을 거듭했다. 그리고 생각 끝에는 언제나 승리의 전략이 빛을 반짝였고 곧 승리로 이어졌다.

처음《난중일기》를 읽고 나서 마음이 참 숙연하고 감동으로 다가왔다.《난중일기》를 보면 온통 나라 걱정, 백성 걱정에 노심초사하여 잠 못 이룰 때가 많았음을 알 수 있었기 때문이다. 과연 이순신 장군은 만고의 충신이며 병졸들에게는 어버이와도 같은 덕장이자 용장이며 지장이었다.

어려운 판단을 할 때 조용히 심사숙고하라. 그러는 가운데 번뜩이는 지혜를 얻게 될 것이다.

어려운 결정이나 판단을 할 땐 정신을 집중해서 생각을 끌어 모아야 한다. 그래서 편안한 가운데 결정하라.

344

자기 억제와 질서를 지켜라

> 보지 않아도 좋을 것은 보지 말고,
> 읽지 않아도 좋은 것은 읽지 말고,
> 듣지 않아도 좋은 소리는 듣지 말며,
> 먹지 않아도 좋은 음식은 안 먹어야 돼요.
> 그러한 자기 질서가 있어야 합니다.
>
> 법정
>
> 〈날마다 피어나는 꽃처럼 새롭게 시작되는 삶〉

사람이 세파에 흔들리지 않고, 잘 살아가기 위해서는 스스로를 통제할 수 있어야 한다. 스스로를 통제하고 억제하기 위해서는 볼 수 있는 것만 보되, 보지 말아야 할 것은 보지 말아야 한다. 그것은 마음의 유혹이 될 수 있는 까닭이다. 필요한 말은 하되 불필요한 말은 삼가야 한다. 잘못된 일에 빠져 잘못될 수도 있는 까닭이며, 듣기 거북한 소리는 듣지 말아야 한다. 그로 인해 마음이 흐트러질 수도 있는 까닭이다.

또한 아무리 마음이 시켜도, 해서 안 되는 것은 절대 하지 말아야 한다. 이 세상에서 일어나는 모든 문제는 개인적인 문제든, 사회적인 문제든 하지 말아야 할 것을 통제하고 억제하지 못했기 때문이다. 세상을 살아가는 데 있어 스스로를 통제하고, 자기 억제는 반드시 필요하다. 그래야 실수와 실패를 줄이고, 질서 있는 삶을 통해 진정성 있게 살아갈 수 있기 때문이다.

복잡 미묘한 현대사회에서 잘 살아가기 위해서는 스스로를 통제할 수 있어야 한다. 자기 억제는 질서 있는 삶을 살게 한다. 자기 억제와 질서를 지켜라.

345

우리에게 그 책임이 있다

내 인생은 내가 사는 것입니다.
정신 똑바로 차리세요. 함부로 열광하지 마세요.
냉정해야 돼요. 내가 몸담고 있는 우리의 시대가
지금 어디로 흘러가고 있는지 살펴보아야 합니다.
우리에게 그 책임이 있습니다.

법정

〈날마다 피어나는 꽃처럼 새롭게 시작되는 삶〉

사람들 중엔 자신의 감정을 조절하지 못해 쉽게 흥분하고, 무슨 일에든 쉽게 빠지는 사람이 있다. 이런 부류의 사람은 언제나 부화뇌동附和雷同하기 딱 좋은 사람이다.

그러면 어떻게 해야 할까. 한 마디로 심지心地를 굳게 해야 한다. 심지가 굳으면 그 어떤 유혹이나 일에도 빠져들지 않는다. 심지를 굳게 하기 위해서는 사색력을 키우고, 기도와 명상으로 마음을 다스려 흔들림이 없어야 한다.

내 인생 내가 사는 거지만 사회가 잘못되면 나를 비롯해 우리 모두 잘못될 수 있다. 그래서 우리에게는 이 사회가 잘못되지 않게 할 책임이 있다.

그렇다. 우리가 책임을 다하기 위해서는 정신을 똑바로 차리고, 심지를 굳게 하여 제 본분을 다해야 하는 것이다.

사회가 잘못 돌아갈 땐 우리에게 책임이 있다. 몸과 마음을 바르게 해서 잘못된 것을 바로 잡아야 한다. 사회가 평안해야 모두가 평안하기 때문이다.

346

옷이 날개라는 말

옷이 날개라는 말에 속지 마십시오.
몸에 걸치는 이것은 옷일 뿐이에요.
흔히들 그 옷 입으니까 달라 보인다는
소리를 하는데, 사람한테 옷은 날개가 될 수 없어요.
옷은 검소하고 단정하게 입어야 됩니다.

법정

〈계행과 선정과 지혜의 옷을 입으라〉

옷 가게에 가면 직원이 흔히 "옷이 너무 잘 어울리네요. 이 옷은 손님에게 딱이에요."라고 말하곤 한다. 그러면 기분이 좋아진 손님은 흔쾌히 돈을 지불한다.

이처럼 옷을 입었을 때 잘 어울리는 것을 빗대 '옷이 날개'라고 한다.

그런데 법정 스님은 옷이 날개라는 말에 속지 말라고 말한다. 이는 무엇을 말하는가. 너무 외향적인 것에만 신경을 쓰지 말라는 말이다. 옷은 검소하고 단정하게 입어도 충분하다는 것이다.

검소는 미덕이다. 단정함 또한 미덕이다. 검소한 옷을 입었다고 천대받는 일은 없다. 오히려 근검절약하는 사람이라는 좋은 이미지를 심어주게 된다.

그렇다. 옷은 검소하고 단정하게 입어야 한다.

: 낭비를 조장하는 그 어떤 말이나 분위기에 휩쓸려선 안 된다. 그것은 삶을 무너뜨리는 마수와 같다. 근검절약을 실천하라.

347

밝아지는 소리에 귀 기울여라

소리에 귀를 기울인다는 것은
우리 삶의 중요한 몫이다.
그 소리를 통해서 마음에 평온이 오고
마음이 밝아질 수 있다면
그것 또한 소리의 은혜가 아닐 수 없다.

법정

〈봄 여름 가을 겨울〉

사람에게 청각은 매우 중요한 작용을 한다. 말을 듣게 하고, 노래를 듣게 하고, 새소리를 듣게 하고, 종소리를 듣게 하는 등 세상의 모든 소리를 듣게 하기 때문이다.

그런데 여기서 중요한 것은 어떤 소리를 들으면 좋을까, 하는 것이다. 듣는 소리에 따라 마음이 평온하고, 기쁘고, 즐겁고, 행복을 느끼기 때문이다. 이처럼 소리는 사람의 심성心性을 변화시킬 만큼 힘이 세다.

밝고 흥겨운 노래는 사람의 기분을 끌어올리고, 화난 목소리는 사람의 기분을 불안하게 하고, 잔잔한 음악은 사람의 마음을 평온하게 한다.

그렇다. 어떤 소리를 듣느냐에 따라 삶의 패턴이 달라진다. 마음의 평화를 느끼고 싶다면 마음이 평온하고 밝아지는 소리에 귀 기울여라.

온갖 소리들로 요란한 시대이다. 마음을 맑게 하는 소리는 많이 듣되 마음을 어지럽히는 소리는 듣지 마라.

348

인생을 성숙하게 하기

세월이 쌓일수록 인생은 성숙해야 됩니다.
그런데 그게 자연 발생적으로 되는 것은 아닙니다.
의지와 노력을 통해서 자기 자신을 그렇게
만들어 가야 됩니다.

법정

〈사람은 성숙할수록 젊어진다〉

생이 깊어질수록 삶을 / 뜨겁게 뜨겁게 끌어안고 살자 / 짜증나고 화나는 일도 조금씩만 더 참고 / 미워하고 시기하는 일도 조금씩만 더 줄이고 / 사랑하는 사람들을 위해 기도하자 / 남은 생이 짧아질수록 / 내가 하고 싶은 일을 조금만 더 신나게 하고 / 사랑하는 사람을 / 조금만 더 열정적으로 사랑하자 / 생은 되돌아 흐르지 않는 강물처럼 / 한 번 가버리면 그만이지만 / 가는 세월도 되돌려 부둥켜안고 / 서로를 보듬어 용서하고 화해하고 / 조금만 더 즐기고 조금만 더 행복하게 살자 / 생이 우리 곁을 떠나 저만치 멀어질수록 / 조금은 더 역동적으로 / 조금은 더 꿈을 꾸면서 / 조금은 더 의연하게 양보하며 살자 / 생이 깊어질수록 / 눈물의 깊이는 더욱 깊어지는 것 / 그리하여 조금은 더 웃으며 손을 내밀어 / 지워도 지워도 / 다시 지우려 해도 / 지워지지 않는 사랑의 별이 되자

김옥림 _ 시 〈생이 깊어질수록〉

세월이 쌓여 인생이 깊어갈수록 스스로를 성숙하게 해야 한다. 나잇값이란 나이만 먹는다고 되는 게 아니다. 그렇다. 인생이 무르익을수록 성숙하라.

349

나눔이란 의미

나눈다는 건 많이 가진 것을 그저 퍼주는 게 아니에요.
나눔이란 가진 사람이 이미 받은 것에 대해 마땅히
지불해야 할 보상 행위이고, 감사의 표현입니다.
본래 내 것이란 없습니다. 지금 내가 가진 것은 이 우주의,
법계의 선물을 잠시 맡아 가지고 있는 것뿐입니다.

법정

〈지혜의 길과 자비의 길〉

나눔의 소중함이 그 어느 때보다도 필요할 때이다. 2020년에 발발한 코로나 바이러스로 인해 전 세계가 큰 고통을 받고 있다. 우리나라는 전 세계로부터 우수방역국가라는 칭송을 받는 등 뛰어난 민족성을 보여주고 있다.

또한 건물주들은 어려움에 처한 세입자들의 임대료를 깎아주거나 면제해주고, 어떤 이들은 생업을 중단하고 어려운 이웃을 위해 봉사활동을 하고, 마스크를 만들어 필요한 사람들에게 보내는 등 뜨거운 민족애를 보여주었다.

진정한 나눔의 의미가 무엇인지 잘 아는 까닭이다. 나눔을 심어 놓으면 자신 또한 어려움에 처할 때 나눔의 사랑을 받게 될 것이다. 나눔이란 이미 받은 것에 대한 보상 행위이기 때문이다.

나눔은 내가 받은 것을 돌려주는 아름다운 행위이다. 그런 까닭에 나눌수록 더 많은 사랑과 행복을 쌓인다. 나누는 일에 함께 하라.

350

누군가를 사랑한다면

지금 이 순간 우리가 존재 전체를 기울여서
누군가를 사랑한다면 우리는 이다음 순간
더 많은 이웃들을 사랑할 수 있어요.
다음 순간은 지금 이 순간에서 태어나기 때문입니다.

법정

〈지혜의 길과 자비의 길〉

사랑한다는 것은 나를 내어주는 아름다운 일이다. 그 대상이 사랑하는 사람이든, 어려움에 처한 이웃이든 사랑을 주는 행위는 인간애를 품은 거룩한 의식儀式 행위인 것이다.

이런 사랑은 화수분과 같아 아무리 나눠주고 퍼주어도 마르지 않는다.

그러나 사랑을 꼭꼭 감추어두고 나누는 일에 인색하면 그 사랑은 박제된 채 아무 가치도 없는 무의미한 존재로 사라지고 만다. 사랑은 아끼면 사랑으로써의 가치를 상실하고 말기 때문이다.

그렇다. 사랑한다는 것은, 사랑을 준다는 것은 나를 내어주는 값진 행위이다. 그래서 사랑은 나누면 나눌수록 더 큰 사랑이 되어 더 많은 사람이 사랑을 나누는 일에 동참하게 되는 것이다. 사랑을 나누는 일에 기꺼이 동참하는 우리가 되어야겠다.

사랑하는 일을 즐겁게 하면 더 많은 사랑을 베풀게 된다. 사랑은 화수분과 같기 때문이다. 그래서 사랑은 아름다운 것이다.

351

지혜의 길과 자비의 길

깨달음에 이르는 길에는 두 가지가 있습니다.
하나는 자기 자신을 속속들이 지켜보면서
삶을 거듭거듭 개선하고 심화시키는 명상이고,
또 하나는 이웃에 대한 사랑을 실천하는 것입니다.

법정

〈지혜의 길과 자비의 길〉

지혜로운 사람은 매사를 지혜롭게 생각하고 결정한다. 그 생각에 따라 일의 성패가 달려 있기 때문이다. 그래서 지혜로운 사람은 지혜를 얻기 위해 많은 노력한다.

이에 대해《탈무드》에는 "지혜는 그것을 이용하려고 하는 자의 머리 위에서만 반짝인다."라고 나와 있다. 지혜는 지혜를 얻고자 하는 사람에게 지혜를 선물한다는 것을 잘 알게 한다.

사랑 역시 사랑을 실천하는 사람에게 더 많은 사랑을 베풀어준다. 사랑 또한 노력에서 오는 것이기 때문이다.

그렇다. 지혜롭게 사랑을 전하고 실천하라. 그것은 자신의 영혼을 맑게 하는 실천적 행위인 것이다.

지혜는 인간의 삶을 밝게 하고, 자비는 인간의 삶을 사랑이게 한다. 지혜로운 눈을 기르고 자비로운 마음을 길러라.

352

마음 단속을 잘 하기

한 생각 불쑥 일어나는 데서 온갖 갈등과
시비가 생기고 생사의 갈림길에 놓입니다.
한 생각 불쑥 일으키게 되면 천당도 이룰 수 있고
지옥도 이룰 수 있습니다.

법정

〈날마다 새롭게 사십시오〉

마음이 성숙하지 못하면 물가에 내놓은 철부지 아이처럼 불안하다. 마음이 여물지 못하면 생각 없이 아무데서나 말하고, 경동망동하며 함부로 처신하기 때문이다. 그래서 이런 사람은 어디를 가든 누구에게든 환영받지 못한다. 그와 함께 한다는 것은 위태위태하기 때문이다.

그러나 마음이 성숙한 사람은 어디를 가든 누구를 만나든 환영받는다.

마음을 성숙하게 하기 위해서는 기도와 명상을 하는 것이 좋다. 기도와 명상은 자신을 점검하는 좋은 기회이며, 자신의 자아를 키우는 일이다.

마음을 잘 다스려 곤란에 처하지 않도록 마음을 잘 단속해야 한다. 그래야 성숙한 삶을 살아가는 데 큰 도움이 되기 때문이다.

어떤 마음을 품고 사느냐는 매우 중요하다. 그 마음에 따라 삶도 행복도 결정되기 때문이다. 마음이 흐트러지지 않게 하라.

353

오래된 것은 아름답다

오래된 것은 아름답다.
거기에는 세월의 흔적이 배어있기 때문이다.
그 흔적에서
지난날의 자신을 되돌아볼 수 있다.

법정

<오래된 것은 아름답다>

오래된 물건은 낡고 실용성이 떨어진다고 생각하는 사람들이 많다. 그러다 보니 옛 물건을 소중히 하지 않는 경향이 있다. 그러나 오래된 것을 좋아하는 사람은 오래된 것의 가치를 잘 안다.

예전에 안동에 자주 갔었다. 경주에는 미치지 못하지만 안동은 오랜 역사와 전통의 도시이고 보니, 곳곳에 있는 고택과 탑을 비롯한 유적지와 유물은 옛사람을 보는 것 같아 마치 그 오랜 시절로 되돌아간 느낌이 좋아서다.

또한 예스러움에 스며있는 멋스러움이 좋아서이기도 하다. 그곳에 다녀오면 한동안 몸과 마음이 날아갈 듯 가벼워진다.

그렇다. 오래된 것은 세월의 흔적이 잔잔히 배어있는 아름다움의 실체이다. 아무리 봐도 질리지 않고 늘 새롭다. 옛것을 소중히 하고 잘 보존하는 우리가 되어야겠다.

오래된 책, 오래된 집, 오래된 유물은 진보珍寶와 같다. 그 속엔 옛 선현의 숨결이 담겨 있다. 옛것을 소중히 하여 보존하라.

354

더불어 살아가는 존재

> 사람은 혼자 살지 않습니다.
> 사람 인人자가 상징하듯이 사람은 서로 의지하고
> 기대며 살아가는 그런 존재입니다.
>
> 법정
>
> 〈지금의 업과 인연은 반드시 내일의 결과로 이어진다〉

지금 우리 사회는 진보진영과 보수진영으로 나눠져 사사건건 대립을 한다. 그로 인해 민심이 요동치고 극심한 갈등에 휩싸여 있다. 도무지 양보와 타협이란 없다. 언제나 이빨을 드러내고 으르렁대는 맹수와 같다.

진보든 보수든 중도든 그 어느 하나의 진영만으로는 국가와 국민이 온전히 유지되고 평안하기란 힘들다. 함께 힘을 모으고 지혜를 모아야 진정한 에너지를 뿜어냄으로써 튼튼한 자주국방 안에서 풍요로운 삶을 일구며 살아갈 수 있다. 이는 각 개개인과 이웃 간에도 마찬가지다.

그렇다. 인간은 더불어 살아가는 존재다. 그 어느 누구도 혼자서는 살 수 없고, 진보든 보수든 중도든 하나의 진영만으로는 국가가 발전하고 보존되기란 쉽지 않다. 모두가 함께 마음을 모아야 나와 너, 우리 모두가 행복하고 강성한 국가가 될 수 있는 것이다.

제아무리 능력이 출중해도 혼자 살아가기는 어렵다. 사람은 더불어 살아야 삶의 맛도 나고, 어려움도 능히 이겨낼 수 있다. 그렇다. 함께 하는 삶이 복되고 아름답다.

355

보고 듣는 것의 중요성

보고 듣는 것을 통해
우리 자신에게 어떤 씨를 심게 됩니다.
좋은 일을 보게 되면 좋은 씨를 심는 것이고,
나쁘거나 어두운 일을 보게 되면 우리도 모르게
우리의 심성에 어두운 씨앗을 심게 돼요.

법정

〈지금의 업과 인연은 반드시 내일의 결과로 이어진다〉

보고 듣고 행하는 것의 중요성을 잘 알게 하는 이야기가 있다. 맹모삼천지교孟母三遷之教가 그것이다. 맹자의 어머니가 아들을 잘 가르치기 위해 세 번이나 이사를 했다는 이야기이다.

맹자의 어머니는 공동묘지가 있는 마을로 이사를 가자 어린 아들은 매일 우는 흉내를 내곤 했다. 그래서 시장 부근으로 이사를 했지만 어린 아들은 이번엔 장사꾼들의 흉내를 내곤 했다. 그래서 서당 옆으로 이사를 했다. 그랬더니 어린 아들은 책 읽는 것에 흥미를 갖고 매일 열심히 책을 읽었다. 그리고 훗날 중국을 대표하는 훌륭한 학자가 되었던 것이다. 보고 듣는 것(환경)의 중요성이 얼마나 지대한지를 잘 알 수 있다.

그렇다. 볼 것만 보고 들을 것만 들어야 한다. 그래야 온전한 내가 되는 데 큰 도움이 된다는 것을 마음에 깊이 새겨 실천하고 또 실천하라.

무엇을 보고, 무엇을 듣느냐는 매우 중요하다. 보고 듣는 것에 따라 삶에 미치는 영향이 달라지기 때문이다. 그렇다. 잘 보고, 잘 듣는 눈과 귀가 되어라.

356

자신의 아름다움을 드러내라

남이 지니고 있지 않은 보물을 저마다 지니고 있잖아요.
그것을 드러내는 거예요. 그게 아름다움이에요.
남 앞에서 뽐내려고 한껏 꾸미고 자랑하는 것은
아름다움을 모독하는 거예요. 저마다 자신이 지니고 있는
아름다움을 그대로 활짝 드러내십시오.

법정

〈진달래가 진달래답게 피어나듯 그대도 그대답게 피어나라〉

사람은 저마다 장점과 재능이 있다. 이는 각 사람에겐 보물과도 같다. 그로 인해 자신의 인생을 멋지게 하고 성공하게 하는 디딤돌이 되기 때문이다. 그런 까닭에 장점과 재능은 그 사람만의 가치이자 아름다움인 것이다.

그런데 장점과 재능을 많은 사람들에게 뽐내며 자랑하기 위한 수단으로 여긴다면 그것은 스스로를 모독하는 행위이다.

그렇다. 자신을 한껏 드러내 뽐내기 위해서는 장점과 재능을 내세우지 말아야 한다. 그것은 자칫 교만해짐으로써 사람들의 눈살을 찌푸리게 할 수 있다. 장점과 재능을 자신과 타인과 사회에 도움이 되게 하라. 그것이야말로 아름다움이며 삶의 가치인 것이다.

그 사람만이 지닌 재능은 그 사람에겐 보물과 같다. 그 보물을 자신과 사회를 위해 쓴다면 더없이 향기로운 삶을 살아가게 될 것이다.

357

생명의 터전, 지구

인류의 목표가 물질을 추구하는 것에서
정신의 깊이를 추구하는 방향으로 바뀌지 않는다면,
인간의 탐욕은 머지않아서 이 생명의 끈을
황폐화시키고 말 거예요.

법정

〈육식은 어떻게 우리의 영혼을 망가뜨리는가〉

창세기에 보면 하나님께서 우주의 삼라만상을 창조할 때 인간을 맨 나중에 창조했음을 알 수 있다. 하늘과 땅, 바다와 강, 별과 달, 나무와 꽃, 동물 등을 창조하고 맨 마지막엔 당신의 형상을 한 사람을 만든 것이다.

이렇게 보면 인간은 한 그루의 나무, 한 송이의 꽃보다도 그 순위가 밀리는 만큼 자연만도 못한 존재인 것이다. 그런데 오만하게도 자연을 훼손하고, 동물을 사냥하고 마치 자신들이 이 세상에 주인인 양 행세한다. 참으로 한심하고 아둔한 일이 아닐 수 없다.

지구는 사람도 동물도 꽃도 나무도 풀도 함께 살아가는 곳이다. 따라서 우리는 이를 잘 가꾸고 보존해야 할 의무와 책임이 있다.

그렇다. 자연 앞에 겸손하고 가꾸고 보존하는 일에 최선을 다하라.

지구는 사람과 동물, 식물 등 수많은 생명체가 살아가는 터전이다. 그런데 인간이 주인 노릇을 하며 황폐화시키고 있다. 이를 멈춰야 한다. 그것이 앞으로 우리가 사는 길이다.

358

삶의 질을 높이기

삶의 질은 결코 물질적인 부에만 달려 있는 것은 아닙니다.
어떠한 여건 속에서도 우리가 잠들지 않고 깨어있다면
삶의 질을 얼마든지 좋은 쪽으로 펼쳐 나갈 수 있습니다.
무엇보다도 사람은 살 줄 알아야 합니다.

법정

〈맑은 가난을 살라〉

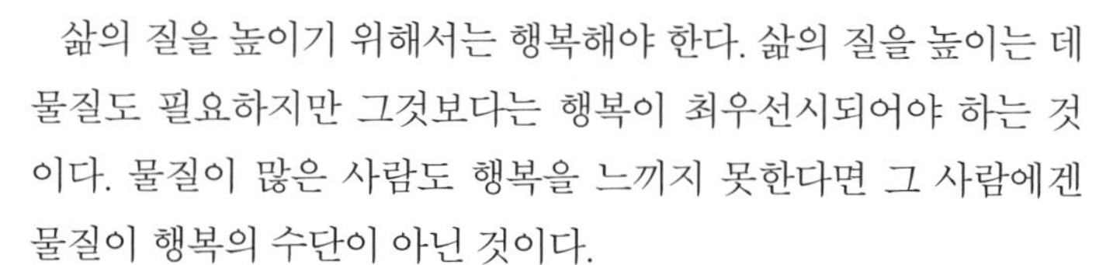

삶의 질을 높이기 위해서는 행복해야 한다. 삶의 질을 높이는 데 물질도 필요하지만 그것보다는 행복이 최우선시되어야 하는 것이다. 물질이 많은 사람도 행복을 느끼지 못한다면 그 사람에겐 물질이 행복의 수단이 아닌 것이다.

그러나 가난한 사람도 행복을 느끼며 살아가는 경우를 많이 보게 된다. 이는 물질 외적인 것에서 만족하기 때문에 행복으로 이어지는 것이다.

삶의 질을 높이기 위해서는 무조건 행복해야 한다. 그리고 행복하기 위해서는 각자에게 맞는 행복의 수단을 잘 활용해야 한다. 그렇게 될 때 행복을 느낌으로써 삶의 질을 높이게 된다.

자신을 행복한 사람이 되게 노력하라. 그래서 삶의 질을 높여라. 그리고 행복한 당신이 돼라.

물질은 단지 물질일 뿐이다. 물질을 가지고도 행복하지 않다고 말하는 이들이 많다. 삶의 질은 행복에 있다. 행복하기 위해 노력하라.

359

욕망을 따르지 말고 필요에 따라 살아라

> 필요에 따라 살되
> 욕망에 따라 살지는 말아야 합니다.
> 필요와 욕망의 차이를 분별할 수 있어야 돼요.
> 필요는 우리가 생존하기 위한 기본적인 욕구입니다.
> 욕망은 분수 밖의 욕구예요. 허욕입니다.
>
> 법정
>
> **〈모자라고 부족한 데서 오는 행복〉**

욕망은 어느 누구에게나 있기 마련이다. 하지만 욕망의 정도 차이에 따라 욕망은 필요조건이 되기도 하고, 탐욕으로 치다를 수도 있다. 즉, 적당한 욕망은 동기유발을 일으켜, 자신이 원하는 것을 이루는 힘이 된다. 하지만 욕망이 크면 그 지나침으로 인해 탐욕으로 변한다. 욕망의 부정성에 대해 노자老子는 다음과 같이 말했다.

"과도한 욕망보다 큰 참사는 없다. 불만족보다 큰 죄는 없다. 탐욕보다 큰 재앙은 없다."

욕망을 따르는 일은 스스로를 불행으로 이끄는 일이지만, 필요에 따라 살면 필요한 만큼만 취하게 됨으로써 스스로를 만족하게 된다. 당신은 어느 쪽인가. 욕망을 따르는 쪽인가, 아니면 필요에 따라 사는 쪽인가. 이를 늘 자신에게 물어보라. 그리고 필요에 따라 사는 당신이 되도록 노력하라.

필요에 따라 살면 만족할 수 있지만, 욕망에 따라 살면 불행해진다. 욕망은 불행의 씨앗이기 때문이다.

360

소신대로 살아가기

> 사람이 사람답게 살기 위해서는
> 자기 나름의 질서가 있어야 됩니다.
> 사회에서 지켜야 할 공동체의 질서도 필요하지만,
> 개인의 질서도 필요해요. 내 인생, 나의 생사관을
> 가지고 내 소신대로 나답게 사는 거예요.
>
> 법정
>
> **〈모자라고 부족한 데서 오는 행복〉**

애플 창업자 스티브 잡스는 뛰어난 직관력과 상상력을 갖췄을 뿐만 아니라 지는 것을 몹시 수치스럽게 생각할 정도로 강한 소신을 지닌 인물이다. 그러나 때론 그의 행동이 저돌적이고 독선적으로 비춰져 비난을 받기도 했다. 하지만 그는 한 번 결심한 것은 자신의 의지대로 소신껏 밀어 붙였다.

스티브 잡스가 주파수 측정기를 만든 적이 있다. 그때 그는 완성단계에서 부품 하나가 없어 고심하다 무턱대고 전화를 걸어 자신의 고민을 말했다. 그의 말을 듣고 상대방은 쾌히 그의 요구를 들어주었다. 당돌할 만큼 도전적인 그의 소신을 높이 산 것이다. 그는 바로 컴퓨터 제조업체인 휴렛팩커드 대표인 윌리엄 휴렛이다.

스티브 잡스가 소신을 갖고 애플을 세계 최고의 기업으로 키웠듯이, 자신이 무언가를 이루고 싶다면 소신껏 자신의 의지대로 실행하라.

남과 사회에 피해 주지 않고 자신의 소신대로 살아가는 것, 이것이야말로 삶의 본질이다. 그렇다. 인간의 도리를 지키며 자신답게 사람답게 살아가라.

361

원願과 욕심의 차이

사적이고 이기적인 욕망이 욕심입니다.
그러나 원은 자신만 아니라 이웃에게까지 덕을 입히는
이타적인 소망입니다. 원은 타인의 구제를 통해서
나 자신도 함께 구제되는 그런 길이에요.

법정

〈이웃을 구할 때 나 자신도 구제된다〉

원願은 '바라다, 희망하다, 마음에 품다, 기원하다'라는 뜻을 가진 말이다. 이는 자신이 바라는 것을 소원하는 의미를 지닌 말로 지극히 사적이면서도 그 대상을 타인과 사회, 나라와 민족에 둔다면 공의公儀적인 말이 되기도 한다. 그러니까 자신은 물론 우리 모두가 잘되게 바라는 마음인 것이다. 그러나 욕심慾心은 다르다. 그것은 오직 사적私的인 것에 해당하는 말이다.

그렇다면 우리는 어떤 마음을 품고 살아야 할까. 그것은 '원'이다. 원은 우리 모두를 위한 대의적이고, 진취적이고, 희망적이고, 생산적이고, 창의적인 일이기 때문이다.

그렇다. 우리는 욕심을 내려놓고 원을 추구하는 사람이 되어야겠다.

욕심은 개인을 위한 것이지만 원願은 자신과 사회를 위한 바람이다. 욕심에 따라 살지 말고, 원에 따라 사는 우리가 되어야겠다.

362

기도하라, 그대가 간절히 바라는 것을

기도는 우리 인간에게 주어진 최후의 자산입니다.
사람이 이성과 지능을 가지고 어떻게 할 수 없을 때,
간절한 기도가 우리를 구원해요.
우리를 도와줍니다.

법정

〈간절한 마음으로 소원한 것은 반드시 열매를 맺느니〉

우리는 무언가를 간절히 원하고 바랄 때 자연스럽게 기도를 하게 된다. 기도는 종교인들만이 하는 특별한 의식이 아닌 것이다. 우리는 예로부터 각자의 방식으로 소원을 빌었다. 종교인은 종교의 방식대로, 비종교인은 자기만의 방식으로 기도를 했다. 기도는 소망을 이루고 싶은 간절한 마음으로 행하는 행위이다.

기도를 하는 바람직한 자세는 몸과 마음을 단정히 하고, 자신의 진정성을 보여주어야 한다. 그랬을 때 소망은 하늘에 닿아 현실로 이루어진다. 기도의 소중함과 필요성에 대해 에이브러햄 링컨은 이렇게 말했다.

"나는 어려울 때마다 무릎 꿇고 기도한다. 나는 충분한 지혜가 없지만, 기도하고 나면 특별한 지혜가 머리에 떠오르곤 했다."

무언가를 간절히 바란다면 최선을 다해 노력하되, 정성을 담아 기도하라.

기도는 종교인만의 전유물이 아니다. 바라는 마음을 담아 누구든지 할 수 있다. 믿음은 기도에 대한 응답이다. 간절히 기도하면 믿음이 응답할 것이다.

363

생명의 씨앗을 꽃피게 하라

> 역경을 이겨내지 못하면 자신이 지닌
> 생명의 씨앗을 꽃피울 수가 없습니다.
> 저마다 자기 나름의 꽃이 있어요.
> 다 꽃씨를 지니고 있다고요. 그런데 역경을
> 이겨내지 못하면 그 꽃을 피워낼 수가 없습니다.
>
> 법정
>
> **〈보왕삼매론에 대하여〉**

세계 굴지의 석유회사인 쉘 창업자인 마커스 새뮤얼은 런던에서 고등학교를 졸업하고 일본으로 갔다. 그의 수중에 있는 돈이라고는 달랑 5파운드뿐이었다. 그는 낯선 일본 땅에서 살아가기 위해 어떻게 해야 할지를 생각한 끝에 조개껍데기를 주워 가공했다. 그리고 그것을 런던에 있는 아버지에게 보냈는데 날개 돋친 듯 팔렸다. 그 또한 일본에 가게를 냈는데 반응이 가히 폭발적이었다. 그 후 그는 탱커(유조선)를 직접 디자인했다. 탱커의 발명으로 그는 많은 돈을 벌며 탄탄대로를 걸었던 입지전적인 인물이다.

마커스 새뮤얼이 낯선 일본 땅에서 가족에 대한 그리움과 배고픔을 이겨내고 온갖 역경을 극복한 끝에 성공했듯, 자신이 뜻한 바를 이루고 싶다면 어떤 역경이 닥쳐도 의지와 신념으로 꽃피게 하라.

역경은 삶의 그늘이다. 하지만 역경을 이겨내면 그늘이 밝은 양지로 변한다. 가고자 하는 길을 역경이 가로막을 땐 굳게 맞서 이겨내라.

364

흙은 모성母性이다

> 새봄의 흙냄새를 맡으면 생명의 환희 같은 것이
> 가슴 가득 부풀어 오른다.
> 맨발로 밟는 밭 흙의 촉감,
> 그것은 푸근한 모성母性이다.
>
> 법정
>
> 〈봄 여름 가을 겨울〉

새봄이 오면 가만히 귀를 흙에 대보라 / 씨앗들의 생명이 움트는 소리가 / 두런두런 들릴 것이다 / 흙은 제 몸으로 감싸 생명을 품고 있다 / 눈과 비바람을 막아주고 때가 되면 / 고운 생명의 싹들을 세상 밖으로 내 보내 / 싹들이 잘 자라도록 물과 양분을 / 먹이고 토닥이며 꽃을 피우고 열매를 맺게 한다 / 그리고 그 열매를 사람들과 동물들에게 나눠준다 / 흙은 세상 모든 것들의 자애로운 어머니, / 사람도 나무도 꽃도 동물도 흙의 모성母性으로 / 꿈을 키우고 사랑을 나누며 행복을 노래한다 / 흙은 생명의 원천이며 사랑의 어머니이다

김옥림 _시 〈흙의 모성母性〉

흙은 모든 씨앗을 품어주어 생명으로 거듭나게 한다. 흙은 자애로운 자연의 어머니, 한 줌의 흙이라도 소중히 하라.

365

속이 꽉 찬 사람

속이 빈 사람이 호사스러운 옷을 입게 되면
천박해 보이고,
속이 찬 사람은 아무 옷을 걸치더라도
그 옷이 빛나 보입니다.

법정

〈계행과 선정과 지혜의 옷을 입으라〉

언젠가 택지계발로 하루아침에 졸부가 된 이가 있다. 농사를 짓던 그는 땅을 팔아 수십억의 자산가가 되었다. 그러자 그는 승용차를 비롯해 이것저것 마구 사들였다. 돈의 위력을 맛본 그는 비싼 옷으로 한껏 멋을 냈다. 하지만 그에겐 그 비싼 옷이 제 몫을 다하지 못했다. 아무리 좋은 옷도 그의 천박함을 가리지는 못했던 것이다.

농사를 지으며 살 땐 그리도 부지런하고 성실하게 살더니, 졸부가 되고 나선 완전히 다른 사람이 되었다.

옷보다 중요한 것은 그 사람의 내면이다. 내면이 잘 갖춰진 사람은 어떤 옷을 입어도 초라하게 느껴지지 않는다.

그렇다. 멋진 옷으로 치장하려고 하지 말고 "그 사람 참 괜찮은 사람이야."라는 말에 귀 기울이라. 그것은 곧 자신이 인생을 잘 살고 있다는 방증이니까 말이다.

외적인 것에 마음 쓰기보다 내적인 것, 즉 내면을 탄탄히 하라. 내면이 탄탄해야 속이 꽉 참으로써 참되고 알찬 인생으로 살아가게 된다.